巴黎
轉轉愛

史黛芬妮・柏金斯——著　唐亞東——譯

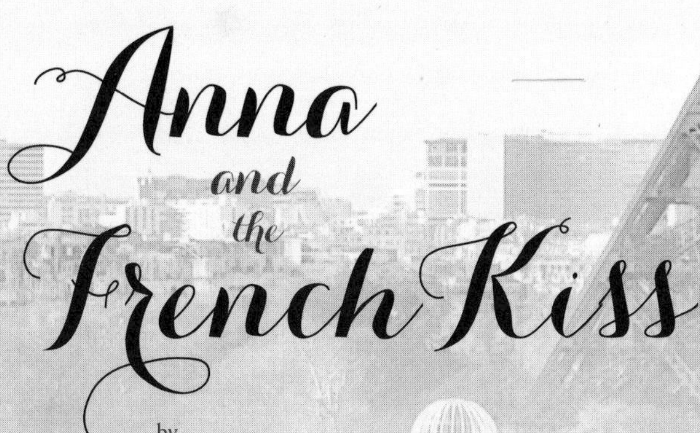

媒體名人盛讚

充滿魔力！《巴黎轉轉愛》這本小說眞的捕捉到了『落入情網』的微妙感覺。

——卡珊卓拉．克蕾兒，《紐約時報》暢銷作家，《骸骨之城》系列作者

故事的節奏相當撩人心弦，機智的對白特別顯得才氣縱橫，所有的配角也都非常活潑鮮明……

——蓋兒．芙曼，《紐約時報》暢銷作家，《如果我留下》、《她的去向》作者

相當狡黠、非常有趣、極度浪漫！你應該和這本書來場約會。

——莫琳．強生，《紐約時報》暢銷作家，《13個藍色小信封》、《猩紅熱》作者

想像眼前有一杯濃郁、醇厚的熱巧克力，現在，再加上一圈美味的香甜奶油。好喝嗎？對。而這本《巴黎轉轉愛》卻是更加濃郁、更加甜蜜，並且更加地火熱！進入書中的世界，就像是受到作者的特別款待。

——蘿倫．麥瑞可，《紐約時報》暢銷作家，《和平、愛與鴨寶寶》、《下雪吧》作者

面對「他喜歡我嗎?!」這個既令人興奮狂喜又令人精疲力竭的問題，沒有人比史黛芬妮・柏金斯更能抓住它的精髓。這是一次絕妙的閱讀體驗！

——賈絲汀娜・陳，《美麗之北》作者

帥氣又性感——《巴黎轉轉愛》就是你內心渴望擁有的一切，你會想要永遠停留在這個故事裡的。接著，就請盡情享受吧！

——麗莎・麥克曼，《紐約時報》暢銷作家，《捕夢人三部曲》作者

從具有魔法的巴黎街頭，到極富魅力的敘事主角，《巴黎轉轉愛》這本書中的描繪全都精準到位。這是一本超讚的上乘之作！

——蘿蘋・班威，《奧黛莉，等等！》、《三姐妹的秘密》作者

精明伶俐的對白設計，令人眼睛一亮的清新角色，以及許多有趣的人物互動……莎拉・迪森的書迷會很喜歡這本書，因爲：又發現一位作者能夠將愛情與現實結合得如此優雅。

——《科克斯書評》重點書評

作者柏金斯的出道作品，以安娜既可愛又內省的角度作爲敘事主軸，讓整部小說非常引人入勝、妙趣橫生。

——美國《圖書館協會Booklist書評》

作者柏金斯所寫的第一部小說令人讀來心情愉快，書中的角色個個機智詼諧，讓人眼睛為之一亮。

——《校園圖書館期刊》

以巴黎為背景，再加上一個完美的男孩子，《巴黎轉轉愛》就這樣深深吸引著讀者。

——《ＭＴＶ音樂頻道官網》

安娜豐富的人格特質，以及機靈巧妙的用字遣詞，使她能夠受到各類讀者的喜愛。

——《浪漫時代雜誌》書評

1

關於巴黎，我知道的只有：《古靈精怪瑪德琳》❶、《愛蜜莉的異想世界》和《紅磨坊》。我不知道艾菲爾鐵塔和凱旋門到底有什麼用處，也不知道拿破崙、瑪麗皇后和那一大堆叫路易的國王做了什麼，不過我猜和法國大革命有關，法國國慶日也和那件事有點關係。那座金字塔形狀的美術館叫羅浮宮，蒙娜麗莎和那座缺了手的女人雕像❷都住在那兒。那裡的每個街角都有咖啡店或小餐館——不管他們怎麼稱呼這種店。還有默劇。巴黎的食物應該很美味，巴黎人喝很多酒、抽很多菸。

聽說他們不喜歡美國人，也不喜歡白布鞋。

幾個月前，爸爸替我在寄宿學校註冊。他宣稱在國外生活將是我畢生珍惜的「美好學習經驗」和「紀念品」，他用力強調的語氣就算隔著電話線都能感受到。是啊，紀念品。要不是我氣瘋了，就會告訴他這個詞不是這樣用的。

聽到他宣布的消息，我試過大吼大叫、苦苦哀求、眼淚攻勢，都說服不了他。接著我拿到新的學生簽證和護照，在在表明我的身分：美國公民，安娜・歐立分。然後我跟爸媽一起來到了這裡——在比我的旅行箱還小的房間裡打開行李——成為巴黎美國學校的十二年級新生❸。

❶ 法國兒童讀本，描述女孩瑪德琳在巴黎寄宿學校的故事，一九九八年翻拍成同名電影。
❷ 維納斯雕像。
❸ 美國高中為四年制，從九年級到十二年級，約同於台灣的初三到高三。

我不是得了便宜還賣乖。畢竟，這可是巴黎：光明之城！全世界最浪漫的城市！我很清楚。只是國際寄宿學校這整件事，與其說是爲了我，不如說是爲了爸爸自己。自從賣掉版權、動筆寫那些後來改編成更瞎的電影的瞎故事以後，他就一直千方百計，想讓那些紐約的大頭朋友知道他多有氣質和有錢。

我爸沒有氣質，但很有錢。

一開始事情不是這樣的。爸媽還沒離婚前，我們家不過是中下階層的家庭。差不多在他們離婚前後，一切都走了樣：他決心成爲出書作家，而不是偉大的南方作家。他開始寫那些以**喬治亞州小鎭**爲背景的小說，描寫關於擁有**良善美國價値觀**的人們**如何墜入愛河**，染上**不治之症**，然後**死掉**。

我不是在開玩笑。

我很不開心，但女性讀者很買帳。她們熱愛我爸爸的小說、熱愛他的針織毛衣、熱愛他淡淡的微笑和曬成淺棕的膚色。而且她們讓他成爲暢銷作家和徹底的混球。

他有兩本作品被翻拍成電影，還有三部正在製作，這才是他致富的原因──好萊塢。不知怎麼，太多的現金和膨脹的名氣扭曲了他的思考，使他認爲我應該到巴黎住上一年。獨自一人。我不懂爲什麼他不能送我到澳洲或愛爾蘭或任何用英文當母語的地方。我唯一會說的法語是「oui」，意思是「對」，而且直到最近才知道那個字的正確拼法。

至少新學校的人說英文。這間學校根本是爲了想擺脫自己孩子的做作美國人而設立的。我說眞的。誰會把小孩送到寄宿學校？聽起來就像是《哈利波特》裡的霍格華茲學校，只不過我遇不到可愛的巫師男孩，也沒有魔法糖或飛行課。

相反的，我和其他九十九個學生困在一起。整個年級只有二十五個人，比較起來，我在亞特蘭大那個年級有六百名同學。我還得重讀在克萊蒙高中念過的東西，只不過我現在被分到法語入門班。

太好了，法語入門。想必是和九年級生一起上課。帥呆了。

媽媽說我必須盡快遠離那些負面想法，但她又不是那個被迫離開死黨布麗姬、被迫放棄皇家十四號影城的好打工、被迫離開皇家十四號影城的帥男孩拓夫的人。我不敢相信她竟然要我離開弟弟辛恩，他才七歲，小到還不適合放學後獨自在家。沒有了我，他很可能被那個住在路另一端，窗邊掛著可口可樂髒毛巾的怪叔叔綁架，或是誤食某些含有四十號紅色染料的東西，喉嚨發腫，卻沒人載他去醫院，說不定還會死掉。我敢說他們不會准我飛回去參加葬禮。我只能等到明年，才能獨自去掃墓，爸爸還會挑選一些可怕的小天使雕像放在他的墳墓附近。

我現在只能祈禱他不會指望我申請俄羅斯或羅馬尼亞的大學。我的夢想是到加州念電影理論，立志成為全國首席女影評人。有朝一日，我會受邀參加各大電影節，在報紙上擁有自己的影評專欄、主持很酷的電視節目、建立人氣爆表的個人網站。截至目前為止，我只完成了個人網站，而且沒什麼人氣。不過那只是現在。

我只是需要多花點時間努力，如此而已。

「安娜，我們該走了。」

「咦？」我抬頭，停下將襯衫折成豆腐乾的動作。

媽媽凝視著我，把玩項鍊上的小烏龜。爸爸穿著桃紅色馬球衫和白帆船鞋，從我宿舍窗口向外眺望。天色已晚，對街傳來女高音似的歌聲。

爸媽必須返回飯店，他們明天一早要搭飛機。

「喔。」我將手上的襯衫抓得更緊。

爸爸離開窗口，我驚訝地發現他的眼眶濕了。

發現爸爸——即使是我爸爸——濕了眼眶，讓我開始覺得喉嚨哽咽。

「丫頭，我想妳眞的長大了。」

我全身僵直，他拉近我僵硬的身體，給我一個熊抱，用力到讓我害怕。

「好好照顧自己，用功讀書，多交幾個朋友，小心扒手，」他補上一句，「他們有時候會是兩個人搭檔。」

我靠著他的肩膀點頭。他放開我，然後離開。

媽媽沒跟上去。「這一年妳會過得很充實，」她說，「我保證。」我咬住嘴唇，免得顫抖，她將我擁入懷中。我試著呼吸：吸氣，數到三，然後呼氣。她的肌膚透著葡萄柚乳液的香氣。

「我一回家就打電話給妳。」她說。

家。亞特蘭大已經不是我回去的家了。

「我愛妳，安娜。」

我開始哭，「我也愛妳，幫我照顧好辛恩。」

「當然。」

「還有傑克船長，」我說，「提醒辛恩記得餵牠、更換草料、幫牠加水。別讓他餵太多零食，免得牠胖到爬不出小屋，不過每天還是要餵一點，因爲牠需要維他命C，我每次把維他命滴到水裡，牠都不肯喝——」

她往後退，將我淺色的頭髮撥到耳後。「我愛妳。」她再說一次。

然後它發生了。即使經過這些文件、機票和準備工作，我仍沒有察覺它就在眼前。其實等一年後我上大學時，這件事遲早也會發生。然而，無論我曾經盼望了幾天、幾個月、幾年，當它真的發生時，我依舊毫無心理準備。

媽媽走了，留下我一個人。

2

有種感覺在迫近，我卻束手無策。

恐慌感。

他們走了，爸媽真的丟下我走了！丟下我一個人在法國！

此時，巴黎出奇地寂靜，只有那位歌劇女伶以歌聲包覆夜色。

我不能失控。這裡的牆壁比OK繃還薄，如果我崩潰，隔壁的室友（也就是我的新同學）都會聽見。我會開始嘔吐，把晚餐詭異的茄子橄欖醬吐得一乾二淨，事情會傳進每個人耳中，然後會沒有人願意邀我去看默劇的逃脫箱表演，或參加任何的課餘活動。

我跑到洗手台沖臉，結果水暴衝而出，濺濕我的襯衫。我哭得更兇了。我還沒把毛巾從行李箱拿出來，濕衣服讓我回想起那些蠢滑水道。布麗姬和麥特喜歡拖我去玩六旗水道，那裡的水顏色很怪，有油漆的味道，裡面還有上億個細菌和微生物。老天，這水裡面如果有細菌怎麼辦？法國的水可以生喝嗎？

喔！我真丟臉！

離開家是多少十七歲女孩夢寐以求的事？隔壁的室友可沒有崩潰，牆壁後面半點哭聲也沒有。我從床上抓起襯衫把自己擦乾，想到解決辦法：枕頭。我將頭埋進去當作隔音，一直哭一直哭一直哭。

有人敲門。

不，不可能是我的門。

又來了！

「嗨？」女孩在走廊上問：「妳還好嗎？」

不，我不好。**走開**。但她又問了一次，我只好爬下床應門，門外是一名金髮女孩，頭髮又長又捲，身材高大，但不是過胖，而是像結實的排球員。似乎鑲了鑽的鼻環在走廊燈光下閃爍。

「妳還好嗎？」她的聲音溫柔。「我叫米瑞蒂，住在隔壁。剛離開的是妳爸媽嗎？」

我紅腫的眼睛表明肯定的答案。

「第一天晚上我也哭了。」她歪歪頭，想了一下，然後點頭，「來吧，我有熱巧克力（Chocolat Chaud）。」

「巧克力秀（Chocolat Show，兩者發音相似）？」我為什麼要看巧克力表演？我剛被媽媽丟下，根本不敢離開房間，而且——

「不，」她微笑，「我是說法文：熱巧克力。到我房間，我泡一杯給妳喝。」

喔。

我不情願地離開了房間。米瑞蒂像尊門神似的伸手擋住我。

她每根手指都掛滿了戒指。「別忘了鑰匙，門會自動上鎖。」

「我知道。」我從領口拉出藏在襯衫下的項鍊給她看。上過週末的必修課後，我便把鑰匙掛在項鍊上。那是新生的生活技巧講座，提醒我們很容易被鎖在門外。

我們走進她的房間。我抽了口氣，那跟我的房間一樣狹小得可怕：長十呎寬七呎、同樣的窄桌、窄衣櫃、窄床、小冰箱、小洗手台和小淋浴間（沒有小廁所，我們共用走廊底的廁所。）不過……和我死氣沉沉的小牢房不同，這裡的每一吋牆面都貼滿了海報、圖片、明亮的包裝紙和鮮豔的法文廣告傳單。

「妳來這裡多久了？」我問她。

米瑞蒂把面紙遞給我，我用力擤鼻涕，響亮得像隻暴躁的鵝，她卻沒有發抖或皺眉。「昨天到的。這是我在這裡的第四年，所以不必參加講座。我自己搭飛機過來，一直在外頭晃蕩，看有沒有朋友出現。」她扠著腰，左右張望，欣賞自己的成果。我注意到地板上有一疊雜誌、剪刀和膠帶，才發現她還沒完工。「不錯吧？我不喜歡牆壁光溜溜的。」

我繞著房間走，仔細檢視，很快發現大多數的面孔都是同樣五個人：約翰．藍儂、保羅．麥卡尼、喬治．哈里森、林哥．史達，還有某個我不認識的足球明星。

「我只聽披頭四，朋友都取笑我，可是——」

「這是誰？」我指向那個足球明星。他穿著紅白色的衣服，皮膚黝黑，黑髮黑眉，說實話，真的很帥。

「他叫法比加斯。老天，他傳球簡直神乎其技，在兵工廠球隊踢球。看英國足球賽嗎？不看？」

我搖頭。我對運動沒什麼興趣，或許應該花點時間。「不過他的腿很棒。」

「沒錯吧？妳可以用那雙腿敲釘子。」

米瑞蒂用電熱器加熱巧克力，一邊告訴我她讀十二年級，因爲學校沒有類似的課程，她只能在夏天踢足球，但她以前在麻州踢進過州賽，波士頓也是她的故鄉。她提醒我在這裡足球叫做「football」，不是「soccer」（我想了想，叫「football」確實比較有道理）。她似乎也不介意我一直提問或是翻她的東西。

她的房間很驚人。除了牆上貼得花花綠綠的圖片外，她還有一打中國茶杯，裡面裝滿閃亮的塑膠戒指、琥珀銀戒和壓花玻璃戒指。看起來像是在這裡住了好幾年。

我試戴一只橡膠恐龍戒指，手一壓，暴龍便會閃出紅黃藍的光。「眞希望我的房間也能像這樣。」我很喜歡，但我的潔癖太嚴重，不可能住在這樣的房間裡。我需要乾淨的牆壁、整齊的書桌，每樣東西都放在定位。

米瑞蒂似乎很滿意這樣的恭維。

「這些人是妳的朋友嗎？」我將恐龍放回茶杯，指向塞在鏡子上的照片。印在粗厚紙張上的黑白照片顯然是學校攝影課的作業，四個人站在巨型的方框前面，身上有型的黑色系服裝和刻意撥亂的髮型顯示她屬於那種居家藝術者。我有點意外。雖然她的房間裝飾很有風格，又戴著鼻環和手上的戒指，但其他地方都很整齊：淡紫色的毛衣、緊身牛仔褲、柔和的嗓音，還有那些足球照片，但她也不是那種男人婆。

她咧嘴微笑，鼻環閃閃發亮。「是啊，照片是愛莉在拉德芳斯拍的。裡面有喬許、聖克萊、我和瑞絲蜜。妳明天就會碰到他們，啊，除了愛莉，她去年畢業了。」

我扭住的胃結開始鬆開。她在邀請我跟她同桌嗎？

「不過妳很快就會見到她，她正在和聖克萊約會，在帕森設計學院巴黎分校念攝影。」

我從來沒聽過那間學校，不過點點頭，假裝本來就打算找一天到那裡看看。

「她眞的很有天分。」她的語氣似乎不太認同，但我沒有深究。

「喬許和瑞絲蜜也在約會。」她補充。

喔，看來米瑞蒂沒有跟任何人約會。

不幸的是，我可以理解。在美國的時候，我和一個朋友麥特約過會，持續五個月。他有點高，人滿有趣的，髮型也還不錯，我們之間有點像「既然沒什麼更好的人選，要不要試試看？」那種狀況。我們只接過吻，感覺也不怎麼樣，口水多到我必須一直擦下巴。

我知道巴黎的事後，我們就分手了，不過那也沒什麼。我沒有哭、也沒有寫傷心的電子郵件，或偷開他媽媽的旅行車私奔。他現在和合唱團的雀莉・米里肯約會，她有一頭像洗髮精廣告的柔亮頭髮。但我一點也不吃味。

或者沒有那麼在乎。

何況，分手後，我就可以肆無忌憚地迷戀影城的萬人迷同事拓夫。當然，和麥特在一起時，我也會對拓夫發花癡，但那麼做確實讓我很有罪惡感。夏天結束的時候，我和拓夫開始有了一點發展（真的那種）。但麥特是我唯一約會過的男孩，不過那不太算數。我曾經告訴他，在夏令營的時候，我跟一個叫史都・希索貝的男孩約過會。史都的頭髮是紅棕色的，會彈貝斯吉他。我們瘋狂愛著彼此，可惜他住在田納西的查特諾加市，而我們都還沒有駕照。

麥特知道那是我編出來的，只是好心地不拆穿。

我正打算問她選了哪些課，披頭四〈永遠的草莓園〉前幾個小節從她的電話傳出。她翻白眼，接起電話。「媽，現在這裡是半夜，我們有六個小時的時差，記得嗎？」

我瞥向她黃色潛水艇形狀的鬧鐘，驚訝地發現她說得沒錯。我把早就喝完的馬克杯放到櫃子上。「我先走了，」我輕聲說：「抱歉打擾這麼久。」

「等等，」米瑞蒂蓋住話筒，「很高興認識妳，早餐見？」

「好，再見。」我試著輕快地說，但實在太興奮，還是蹦跳著離開她的房間，接著立刻撞上一堵牆。

哇，不是一堵牆，是個男生。

「哇！」他踉蹌往後退。

「對不起！眞抱歉，我不知道你在這裡。」

他搖頭，還沒回過神。我首先注意到的是他的頭髮（這是我對每個人的第一印象），是黑色，而且很凌亂，有點長又有點短。我聯想到披頭四，因爲剛剛才在米瑞蒂的房間看到。那是藝術家的頭髮，音樂家的頭髮，那種假裝隨意，但其實費心整理過的髮型。

非常漂亮的頭髮。

「沒關係，我也沒注意到妳。妳還好嗎？」

喔，老天，他是英國人。

「呃，米兒住這裡嗎？」

說實話，就我所知，沒有一個美國女孩能夠抗拒英國腔。

男孩清清喉嚨，「米瑞蒂．薛弗里爾，高個子的女孩，金髮？」他看著我的表情彷彿我瘋了或聽力有問題，就像我奶奶。每當我問「妳要哪種沙拉醬？」或是「妳把爺爺的假牙拿到哪裡去了？」，奶奶總是只會微笑和搖頭。

「抱歉，」他稍稍退後了一步，「妳正要回去睡覺。」

「沒錯！米瑞蒂住這裡。我剛剛和她聊了兩小時。」我得意洋洋地說，口氣就像我弟弟辛恩每次在院子裡發現什麼噁心的東西那樣。「我叫安娜！我剛到這裡！」喔老天，這種、可怕的、興奮語氣、是、怎麼回事？我的臉頰滾燙，簡直丟臉到家。

那個俊美的男孩露出有趣的笑容。他的牙齒很可愛：頂端筆直，基部歪斜，有點過度咬合。我對這種微笑毫無抵抗能力，因爲我沒做過牙齒矯正手術，門牙縫可以塞進一顆葡萄乾。

「我是依提安，」他說，「我住在樓上。」

「我住這裡。」我傻呼呼地指向我的房間，腦中混沌一片：法國名字、英國腔、美國學校，安娜暈頭轉向。

他在米瑞蒂的門上敲了兩下。「下次見，安娜。」

依提安叫我名字的方式聽起來像是：雅娜。

我的心臟在胸口怦通怦通怦通跳著。

米瑞蒂打開門，「聖克萊！」她大叫，手上還握著話筒。他們大笑擁抱彼此，開始交談。

「快進來！航行順利嗎？什麼時候到的？你見過喬許了嗎？媽，我得掛電話了。」

米瑞蒂的電話和門同時關上。

我摸索項鍊上的鑰匙。兩個穿著粉紅浴袍的女孩從我後面大步走過，笑語盈盈。走廊對面有一大群男生在嘻笑喧鬧。米瑞蒂和她的朋友在單薄的牆壁後大笑。我的心往下沉，胃再次糾結成一團。

我仍舊是這裡的新生，仍舊是孤單一個人。

3

隔天早上，我猶豫著要不要去找米瑞蒂，結果還是膽怯地獨自去吃早餐，至少我知道自助餐廳在哪裡（第二天：生活技巧講座）。我再次確認帶了餐卡，接著撐開奇蒂貓雨傘。外面飄著細雨，老天爺一點也不在乎今天是我的開學日。

我和一群吱吱喳喳的學生一起過馬路，沒有人注意到我，我們一起繞過路上的水坑。一輛和我弟弟的玩具車一樣小的車子掠過，濺濕一名戴眼鏡的女孩。她咒罵，朋友紛紛嘲笑她。

我慢下腳步。

城市一片珠灰。迷濛的天空和石砌的建築散發同樣清冷的優雅。先賢祠在我眼前曖曖生光，巨大的圓頂和高聳的圓柱矗然鶴立，傲視鄰近的建築。每次看著它，我都難以移開目光，它彷彿是偷偷從古老羅馬（或至少是國會山莊）搬過來的，不該是我從教室窗戶一望可見的景色。

我不知道那棟建築的用處，但我猜很快有人會告訴我。

我的新家位於拉丁區，或稱爲第五區，我從口袋字典上知道法文的用法。我居住的這一區建築物彼此交融，在建築的角落都有像婚禮蛋糕奶油花般的裝飾。人行道上充滿學生和旅客，沿路可以看見整齊的長凳和華麗的路燈柱，金屬欄杆包圍茂密的樹木，哥德式的教堂、小外帶餐攤、明信片架和花邊陽台鐵架。

如果我是來度假，一定會很欣賞這樣的景色，還會買艾菲爾鐵塔的鑰匙鍊、拍幾張鵝卵石街道的照片、點一盤蝸牛。可惜我不是來度假的，我將住在這裡。我覺得自己好渺小。

美國學校的教室距離二三年級生住的藍博宿舍只有兩分鐘腳程，大門是一座巨大的拱門，門後是一片修剪整齊的庭院。天竺葵和常春藤從每一樓窗台的花盆爬下，大概是我三倍身高的深綠門板正中央雕著雄偉的獅頭，門口的兩側各掛著一面紅、白、藍的旗幟：一面是美國國旗、另一面是法國國旗。

看起來好像《莎拉公主》的電影場景——如果故事發生在巴黎的話。這樣的學校怎麼可能眞的存在？我怎麼可能拿到入學許可？爸爸一定是瘋了，才以爲我適合這裡。我奮力收起雨傘，一邊用屁股推開厚重的門，一名梳著衝浪髮型的有錢少爺莽撞地衝過去，不偏不倚地撞上我的雨傘，不爽地白了我一眼，彷彿（一）他走路不看路是我的錯；（二）弄濕他的不是外面的雨。

巴黎再扣兩分。滾邊去，大少爺。

一樓的天花板高得不可思議，上面掛著吊燈，天花板是嬉鬧的山泉精靈和好色的森林之神的壁畫。空氣中微微帶有清潔劑的柑橘香和白板筆的味道。我跟著橡膠鞋的水聲，前往自助餐聽。腳下是雀紋交錯的大理石磚。走廊底端，掛在高牆上的金鐘輕響報時。

整間學校氣勢驚人，讓人印象深刻，這裡應該保留給有私人保鏢和迷你馬的學生就讀，而不是像我這種大部分衣服都是在塔吉特量販店買的人。

雖然在校園導覽時已經來過一次，自助餐廳還是讓我釘在原地不敢動。我習慣在有漂白劑和皮帶氣味的改裝健身房裡吃午餐，長桌子旁邊有附設的長凳，上面放紙杯和塑膠吸管，戴著髮網的收銀機小姐會給我們還沒退完冰的披薩、薯條和雞塊，飲料機和自動販賣機則提供其餘我所謂的營養。

但這裡，這裡像是大餐廳。

與大廳散發的悠久歷史氣息不同，自助餐廳非常時髦，裡面放滿樺木圓桌，提籃裡種了植物，牆壁是橙色和淺綠，戴著廚師帽的清爽法國人提供新鮮到可疑的各種食物。幾個箱子裡擺置著瓶裝飲料，不過飲料不是高糖高熱量的可樂，而是果汁和式樣繁多的礦泉水，甚至還有一桌專門提供咖啡。咖啡。我知道一些克萊蒙高中的咖啡狂願意為了能在學校買到咖啡而殺人。

座位上坐滿了人，每個人高聲和朋友交談，努力壓過廚師的叫喊聲和碗盤（是眞的瓷器，不是塑膠的）的碰撞。我定在門口動也不動，學生從各種方向在身邊來去。我的胸膛縮緊。應該先找桌子還是先點早餐？我又應該怎麼點那張充滿可怕法文的菜單？

我意外聽見有人叫我的名字。喔拜託拜託拜託……

我掃視人群，發現對面一隻戴滿戒指的手朝我揮舞。米瑞蒂指向身邊的空位，我慢慢穿過人群，感激涕零，也幾乎如釋重負。

「我本來想敲妳的門，一起走到餐廳，但我不知道妳會不會想睡晚一點。」米瑞蒂的眉頭憂慮地皺起。「對不起，我應該敲門的。妳看起來很不知所措。」

「謝謝妳幫我留位子。」我放下背包就座，同桌還有另外兩個人，跟昨晚說的一樣，就是在她鏡子照片上的人。我又緊張了起來，重新調整腳邊的背包。

「這是安娜，我剛剛提過的女生。」米瑞蒂說。

一個有著長鼻子的短髮瘦高男孩舉起咖啡杯，向我打招呼。「我是喬許，」他說，「這是瑞絲蜜。」他朝身邊的女孩點頭，另一隻手收在連帽外套的口袋裡。瑞絲蜜戴著新潮的藍框眼鏡，豐厚的黑髮披散在背後，看也不看我。

無所謂，沒什麼大不了的。

「除了聖克萊，大家都到了，」米瑞蒂說，轉頭環視自助餐廳，「他常常遲到。」

「是每次，」喬許糾正她，「他每次都遲到。」

我清清喉嚨，「我想昨晚我有見到他，在走廊上。」

「漂亮的頭髮和英國腔？」米瑞蒂問。

「嗯，我記得是。」我試著假裝不以爲意。

喬許嗤笑。「大家都愛~聖克萊。」

「喔，閉嘴。」米瑞蒂說。

「我不算。」瑞絲蜜第一次看向我，揣想我會不會愛上她的男朋友。

他放開她的手，發出誇張的嘆息。「喔，但我愛他。我打算邀請他去畢業舞會，我有把握今年我們會風靡全場。」

「學校有畢業舞會？」我問。

「老天，沒有。」瑞絲蜜說，「沒錯，喬許，你和聖克萊如果穿上成對的禮服會很迷人。」

「燕尾服。」英國腔讓米瑞蒂和我從座位上跳起來。是走廊那個男孩，英俊的男孩，他的頭髮被雨打濕了。「我堅持要穿燕尾服，否則我就把你的胸花送給史蒂夫・卡文。」

「聖克萊！」喬許從座位上跳起來，給了彼此一個典型的熊抱。

「不親嘴？我好傷心，兄弟。」

「我怕醋罈子會生氣，她還不知道我們的秘密。」

「才怪。」瑞絲蜜說，但她露出了笑容。她笑起來很美，應該多多活動嘴角。

英俊的走廊男孩（我該叫他依提安或聖克萊？）放下袋子，滑進我和瑞絲蜜中間那個僅存的位子。「安娜。」他很意外看到我，我也很意外：他記得我。

「雨傘不錯，早上應該帶把傘的。」他一手扒過頭髮，一滴水落到我的裸臂上。我說不出話來，不幸的是，我的胃卻有話要說。他望向我咕嚕叫的胃，我突然發現到那雙棕眼有多大，彷彿他還需要更多武器來征服女性族群。

喬許說得對：學校裡不可能有女孩不愛他。

「聽起來怪可怕的，妳得餵飽那玩意兒。除非……」他假裝研究我，然後貼近輕聲說：「除非妳是那種不吃東西的女孩。我恐怕無法忍受這點，必須給妳一張終生同桌禁制令。」

我決心在他面前保持正常的語言能力。「我不知道怎麼點餐。」

「簡單，」喬許說：「去排隊，告訴他們妳要吃什麼，接過美味的餐點，然後交出餐卡和兩品脫的鮮血。」

「聽說今年改成要三品脫。」瑞絲蜜說。

「要抽骨髓，」俊美的走廊男孩說：「或是割掉左耳垂。」

「我是說菜單，謝謝。」我指向廚師頭上的黑板，某人用精巧的花體文字和粉紅、黃、白色的粉筆寫下今天早餐的菜單。寫的是法文。「那不是我的母語。」

「妳不會說法文？」米瑞蒂說。

「我修了三年的西班牙文，沒想過我會搬到巴黎來。」

「沒關係，」米瑞蒂很快說：「這裡很多人不說法文。」

「但大多數人都會。」喬許補充道。

「但大多數人說得都不是很好。」瑞絲蜜意有所指地看他。

「妳先學跟食物有關的字，那是愛的語言。」喬許像個瘦削的佛陀般摸著肚子。「蛋是*Oeuf*，蘋果是*Pomme*，兔子是*Lapin*。」

「不好笑，」瑞絲蜜捶他的手臂，「難怪愛西絲會咬你，可惡。」

我再次瞥向黑板，上面寫的還是法文。「嗯，在那之前呢？」

「好，」俊美的走廊男孩推開椅子，「過來吧，我也還沒吃。」我很難不注意到當我們穿過人群時，有好幾名女孩目瞪口呆地看著他。一名穿著緊身背心的金髮鷹勾鼻女孩一看見我們走到隊伍後面，便柔聲說：「嗨，聖克萊，暑假過得如何？」

「嗨，亞曼達，還不錯。」

「你是待在這裡或是回倫敦去？」她朝她綁馬尾的矮小女生朋友擠過去，好讓他可以更清楚地看見她。

「我去舊金山找我媽。妳的暑假還好嗎？」他禮貌地問，但我很高興聽見他聲音中的不以爲意。

亞曼達甩了甩頭，突然讓我想起雀莉．米里肯。雀莉喜歡甩動頭髮，用手指把弄。布麗姬認爲她整個週末一定都站在電風扇前面，假裝自己是超級名模，但我覺得她光是要一直把頭髮泡進海藻木瓜泥裡保養，好保持完美的閃閃動人，就沒時間了。

「精采無比！」甩頭，玩頭髮。「我去了希臘一個月，然後接下來都在曼哈頓。我爸爸有一間很棒的閣樓，可以俯瞰中央公園。」

她每說一句話，就會強調一個字。我嗤了一聲，免得笑出來，俊美的走廊男孩可疑地咳了起來。

「但我好想你。你沒收到我的電子郵件嗎？」

「呃，沒有，可能寄錯信箱了。嘿，」他推推我，「快到我們了。」他轉身背對亞曼達，她和她的朋友皺眉互看。「現在來上第一課，這裡的早餐很簡單，主要是麵包——當然，最有名的還是牛角麵包。這表示沒有醬料，也沒有炒蛋。」

「培根呢？」我滿懷希望。

「當然沒有。」他笑。「第二課，黑板上的字。仔細聽，跟著我複誦：燕麥片。」我瞇起眼睛，他同時咧大了故作無辜的笑容。「意思是『燕麥片』。這個呢？優格？」

「天哪！我不知道！會是『優格』的意思嗎？」

「聰明！妳說妳從沒住過法國？」

「哈，天殺的，哈。」我學他的英國腔。

他微笑。「喔，我懂了，才認識不到一天，就開始嘲弄我的腔調。接下來怎樣？討論我的髮型？身高？褲子？」

褲子。說實話我還真有興趣。

櫃台後的法國人對著我們咆哮。抱歉，皮耶主廚，我有點被這個有法國名字的英國腔美國學校極品男孩分了神。那男孩很快地問，「優格燕麥片配蜂蜜、半熟蛋，或是梨子奶油蛋捲？」

我不知道奶油蛋捲是什麼。「優格。」我說。

他用流利的法語點菜，至少從我無知的耳朵聽來是完美無缺的，也取悅了皮耶主廚。他鬆開眉頭，將燕麥片和蜂蜜加進我的優格裡，還撒了一大把藍莓在上面，然後才遞給我。

「謝謝，波汀先生。」

我端起我們的餐盤。「沒有果塔餅？沒有可可泡芙？我眞的、完全無法忍受。」

「呃，星期二有果塔餅，星期三有鬆餅，但這裡沒有，從來沒有出現過可可泡芙。妳只能將就星期五的香果圈。」

「以一個英國人而言，你知道的美國垃圾食物眞不少。」

「柳橙汁？葡萄柚？蔓越莓？」我指向柳橙汁，他從箱子拿了兩瓶出來。「我不是英國人，我是美國人。」

我微笑，「你當然是了。」

「我眞的是。只有美國人才能進SOAP，記得嗎？」

「肥皂（Soap）？」

「巴黎美國學校（School of America in Paris），」他解釋，「簡稱SOAP。」

很好，原來爸爸送我到這裡清洗。

我們排隊付帳。我意外發現流程非常有效率。以前的學校老是有人插隊，惹午餐阿姨大發雷霆，但這裡每個人都耐心地等待。我轉回頭，剛好看見他的眼睛迅速打量我的身體。我屏住呼吸：這個帥哥在看**我**！他沒發現我察覺到了。「我媽媽是美國人，」他流暢地繼續說：「我爸爸是法國人，我出生在舊金山，在倫敦長大。」

神奇地，我還能說話，「眞是國際化。」

他笑。「沒錯，跟你們這些假貨可不一樣。」

我正打算吐槽回去，突然想起來：**他有女朋友**。這念頭狠狠戳破我大腦裡的粉紅泡泡，強迫我回想起昨晚和米瑞蒂的對話。該是改變話題的時候了。「你眞正的名字是什麼？昨晚你說你叫——」

「聖克萊是我的姓，我的名字叫依提安。」

「依提安．聖克萊。」我試著模仿他的發音，聽起來非常不凡而且優雅。

「很恐怖，對吧？」

我笑了起來。「依提安還不錯，爲什麼他們不這樣叫你？」

「喔，『依提安還不錯』，妳人眞好。」

另一個人排到我們後面，是個小個子的男孩，棕色皮膚、很多青春痘、又多又黑的頭髮。男孩很高興看見他，他也報以微笑。「嘿，尼契，假期過得好嗎？」他問了亞曼達同樣的問題，但這次語調很眞誠。

聽到那句話，男孩便滔滔不絕地聊起他到德里的旅行，描述印度的市場、寺廟和雨季。（他參加泰姬瑪哈陵一日遊，我則和全喬治亞州居民一樣，到巴拿馬市海灘去人擠人。）另一個頭髮亂翹的瘦白男孩跑過來，尼契立刻拋下我們，同樣開心地跟他的朋友描述暑假的經歷。

聖克萊（我決定這樣叫他，免得出糗）轉向我。「尼契是瑞絲蜜的弟弟，今年升九年級。她還有個妹妹尙琪姐，讀十一年級。姐姐麗拉兩年前畢業了。」

「你有兄弟姐妹嗎？」

「沒，妳呢？」

「我有個弟弟，不過他在亞特蘭大家裡。那在喬治亞州，南方那邊。」

他挑高眉。「我知道亞特蘭大在哪裡。」

「喔，對了。」我將餐卡遞給收銀機後面的櫃員。他和波汀先生一樣，穿了合身的白制服和漿過的帽子，還有兩撇翹鬍子。唔，我不知道這裡的人留這種鬍子。翹鬍子廚師刷過我的卡，快速說了聲*Merci*後，把卡交還給我。

謝謝。另一個我知道的法文，棒呆了。

回到座位的路上，亞曼達在她那群上流朋友裡一直看著聖克萊。我不訝異看見那個衝浪頭的白眼傢伙坐在她旁邊。聖克萊在解釋上課的事：第一天要注意什麼、我的老師會是誰，但我沒在聽，我只注意到他微笑露出的略歪牙齒和神氣活現的自信步伐。

我跟其他人一樣，都是大白癡。

4

我們照姓氏排隊，H到P這一列動得很慢。我前面的人正在和輔導員爭執。我望向A到G那一排，發現米瑞蒂和瑞絲蜜已經拿到了課程表，正在比較討論。

「但我沒有選戲劇，我選的是電腦科學。」

矮胖的輔導員很有耐心。「我知道，但電腦科學跟你的課表衝堂，而你的備選課沒有。或許你可以下學期再選——」

「我的備選課是程式語言。」

等等，我突然警覺起來：可以這樣嗎？塞給我們沒有選的課？我會死——死無葬身之地——如果我得再修一次體育課。

「老實說，大衛，」輔導員翻閱她的文件，「你忘了塡備選課，所以我們只好幫你代選，不過我相信你會發現——」

男孩憤怒地從她的手上扯回課表，大步走開。唷喔，看來不是她的錯。我往前一步，盡可能親切地報上名字，彌補剛剛離開的那個混蛋的行徑。她笑著露出酒窩。「我記得妳，親愛的。開學快樂。」她遞給我半張黃紙。

我屏住呼吸檢查。吁，沒有意外。進階英文、微積分、法語入門、物理、歐洲史，還有一門很可疑叫「生活」的課。

註冊的時候，輔導員告訴我「生活」這門課只有十二年級能修，有點像自習課，不過偶爾會有客座演講，教導我們如何在支票簿、租公寓和法式鹹派之間取得平衡，大概是這樣。我只是很高興媽媽讓我選了這門課。這間學校的優點之一是：數學、科學和歷史並不是十二年級的必修課。不幸的是，媽媽非常保守，堅決表示我高中每一年都必須修這三門課，才能畢業。「如果妳選陶藝課的話，就進不了好的大學。」她警告我，皺眉看過我的新生手冊。

謝了，媽。送我到這座以藝術聞名的城市接受薰陶，又要我忍受另一堂數學課。我遲疑地走向米瑞蒂和瑞絲蜜，感覺自己像拖油瓶，又希望能有幾堂共同的課。我很走運。「有三堂課跟我一樣，跟瑞絲有四堂！」米瑞蒂開心地將課表還給我，五彩繽紛的塑膠戒指互相敲擊。

瑞絲，這個暱稱怪怪的。她們談論一些我不認識的人，我的思緒飄向在院子另一端Q到Z區排隊的聖克萊和喬許，不知道我跟他有沒有共同的課。

我是說，他們。跟他們有沒有共同的課。

雨已經停了，喬許踩了一下水窪，將水濺向聖克萊。聖克萊大笑，說了些話，兩個人笑得更開心。突然間，我發現聖克萊比喬許矮，矮很多。怪的是我一直沒注意到，但他的舉止並不像矮個子。大多數的矮個子都比較內向或防禦心強，有人兩者皆是，但聖克萊非常有自信又友善而且——

「老天，能不能別再盯著他看了？」

「啊？」我急轉回頭，發現瑞絲蜜不是在對我說話。她正對著米瑞蒂搖頭，後者和我一樣燒紅了臉。

「妳的目光快把聖克萊的頭燒出洞來了，很難看。」

「閉嘴。」但米瑞蒂對我笑，聳聳肩。

哈，該清醒了。彷彿我還需要別的理由來停止發花癡。萬人迷男孩後援會已經宣告額滿了。

「什麼都別跟他說，」她說：「拜託。」

「當然。」我說。

「因為我們顯然只是朋友。」

「顯而易見。」

我們四處亂轉，直到校長抵達現場致歡迎詞。校長優雅的姿態有如芭蕾舞伶，頸脖纖長，雪一般的白髮緊捆成一束，看起來相當出色，反而讓人不會想到她的年紀。她整體的風格非常巴黎，但我從入學許可上得知她其實是芝加哥人。她目光掃過我們，上百名她親手挑選的學生。「歡迎大家到巴黎美國學校展開精彩的另一年。我很開心看到許多熟悉的面孔，更開心看到新的面孔。」

即使是巴黎也顯然改善不了開學致詞的老套。

「去年上過課的同學，請和我一起熱烈歡迎新的同學和學長姐加入。」

三三兩兩的鼓掌禮貌性地響起，我看看四周，震驚地發現聖克萊正看著我。他朝我的方向舉高手拍著，我臉紅了，趕快轉頭。

校長還在致詞。專心點，安娜，專心。但我感覺他的凝視有如炙熱的太陽，我的皮膚開始冒汗，連忙躲到一棵修剪整齊的樹後面。他為什麼看我？他還在看嗎？我猜他還在看。為什麼為什麼為什麼？那是好的意思？或不好的意思？或根本沒有意思？我不敢看。

等我終於看回去，他已經沒在看我了，只是咬著粉紅的指甲。

校長做完結語，瑞絲蜜跑去找男孩們，米瑞蒂則帶我去上英文課。老師還沒到教室，因此我們選擇坐到後面。教室比我以前的小，鑲了發亮的深色飾邊，挑高的窗戶看起來像門一樣大，不過桌子、白板和掛在牆面的削鉛筆機都和以前一樣。我專注在熟悉的事物上，放鬆心情。

「妳會喜歡柯爾教授，」米瑞蒂說，「她很風趣，叫我們看的書也都很棒。」

「我爸爸是小說家。」我脫口而出，立刻感到後悔。

「眞的？叫什麼名字？」

「詹姆士・艾許里。」那是他的筆名，我猜歐立分這個姓不夠浪漫。

「那是誰？」

這更丟臉了。「《抉擇》？《啓程》？這兩部曾經拍成電影。算了，他取的書名都很模糊——」

她興奮地往前傾。「不，我媽媽很愛看《啓程》！」

我皺皺鼻子。

「沒那麼糟。我陪她看過一次《啓程》，看到那女孩因爲血癌去世的時候哭得一塌糊塗。」

「誰因爲血癌去世？」瑞絲蜜把背包放到我旁邊，聖克萊跟在她後面走進來，坐到米瑞蒂前面。

「安娜的爸爸是《啓程》的作者。」米瑞蒂說。

我咳嗽。「我覺得那沒什麼。」

「對不起，《啓程》是什麼？」瑞絲蜜問。

「那部電影描寫一個男孩幫忙在電梯接生一個女嬰，長大以後和她相愛。」米瑞蒂說，聖克萊往後靠向椅子，抓過她的課表。「但他們訂婚的第二天，那女孩卻被診斷出血癌。」

「她爸爸推著她的輪椅走向結婚禮壇，」我繼續說：「她最後在蜜月的時候死掉。」

「噁。」瑞絲蜜和聖克萊同時說。

丟的臉夠了。「喬許呢？」我問。

「他才十一年級，」瑞絲蜜說，彷彿我應該早就知道這件事。「我們把他丟在基礎微積分的課堂上。」

「喔。」對話撞壁，太讚了。

「米兒，我們有三堂課在一起。妳的課表拿來。」聖克萊再次往後靠，摸走我的課表。

「哈，法語入門。」

「早跟你說過了。」

「沒這麼糟，」他把課表還給我，微笑。「妳會在不知不覺中學會唸菜單，不用我幫妳。」

嗯，或許我不想學會法文了。

噢！男生總是會害女生變成這種白癡！

「早安，同學，」穿著醒目藍綠色裙裝的女人踏進教室，將咖啡杯喀地一聲放到講桌上。她很年輕，有一頭我從沒在其他老師身上看過的金髮。「對那些——」她的眼睛掃過教室，然後定在我身上。

咦？我做了什麼？

「對那位不認識我的同學，我是柯爾教授。」她誇張地行禮，引起全班哄堂大笑，紛紛轉過頭看我。

「哈囉。」我用微弱的聲音招呼。

我沒猜錯。整個十二年級二十五名學生裡，我是唯一的新生，也表示我的同學還有一個我沒有的優勢，畢竟每個人都和老師很熟，這間學校不大，每一科都是由同一位老師教四個年級。

我很好奇我取代的那個學生是誰？說不定比我酷，說不定她綁了黑人辮，有迷人的刺青，還認識音樂界的人。

「看來管理員再次無視了我的要求，」柯爾教授說：「大家起立，你們知道規矩。」

我不知道，但跟著其他人一起推桌子，將桌子圍成圓圈。同時看見每個同學的感覺很怪，我趁機打量他們。我沒以爲自己有多出色，但他們的牛仔褲、鞋子和背包都比我的昂貴，看起來比我更整潔、耀眼。

這也難怪。媽媽是高中生物老師，平常很少給我們零用錢，爸爸會付貸款和帳單，但不太夠，媽媽的自尊心太高，不願意開口多要。她說反正他也不會答應，寧可把錢拿去買另一台昂貴的健身機。

她說的或許沒錯。

□

接下來的早上在模糊的印象中消失。我喜歡柯爾教授，我的數學老師巴本諾教授人也很好，他是巴黎人，眉毛會動來動去，說話的時候會噴口水。公平地說，我覺得說話噴口水跟法國人無關，他只是大舌頭，很難聽懂他的口音。

再來是法語入門課。結果居禮教授也是巴黎人。也有道理，外文課總是會找外國人來教課。

每次我舉手，西班牙文老師總會翻白眼，大嘆：「喔，老天！」當我弄不懂他們認爲理所當然的概念時，他們就會很沮喪。

後來我不再舉手了。

如我所料，課堂上都是九年級生，還有我。喔，還有一名十一年級生，就是早上選課時發脾氣的男孩。他很熱情地介紹自己叫大衛，看得出來發現自己不是唯一的高年級生，他和我一樣鬆了口氣。

或許大衛人還不錯。

□

中午我跟著人群來到自助餐聽。雖然義大利麵聞起來很美味，我還是避開人龍，直接走到放水果和麵包的自助吧台。我是個膽小鬼，寧可餓死，也不敢用法文點餐。「是的，是的！」我會這樣說，一邊隨便指向黑板上的字，然後翹鬍子廚師會拿給我某些噁心的食物，而我必須丟臉地買下。*我點的就是烤乳鴿沒錯！嗯！跟奶奶一樣！*

米瑞蒂和她的朋友坐在和早上同一張桌子旁，我深吸口氣，加入他們，幸好沒有人露出意外的表情。米瑞蒂問聖克萊是否去找過他女朋友了，他放鬆地靠在椅子上。「還沒，不過我們今晚會見面。」

「暑假你有見過她嗎？她開始上課了沒？她這學期修什麼課？」她不斷問關於愛莉的問題，而他只是簡短回答。喬許和瑞絲蜜正在親吻（我連舌頭都看見了），我只好埋頭吃麵包和葡萄。我眞是虔誠的教徒。

葡萄比我熟悉的小一點，果皮有點粗糙，是沾到灰塵嗎？我沾濕手帕，擦拭紫色的小果實。

稍有改善，但還是有點粗。嗯。聖克萊和米瑞蒂的交談停了下來，我抬頭發現他們用同樣饒富興味的表情盯著我。「怎麼了？」

「沒事，」他說，「繼續洗妳的葡萄。」

「它們很髒。」

「妳吃過了嗎？」

「沒有，上面還是有泥斑，」我拿起一顆讓他們看。聖克萊接過去，丟進嘴裡。我恍惚地看著他的嘴唇和喉嚨吞嚥的動作。

我遲疑了。我該吃乾淨的食物，或是接受他的建議？

他拿起另外一顆，露出微笑。「張開嘴。」

我張開嘴。

他將葡萄放進我的口中，葡萄刷過我的下唇，在我的口中爆炸，多汁的口感讓我吃驚地差點噴出來。濃郁的香味比較像是葡萄糖果，而不是真的水果。說我從未嚐過這種滋味，還算是保守的說法。米瑞蒂和聖克萊大笑。「等妳喝過葡萄酒再說。」她說。

聖克萊用叉子捲起義大利麵條。「那麼，法文課怎麼樣？」

突然轉換話題讓我打了個冷顫。「居禮教授很可怕，一直在皺眉頭。」我撕下一片棍子麵包，外皮酥脆，內裡鬆軟。喔，眞好吃。我又塞了一大塊進嘴裡。

米瑞蒂若有所思。「她一開始是有點嚇人，但等熟了以後，其實很和善。」

「米兒是她的得意門生。」聖克萊說。

瑞絲蜜鬆開喬許，後者似乎不太適應新鮮空氣。「她正在修進階法文，還有進階西班牙文。」她補充說。

「或許妳可以幫我補習，」我對米瑞蒂說：「我的外國語很差。學校願意忽視我的西班牙文成績唯一的理由是校長看我爸爸的蠢小說。」

「妳怎麼知道？」她問。

我翻白眼。「她在電話面談的時候提過一兩次。」她一直問《燈塔》的選角結果，彷彿爸爸有權力決定，或我對那件事有興趣似的。她沒發現我喜歡的電影是比較成熟的。

「我想學義大利文，」米瑞蒂說：「但這裡沒開。我明年想去念羅馬的大學，或是倫敦，我也可以在那裡念。」

「義大利文當然是到羅馬比較好吧？」我問。

「嗯，那個，」她偷偷看聖克萊一眼，「我一直很喜歡倫敦。」

可憐的米兒，這招不太高明。

「你呢？」我問他，「你打算去哪裡？」

聖克萊聳肩，慵懶的大動作意外地非常有巴黎味道。昨晚我問侍者餐廳有沒有披薩時，他也給我同樣的聳肩。「不知道，要看情況，不過我想念歷史。」他往前靠，彷彿打算透露什麼有趣的秘辛。「我一直想成爲那種在BBC或PBS特別節目上受訪的專家。妳知道，就是那種眉型怪怪的，絨布袖還有補丁的那種。」

跟我一樣！某程度上啦。「我想上經典電影頻道，和勞勃·奧斯朋一起討論希區考克和柯波拉，那個頻道大多數的節目都是他主持的。我是說我知道他是個老先生，但他眞的眞的很酷，對電影無所不知。」

「眞的？」他似乎眞的很感興趣。

「聖克萊的頭總是埋在跟字典一樣厚的歷史書裡，」米瑞蒂打岔說：「很難把他拉出房間。」

「那是因爲愛莉總是在裡面。」瑞絲蜜挖苦地說。

「妳說這句話很有說服力，」他指向喬許，「更別提……亨利了。」

「亨利！」米瑞蒂說，和聖克萊同時爆出大笑。

「就那個天殺的下午，你怎麼樣都不肯讓我忘記。」瑞絲蜜瞥向喬許，他用力戳著義大利麵。

「誰是亨利？」我用結巴的法文發音：安希。

「十年級凡爾賽宮校外教學的導遊，」聖克萊說：「瘦巴巴的小色鬼，但瑞絲蜜把我們丟在鏡廳，對他投懷送抱——」

「我沒有！」

米瑞蒂搖頭。「他們摸來摸去，整個下午都在大庭廣衆下，毫不避諱地那樣做。」

「全校的人在巴士上等了兩個小時，因爲她忘記什麼時候應該回來。」他說。

「根本**不到**兩個小時。」

米瑞蒂繼續說：「韓生教授終於在法式花園的灌木叢後面找到她，脖子上都是齒印。」

「齒印！」聖克萊嗤聲大笑。

瑞絲蜜氣炸了。「閉嘴，英國舌頭。」

「啊？」

「英國舌頭，」她說：「在你和愛莉去年春天在市集驚心動魄的表演後，我們都這樣叫你。」聖克萊試圖抗議，但他笑得太用力了。米瑞蒂和瑞絲蜜繼續鬥嘴，但……我又沒在聽了。我納悶麥特有更老練的練習對象後，接吻技巧是不是進步了。或許他的接吻技巧不好是因爲我。

喔，不。

我的接吻很爛，一定很爛，超爛。

有一天我會接到一座嘴唇形狀的獎座，上面刻著「全世界吻技最爛的女孩」，然後麥特會致詞說他之所以跟我約會，是因爲他走投無路，但我不會伸舌頭，只是浪費他的時間，因爲雀莉．米里肯非常喜歡他，也很會伸舌頭。大家都知道。

喔，天，拓夫覺得我吻得很爛嗎？

那只發生一次。我最後一天到電影院上班，也是我飛法國的前一天晚上。那發生得很慢，我們幾乎整晚都獨自在大廳，或許因爲是我最後一次值班，或許我們未來四個月都不會看到彼此，或許那感覺像是最後的機會──無論如何，我們肆無忌憚，大膽地打情罵俏一整晚，等到他們叫我們回家的時候，還是在原地流連。我們只是一直……聊天。

然後，他終於說他會想我。

然後，他終於在嗡嗡響的雨棚下吻了我。

然後我就回家了。

「安娜？妳還好嗎？」有人問我。

整桌人都盯著我看。

別哭，別哭，別哭。「嗯，洗手間在哪裡？」洗手間是我最愛的藉口，適用任何情況，只要妳提起它，沒有人會多問一句。

「廁所在走廊底。」聖克萊似乎很擔心，但不敢多問。他或許害怕我會提起衛生棉條，或是某個「月」開頭的可怕字眼。

□

剩下的午餐時間我都躲在廁所隔間裡。我好想家，連身體都開始不舒服。我的頭抽痛、胃很想吐。太不公平了，我從來不想到這裡來，我有自己的朋友、有自己的私人笑話、幾個偷吻。眞希望爸媽能讓我自己做決定：「妳想在亞特蘭大或是巴黎念十二年級？」

誰知道？說不定我會選巴黎。

爸媽從來沒想過，我只是希望能有選擇的權利。

5

收件者：安娜・歐立分 <bananaelephant@femmefilmfreak.net>
寄件者：布麗姬・劭德威 <bridgesandwich@freebiemail.com>
主旨：先不要看，不過……

……妳床單的右下角沒有拉平，哈，看了吧？別再試著拉平妳看不見的縐褶了。說實話，法國學校怎麼樣？有認識什麼值得一提的帥哥嗎？說到這，猜猜誰跟我修同一堂微積分課？是迪魯！他染了黑髮，多了唇環，「電動馬達」又挺又翹（去查字典，懶鬼）。吃午餐我還是坐在同樣的位置上，但沒有妳都不一樣了，更別說怪胎雀莉還跑來跟我們坐。她一直把頭髮撥來撥去，我發誓可以聽見妳偷哼沙宣的廣告歌。如果她每天都跑來跟我們坐的話，我寧願用辛恩的達斯魔玩具❹把我的眼睛挖出來。對了，妳媽媽雇我放學後去照顧辛恩，所以我得走了。希望他不要在我的手錶上休克。

小混蛋，快回家。

布麗姬

P.S. 明天會宣布樂隊的組長名單，祝我好運。如果我的位置被凱文・奎古搶走，我會拿達斯魔把**他的**眼珠挖出來。

❹ Darth Maul，電影《星際大戰》中一重要角色，武器是一把雙刃紅色光劍。

電動馬達，挺翹的臀部。這個字讚，布麗姬。

我最好的朋友是個活動生字庫，最自豪的財產是兩年前從跳蚤市場便宜買來的牛津字典，一套兩冊，不只提供單字的解釋，還包括典故。布麗姬喜歡在對話裡用很難的字，看別人下不了台或不懂裝懂的樣子。我早就學會不要假裝懂她說的話，不然一定會被她拆穿。

看來，布麗姬不只收集單字，顯然也開始收集我的生活。

我不敢相信媽媽雇用她照顧辛恩。我知道她是最佳人選，畢竟我們以前一起照顧他，但現在只剩下她當辛恩的保姆就是很怪。還有，當我被困在世界的另一端時，她去跟我媽媽講話也很怪。

接下來她會說她開始在電影院工作。

說到這，拓夫已經兩天沒寫電子郵件給我了。他當然不必每天寫信給我，或甚至每個星期，可是……我們有件很明顯的事在進行。我是說，我們接過吻。這（不管「這」是什麼）會因爲我在這裡而結束嗎？

他的全名是克里斯拓夫，但他討厭人家叫他克里斯，所以我們叫他拓夫。他有不可思議的綠眼睛，留了壞壞的鬢角。我們都是左撇子、都喜歡零食攤賣的假起司玉米片，也都討厭小古巴古汀。我第一天上工便迷上了拓夫，那時候他把頭塞進雪泥機下，直接用拴頭喝冰，好逗我笑。值班那天他整張嘴都是藍莓色的。

沒幾個人能弄出一口藍牙齒，相信我，拓夫辦到了。

我更新信箱（只是以防萬一），還是沒有新信件。我已經窩在電腦前面好幾個小時，等布麗姬放學。我很高興她寄信給我。基於某種理由，我希望是她先寫信來，或許是因爲我希望她以爲我很開心，忙到沒有時間寫信。而事實上，我既孤單又難過。

而且很餓。我的小冰箱空了。

我在自助餐廳吃晚餐，但再次避開主食隊伍，用更多麵包塡飽肚子，但只能撐到現在。或許明天早上聖克萊可以再幫我點一次早餐，又或者米瑞蒂願意，我相信她會幫忙。

我回信給布麗姬，告訴她我新交的「朋友」、供應五星級食物的可怕自助餐廳，和路底端的雄偉先賢祠。我情不自禁地告訴她聖克萊的事，描述他如何越過米瑞蒂跟我借筆，剛好當時衛飛教授正在指派實驗室分組，以爲我們坐在一起，所以這一整年聖克萊就是我的實驗室組員。

這是這一整天下來最棒的事。

我也告訴布麗姬那堂神秘的「生活」課，因爲我們整個夏天都在猜那是什麼。（我說：「我敢說我們會辯論宇宙大爆炸和生命的意義。」布麗姬說：「小姐，他們說不定會教妳呼吸的技巧，還有如何將食物轉換成能量。」）我們今天只是安靜地坐著寫功課。

超無聊。

我用那段時間念了英文課指定的第一本小說，然後，哇，要是之前我還沒發現自己在法國，現在也很清楚了。因爲《巧克力情人》裡有床戲，**一大堆**床戲。一個女人的慾望眞的讓房子著了火，然後一個軍人把裸體的她丟上馬，他們還一邊騎馬一邊做那件事。在美國的保守小鎮，他們才不可能讓我們讀這本書，我們能讀的最性感的小說就只有《紅字》。

我一定要跟布麗姬講這本小說。

□

寫完信的時候已經將近午夜，但走廊上依舊很吵。最高的兩個年級沒有什麼限制，因為照理說，我們應該夠成熟，懂得如何運用自由。我懂，但我相當懷疑我的同學有相同的能力。走廊對面的男生已經在門外堆了小金字塔似的啤酒瓶。在巴黎，十六歲便可以喝低濃度的酒和啤酒，等到十八歲才能喝高酒精濃度的飲料。

但這不表示我在這裡沒見過那種東西。

我懷疑媽媽同意這個計畫時，根本不知道我在這裡喝醉是合法的。在「生活技巧講座」聽到這件事時，她顯得非常訝異，那天晚餐她花了很長的時間告訴我要對自己負責。但我並不打算酗酒，我一直覺得啤酒聞起來跟尿差不多。

櫃台有幾個兼差的員工，不過只有一個住在管理員宿舍裡。他叫奈德，住在一樓，在附近的大學讀研究所。學校一定付很多錢，請他跟我們一起住。奈德大概二十幾歲，個子不高，皮膚蒼白，光頭，聽起來很怪，但其實滿帥的。他的聲音很溫和，聽起來像是樂意傾聽的人，不過他的語調透露出責任感，還有一種「少跟我耍賴」的態度。爸媽很喜歡他。他的門旁邊有一整碗的保險套。

我納悶爸媽有沒有看見。

九年級和十年級住在另一棟宿舍。他們得共用房間，而且男女分開樓層，有一堆規矩，還有嚴格的宵禁。我們沒有，只要晚上進出宿舍時在登記簿上簽名，讓奈德知道我們還活著就可以。

嗯，我想這麼「嚴格」的安全制度，應該沒有人會搞鬼才對。

我逼自己走到走廊底端的浴室，排在（到處都要排隊，即使在半夜）亞曼達後面。亞曼達是那個在早餐襲擊聖克萊的女孩。她假笑著看我的褪色牛仔褲和橘色復古「迷戀」T恤。

我不知道她跟我住在同一層。帥呆了。

我們沒有交談。我用手指描過印花壁紙。藍博宿舍巧妙混合了巴黎的精緻和青少年的務實風格。固定式水晶燈讓宿舍的走廊籠罩在金色的光輝中，房間裡則是用省電燈泡。地板是光華的硬木板，上面覆有工業等級的地毯。鮮花和彩繪玻璃飾燈爲大廳添色，但椅子是破舊的雙人椅，桌子上刻滿字母和髒話。

「原來妳是新來的布藍登？」亞曼達說。

「妳說什麼？」

「二十五號，布藍登。他去年被學校開除，有個老師在他的背包發現古柯鹼。」她再次打量我，皺眉。「話說回來，妳是哪裡來的？」但我知道她並不想要我回答，她眞正想問的是學校爲什麼讓我這種人入學。

「亞特蘭大。」

「喔。」她應了聲，彷彿那解釋了爲什麼我如此這般的缺乏品味。去她的，那是美國最大的城市之一。

「早餐的時候，妳和聖克萊看起來挺熟的。」

「嗯。」她覺得受到威脅嗎？

「換作我的話，就不會癡心妄想，」她繼續說：「就算妳漂亮到足以把他從他女朋友身邊搶走也一樣。他們已經在一起好久了。」

那是稱讚嗎？或不是？她的強調語氣真的讓我抓狂。（應該是抓狂。）

亞曼達假裝無聊地打了個呵欠。「頭髮真有趣。」

我不自覺地摸了摸。「謝謝。朋友幫我染的。」布麗姬上星期才幫我深棕的頭髮做了片染。平常我會將那一綹頭髮塞在右耳後，但今晚我將它往後梳成馬尾。

「妳喜歡？」她問。典型的賤貨問句，意思是：我覺得醜斃了。

我垂下手。「對，所以我才這樣染。」

「妳瞧，我不會像那樣往後梳，那讓妳看起來像隻臭鼬。」

「至少她聞起來不像。」瑞絲蜜在我背後出現。她剛剛去找米瑞蒂，我聽見隔壁模糊的聲音。「香水很迷人，亞曼達。下次多噴點，說不定在倫敦就可以聞到妳的味道。」

亞曼達咆哮。「比不上妳的眼鏡。」

「說的好。」瑞絲蜜面無表情，但我注意到她還是推了一下眼鏡。她的指甲是亮藍色，和鏡框的顏色一樣。她轉向我。「如果要找我的話，我的房間比妳高兩層，601號室。明天早餐見。」

所以她不討厭我！又或許她只是更厭惡亞曼達。無論如何，我很感激，對著她的背影說再見。她揮揮手，走上樓梯間，奈德同時從那裡出現，以慣來的安靜友善姿態接近。

「快就寢了嗎，小姐們？」

亞曼達甜美地微笑。「當然。」

「太好了。第一天過得好嗎，安娜？」

我很好奇爲什麼每個人都已經知道我的名字。「嗯，謝謝，奈德。」他點頭，彷彿我說了什麼值得深思的話，道過晚安後，往走廊另一端閒晃的男孩走去。

「我討厭他這麼做。」亞曼達說。

「做什麼？」

「監督我們，那個混蛋東西。」浴室門打開，一個紅髮的小個子想辦法從亞曼達的身邊擠過去。亞曼達站在原地不動，彷彿是門檻的女王。那女孩一定是十一年級生，因爲我在進階英文課的座位圓圈裡沒看過她。

「老天，妳剛剛掉進廁所嗎？」亞曼達問。女孩白皙的臉頰轉成粉紅。

「她只是上廁所而已。」

亞曼達踏上磁磚，紫色的絨拖鞋啪啪作響，使勁摔上門。「那又怎樣，臭鼬女？」

6

入學一週，我已經淪陷在美妙的「國際教育」裡。

柯爾教授的教材沒有常見的莎士比亞和史坦貝克[5]，而是專注在翻譯文學上。她每天早上都帶領我們討論《巧克力情人》，彷彿我們在參加讀書會，而不是上無聊的必修課。

所以英文課很精彩。

另一方面，我的法文老師顯然不懂英文，否則該怎麼解釋她除了教科書的標題「法語初級」以外，堅決只說法文？她每天都問我許多次問題，但我一題也答不出來。

大衛叫她斷頭台夫人，這個綽號也很棒。

他之前修過這堂課，有點幫助，但顯然不是那麼有幫助，畢竟他上次被當掉了。大衛有一頭亂髮和翹唇，棕膚和雀斑的特別組合，有幾個女孩很迷戀他。我們歷史課也同班。我和十一年級一起上課，因爲十二年級要上行政學，但我修過了，所以我坐在大衛和喬許中間。

在課堂上，喬許非常安靜而且內向，但下課之後，他的幽默感很像聖克萊，難怪他們會成爲好朋友。米瑞蒂說他們彼此崇拜，喬許喜歡聖克萊天生的魅力，而聖克萊喜歡喬許驚人的藝術天分。我每次看到喬許，他總是帶著畫筆和素描本。他的作品出色無比：粗黑的筆觸配上精巧的細節。他的手指上總是沾著墨水。

但新課程最特別的地方是教室外的部分，也是宣傳手冊上從未提過的一點，那就是：進入寄宿學校等於住在高中裡，永遠沒有放學時間。就算在臥室裡，耳朵還是會一直聽見流行音樂、爲了洗衣機打架的聲音、樓梯間的醉漢跳舞。米瑞蒂說等十一年級習慣以後，情況就會好轉，但我不打算屏息以待。

沒關係。

今天是星期五晚上，藍博宿舍空蕩蕩的。同學們都出去玩，我第一次得到清靜。如果閉上眼睛，幾乎會以爲我回家了。可惜還有歌劇音樂。那位女高音幾乎每天晚上都在對街的餐廳裡唱歌，她的歌聲洪亮，身材卻意外嬌小。她也像其他人一樣拔掉眉毛，再用眉筆重畫，看起來像《洛基恐怖秀》裡的臨時演員。

我正在看《都是愛情惹的禍》時，布麗姬打電話來。這部電影是魏斯・安德森嶄露頭角的開始。魏斯的才華洋溢，參與電影製作的各個層面，不管以什麼方式呈現都有他獨特的風格：深沉而詭異、冷面又黑暗。《都是愛情惹的禍》是我的最愛之一，講述一個叫麥克斯・費雪的人對於開除他的私立學校（以及其他許多東西）的執著。

如果我對巴黎美國學校能像馬克斯對拉許默學院一樣熱情的話，結果會怎麼樣？最少，我不會獨自躲在坑坑疤疤的白色房間裡。

「喔喔喔喔喔喔，」布麗姬大叫：「我痛恨痛恨痛恨他們！」

她沒被選上樂隊的組長。那很瞎，大家都知道她是學校第一流的鼓手。打擊組的指導老師之所以選凱文・奎古，是因爲他覺得鼓組的男生不會聽布麗姬的指揮：因爲她是女生。

是啊，他們現在更不會聽了。蠢蛋。

❺ 美國當代作家，著有《憤怒的葡萄》和《伊甸園東》。

所以布麗姬痛恨樂隊、痛恨指導老師，更痛很凱文。凱文是個蠢蛋，充滿不知道從何而來的過度自信心。「等等，」我說，「很快妳會成爲像美格・懷特或雪拉・伊那樣的打擊樂巨星，到時凱文・奎古就會吹噓你們以前是朋友，然後趁演唱會後試圖接近妳，希望拿到一些特別優惠或後台的通行證？那時妳可以看也不看他一眼，直接走過去。」

我聽見她聲音裡虛弱的笑意。「妳爲什麼又要搬走，香蕉？」

「都是我爸那個混蛋。」

「眞是徹頭徹尾的混蛋，兄弟。」

我們一直聊到凌晨三點，第二天我到過午才起床，努力爬下床穿衣服，趕在自助餐廳關門前進去，週末餐廳只有供應早午餐。餐廳沒什麼人，不過瑞絲蜜、喬許和聖克萊坐在老位子上。壓力出現。這個星期他們一直取笑我，因爲我老是避免去點東西。我找了很多藉口（「我對牛肉過敏」、「我最喜歡吃麵包」、「義大利餃沒那麼好吃」），但我不能永遠躲下去。在櫃台的又是波汀先生，我抓起餐盤，深吸口氣。

「先生，呃——我要湯？當？**麻煩你**。」我用法文說。

嗨，拜託。我先學了招呼用語，希望法國人願意因此原諒我糟蹋他們美麗的語言。我指向那鍋橙紅色的湯，應該是白胡桃南瓜湯，聞起來相當特別，有鼠尾草和秋天的香氣。現在是九月初，天氣還很溫暖。巴黎的秋天什麼時候來臨？

「喔！妳要的是湯。」他溫和地糾正我的發音。

「系，我要湯。我是說『是』，是！」我的臉燒紅。「還有，嗯，那個嗯——雞肉沙拉加青豆之類的？」

波汀先生大笑，是那種肚子顫動、聖誕老人式的開懷大笑。「雞肉和扁豆，沒問題。妳知道，妳可以跟我說英文，我聽得懂。」他用法國腔的英文說。

我的臉更紅了。他在美國學校，當然會說英文，我白白吃了五天的蠢梨子和棍子麵包。他遞給我一碗湯和一小盤雞肉沙拉，看到熱騰騰的食物，我的胃開始咕咕叫。

「謝謝。」我說。

「不客氣，小事。希望妳別再爲了避開我，又不吃飯了！」他將手蓋在胸前，露出心碎的模樣。我微笑，搖頭表示不會。我辦到了，我辦到了，我——

「跟妳說很簡單吧，是不是，安娜？」聖克萊在餐廳另一端大喊。

我轉身朝他比拇指往下，希望波汀先生沒看見。聖克萊報以笑容，用拇指和食指比了英國式的V字勝利手勢。波汀先生好脾氣地在我背後發出嘖嘖聲，我付完帳，坐到聖克萊旁邊。「謝謝，我忘了怎麼比英國的髒話手勢，下次改進。」

「榮幸之至，我很樂意教導大家。」他穿和昨天一樣的牛仔褲和破舊T恤，上面有拿破崙的側影。我問過他，他說拿破崙是他的偶像。「請注意，不是因爲他是個偉人，他是個混球，但他是個矮混球，跟我一樣。」

我納悶他是不是在愛莉那裡過夜，所以才沒換衣服。他每天晚上都搭地鐵去她的學校，在那裡約會。瑞絲蜜和米兒對此很生氣，彷彿愛莉現在不屑與他們爲伍。

「話說回來，安娜，」瑞絲蜜說：「大多數的巴黎人都會說英文，妳不必這麼害怕。」

是啊，多謝妳現在才說。

喬許雙手掛在腦後，椅子往後斜立，袖子上拉，露出右上臂骷髏頭和交叉骨的刺青，從粗黑的筆觸可以看出是他的設計。黑色的刺青墨水反襯出他白皙的膚色。刺青很讚，但在他纖瘦的手臂上顯得有點滑稽。「眞的，」他說，「我幾乎不會說法文，也活下來了。」

「我不覺得那有什麼好誇耀的。」瑞絲蜜皺鼻子，喬許迅速往前傾，親吻她的鼻子。

「老天，又來了。」聖克萊搔搔頭，別開視線。

「他們一直都這樣嗎？」我壓低聲音問。

「錯，去年更糟。」

「哇。他們在一起很久了？」

「呃，大概從去年冬天吧？」

「那有一陣子了。」

他聳肩，我頓下來，思考我到底想不想知道下個問題的答案。可能不，但我還是問了。「你跟愛莉約會多久？」

聖克萊想了一下。「我想大概快一年了。」他啜了口咖啡（這裡幾乎每個人都在喝），然後用力放下杯子，匡地一聲響，讓瑞絲蜜和喬許回過神來。「喔，抱歉，」他說：「吵到你們了？」

他轉向我，棕眼惱怒地睜大。我屛住呼吸。他生氣的時候還是很帥。根本不能拿拓夫和他相比，聖克萊有截然不同的魅力，簡直是完全不同的物種。

「換個話題，」他舉起一根手指比向我，「我以爲南方姑娘應該有南方口音。」

我搖頭。「只有在跟我媽說話的時候才有，因爲她有口音。大多數的亞特蘭大人都沒有口音，那裡很都市，不過很多人講黑話。」我開玩笑地補充。

「迷錯。」他以文雅的英國腔說黑話。

橙紅色的湯從我的嘴巴噴到對面桌上。聖克萊驚訝地「啊哈」笑，我也跟著笑，是那種一點也不端莊的捧腹大笑。他遞給我一條餐巾，好讓我擦下巴。「迷錯。」他嚴肅地重複一次。

我一直咳、一直咳。「拜託，繼續說，這太——」我喘氣，「經典了。」

「妳不該告訴我的，這麼一來，我只好保留在特殊場合用了。」

「我的生日在二月，」我又咳又嗆又喘氣，「請千萬別忘記。」

「我是昨天。」他說。

「喔，不會吧。」

「眞的。」他擦掉我噴到桌面上的午餐殘渣。我試著拿過餐巾來自己擦，卻被他揮開。

「他說眞的，」喬許說：「我忘了，老兄。遲到的生日快樂。」

「昨天不是你眞的生日吧？否則你應該會告訴我們的。」

「我說眞的，昨天是我十八歲生日，」他聳肩，將餐巾丟到托盤上，「我們家沒有慶祝生日的習慣。」

「但生日一定要有蛋糕，」我說：「那是鐵律，是最棒的部分。」我想起去年夏天媽媽、布麗姬和我爲辛恩做的《星際大戰》生日蛋糕。那是淺綠色的，形狀像尤達大師的頭。布麗姬還買了棉花糖充當他的耳毛。

「妳知道，那正是我沒提的原因。」

「但你昨晚有特別慶祝過吧？我是說，愛莉有和你出去慶祝？」

他端起咖啡，沒喝半口，又放回桌上。「我的生日其實不是昨天，而且相信我，不用準備蛋糕也沒關係。」

「好，好，我知道了，」我舉手投降。「我不會祝你生日快樂，或甚至是遲到的星期五快樂。」

「喔，妳可以祝我星期五快樂，」他再次露出笑容，「我對星期五沒有偏見。」

「說到這，」瑞絲蜜對我說：「妳昨晚爲什麼不跟我們出去？」

「我有約了，跟我朋友布麗姬。」

三個人看著我，等我解釋清楚。

「電話約會。」

「不過妳這星期有出去嗎？」聖克萊問：「眞正離開學校？」

「當然。」我眞的有，這樣才能走到另一個校區。

聖克萊抬高眉。「妳這個騙子。」

「我直接問吧，」喬許雙手合十，他的手指纖長，就像他的身材一樣，食指上沾著墨漬。「妳到巴黎一個星期，有沒有去看過這個城市？任何一個角落都好？」

「上週末我跟爸媽出去過，看過艾菲爾鐵塔。」遠遠地看過。

「跟妳爸媽，太帥了。今天晚上有事嗎？」聖克萊問：「大概是洗衣服？或是刷浴室？」

「嘿，不要小看刷浴室。」

瑞絲蜜皺眉。「妳打算吃什麼？自助餐廳沒開。」

她的關心很體貼，但我注意到她沒有邀請我加入她和喬許，不過反正我也不想跟他們出去。

至於晚餐，我打算遊覽宿舍的販賣機，貨品不是很齊全，但我想應該沒問題。

「正如我所料。」看到我沒反應，聖克萊說。他搖頭，雜亂的黑髮今天有點捲曲，眞的帥得讓人屏息。如果有頭髮奧運比賽，聖克萊一定贏：手放下。滿分。恭喜贏得金牌。

我聳肩。「我才來一個星期，很正常。」

「我們再來釐清一次事實，」喬許說：「這是妳第一個離開家的週末？」

「沒錯。」

「第一次沒有爸媽監督的週末？」

「是的。」

「妳在巴黎第一個沒有爸媽監督的週末？而妳打算都耗在寢室裡？自己一個人？」他和瑞絲蜜交換了同情的眼神。我望向聖克萊求助，但他只是歪著頭看我。

「有什麼不對嗎？」我生氣地問：「我下巴沾了湯？牙齒有青豆卡著？」

聖克萊自顧自微笑。「我喜歡妳的片染，」他終於說，伸出手輕觸，「妳有一頭完美的頭髮。」

7

狂歡團離開了宿舍，我津津有味地吃著販賣機零食，一邊更新我的網頁。目前爲止，我試過（一）邦提棒，結果跟好時巧克力出的椰子夾心條是同樣的東西，以及（二）一包瑪德琳蛋糕，那是貝殼形狀的蛋糕，不新鮮，而且讓我口渴。兩者相加，幫助我的血糖提升到足以工作的狀態。

我沒有新的影評可以更新到「女影癡」上（因爲我被迫遠離了美國所有純眞美好事物所在的地方——電影院），只好改改版面，加個新的橫幅、修篇舊文章。到了晚上，布麗姬寫信給我：

昨晚跟麥特和雀莉（應該叫她俗麗）去看電影。猜猜看怎麼了？拓夫問起妳！我告訴他妳過得很好，**不過非常**期待十二月的假期，我猜他聽懂了。我們談了一些他樂團的事（當然還是沒有表演），但麥特一直在皺眉頭，我們只好先走。妳知道他對拓夫有點意見。喔！雀莉想要說服我們去看妳爸爸最新的催淚大作。**夠了**。

小混蛋，快回家。

布麗姬

俗麗：廉價地或空洞地炫耀美色。沒錯！正好用來形容雀莉。希望布麗姬別把我形容得太迫不及待，雖然我的確很希望拓夫寫電子郵件給我。另外，我不敢相信明明我們已經分手了，麥特竟然還對他有偏見。大家都喜歡拓夫，好吧，有時候經理會對他不太高興，但那是因爲他常忘記他的排班表，然後打電話來請假。

我又讀了一次信，奢望會看見「拓夫說他瘋狂愛著妳，會等妳到天荒地老」這些字眼。很不幸，並沒有。因此我到最喜歡的留言板，看觀衆對爸爸新電影的評價。《抉擇》的票房橫掃千軍，影評卻不太好。一名常客「發條橘子88」評論說：「糟透了，有夠噁心，比在七月穿皮褲跑完一哩路還噁心。」

聽起來沒錯。

過了一會兒，我覺得無聊，開始搜尋《巧克力情人》。我希望在動筆寫報告前，沒有漏掉任何主題。這篇報告兩個星期以後才要交，但我現在時間很多，每個晚上都一樣。一堆廢話，沒有什麼特別的。我正打算再確認一次信箱，突然看見螢幕上出現這段話：在這部小說中，火焰是性慾的象徵，蒂塔能夠控制廚房裡的爐火，但她體內的火焰卻同時引發了力量與毀滅。

「安娜？」有人敲門，我從椅子上驚跳起來。

不，不是有人，是聖克萊。

我穿著梅菲德牧場的舊T恤，上面印了黃褐色的牛商標，還有性感的草莓圖案粉紅法蘭絨睡褲，連胸罩都沒穿。

「安娜，我知道妳在裡面，燈是亮的。」

「等等！」我大叫。「馬上就好。」我抓起黑色連帽外套，拉起拉鍊蓋住牛頭，然後打開門。「抱歉抱歉，進來吧。」

我開著門，但他還是站在原地，盯著我瞧。我不知道他的表情是什麼意思，然後他露出惡作劇的微笑，從我身邊走過。

「草莓很可愛。」

「閉嘴。」

「不，我說眞的，很可愛。」

雖然他的意思不是「我要跟女朋友分手，跟妳約會」，我心裡還是出現了一抹小火苗。引發了力量與毀滅。蒂塔・德拉加札最清楚這點。聖克萊站在我的寢室中央，搔搔頭，拉起一邊的T恤下緣，露出一點點裸露的腹部。

轟！心底的火燒旺起來。

「還滿……呃……乾淨的。」他說。

滋。火熄了。

「是嗎？」我知道房間很整齊，不過我還沒買適合的擦窗用具。之前清理窗戶的人不瞭解穩潔的用法，秘訣在於一次只噴一點。大多數人一次噴太多，結果都流到窗角，乾涸之後很容易留下漬痕之類的——

「眞的，驚人地乾淨。」

聖克萊到處亂逛，就像我在米瑞蒂寢室一樣拿起東西來看。他看見衣櫃上那一排香蕉和大象的小雕像。他拿起一隻玻璃大象，疑問地抬起深色的眉毛。

「那是我的綽號。」

「大象？」他搖頭。「對不起，我不懂怎麼來的。」

「安娜・歐立分（Anna Oliphant），唸起來就像香蕉大象（Banana Elephant）。我朋友蒐集這些送給我，我則是幫她蒐集橋和三明治的玩具，她叫布麗姬・劭德威（Bridgette Saunderwich，音同橋和三明治：Bridges Sandwich）。」我補充說。

聖克萊放下玻璃大象，繞到書桌邊。「所以可以叫妳大象嗎？」

「香蕉大象。不，不行。」

「對不起，」他說：「不過我不是爲了那句話道歉。」

「咦？那是爲什麼？」

「妳在整理我放回去的東西，」他朝我的手點頭，而我正在調整大象的位置，「我跑進來亂動妳的東西，很沒禮貌。」

「喔，沒關係，」我放開雕像，很快說：「你高興碰哪裡都沒關係。」

他定住，臉上露出古怪的表情，我這才發現剛剛說的話有*另一層意思*。

雖然那也沒那麼糟。

但我喜歡拓夫，聖克萊有女朋友。就算情況不是如此，也是米兒先喜歡他的。在她第一天那麼親切地接待我之後，我絕對不會對她做出那種事。不只是第一天，還有第二天和接下來這整個星期。

何況，他不過是個帥氣的男孩，沒什麼大不了。我是說，歐洲到處都是俊美的男孩，不是嗎？他們都懂得打扮，髮型和外套都很有品味，雖然目前爲止，我還沒看到任何人跟依提安・聖克萊先生一樣好看，不過那不重要。

他別開臉。是我的錯覺，或者他眞的尷尬了？不過他爲什麼會尷尬？我才是那個講話不經大腦的人。

「那是妳的男朋友嗎？」他指向我筆電的桌布，是一張我和同事打鬧的照片。那張照片是最新奇幻改編電影的午夜首映場拍的，大多數的人都打扮成精靈或巫師。「閉眼睛的那個？」

「**啥**？」他以為我和海克力斯那種傢伙交往？海克力斯是副理，比我大十歲。對，那是他的本名。雖然他人很好，對日本恐怖片的瞭解比任何人都多，但他綁馬尾。

馬尾。

「安娜，我開玩笑的。我說的是有鬢角的這個。」他指向拓夫，我為什麼這麼喜歡這張照片的原因。我們的頭對著彼此，露出神秘的微笑，彷彿共享一個私密的笑話。

「喔。嗯……不，不太算。我是說，拓夫差點變成我男朋友，但我……」我說不下去，不太自在，「在眞的發生什麼前就搬家了。」

「什麼？」我嚇到了。

聖克萊沒回答。一段難堪的沉默後，他將手插進口袋，踮在腳跟上晃動。「萬全準備。」

「*Tout Pourvoir*。」他朝我床上的枕頭點頭，那幾個字繡在獨角獸的圖上。那是祖父母送給我的禮物，家訓和紋章來自歐立分部族。多年以前，爺爺搬到美國來娶了奶奶，但一直保持所有蘇格蘭的傳統。他總是會買有部族格子呢裝飾的東西給我和辛恩（藍綠色格紋配上黑白線條），比方說，我的床單。

「我知道那句話的意思，但你怎麼知道？」

「*Tout Pourvoir*，那是法文。」

帥呆了。我從嬰兒時期就耳濡目染的歐立分部族家訓結果是**法文**，而我竟然不知道。謝了，爺爺，好像我還不夠白癡似的。不過我怎麼知道一個蘇格蘭家訓會是法文？我以爲他們痛恨法國，還是痛恨法國的是英國人？

啊，我不知道。我老是以爲那是拉丁文或是某種古代的語言。

「妳弟弟？」聖克萊指向我唯一掛在床頭的照片。辛恩正對著鏡頭微笑，一邊指向媽媽的研究用烏龜，牠抬高頭，威脅要咬掉他的手指。媽媽在研究鱷龜的生殖習慣，一個月要去好幾次查塔湖奇河看她的烏龜蛋。我弟弟很愛跟她去，而我情願留在安全的家裡。鱷龜很邪惡。

「沒錯，他叫辛恩。」

「對一個用格子呢床單的家庭來說，這個名字有點像愛爾蘭人。」

我微笑。「那有點傷感情。媽媽喜歡這個名字，但爺爺——我爸爸的爸爸——聽到的時候，差點氣死。他本來想取馬康、伊旺或道格的。」

聖克萊大笑。「他多大？」

「七歲，讀二年級。」

「你們年紀差距有點大。」

「呃，他可能是意外或是爲了挽救婚姻做的最後努力，我沒有膽子問是哪個原因。」

哇，我不敢相信我就這樣說出來了。

他坐在我的床邊。「妳爸媽離婚了？」

我在椅子邊猶豫，因爲我不能坐在他旁邊。或許等比較習慣他的存在後，我可以勇敢地試試看，但現在不行。「對，辛恩出生六個月後，爸爸就離開了。」

「很遺憾。」看得出來他是認眞的。「我爸媽分居了。」

我顫抖了下，將雙手藏到手臂下。「我也很遺憾，那很討厭。」

「沒關係，我爸是個混蛋。」

「我爸也是。我是說，他如果在辛恩還小的時候離開我們，他顯然就是個混蛋。他也的確這麼做了。也是因爲他，我才會在這裡，在巴黎。」

「我曉得。」

他知道？

「米兒告訴我的，但我保證我爸爸更糟。不幸的是，他人在巴黎，而我媽媽卻獨自一人在千里之外。」

「你爸爸住在這裡？」我很驚訝。我知道他爸爸是法國人，但我無法想像有人就住在這裡，卻送孩子進寄宿學校。太不合理了。

「他在這裡有一間藝廊，另一間在倫敦，在兩個地方各住一段時間。」

「你多久見到他一次？」

「如果我可以選擇的話，永遠不要。」聖克萊的表情變得陰沉，我這才想到我不知道他爲什麼來找我，所以開口問了。

「我沒說嗎？」他起身。「喔，好吧。我知道如果沒有人來拖妳出去，妳永遠不會離開房間，所以我們出門去。」

一群蝴蝶怪異地在我的胃攪動。「今晚？」

「今晚。」

「好吧。」我頓了一下，「愛莉呢？」

他倒下，直接躺在我床上。「我們的計畫吹了。」他一邊說，一邊不明所以地揮揮手，要我別再追問。

我指向睡褲。「我還沒換衣服。」

「拜託，安娜，我們眞的得再來一次嗎？」

我懷疑地看他，然後獨角獸枕頭飛到我臉上。我丟回去，他笑著溜下床，使盡全力砸向我。我試著抓回來，卻失敗了，他又用力打了我兩次，才讓我搶回來。聖克萊大笑閃過，我打他的背。他試著搶回去，但我緊緊抓住，兩個人一拉一扯，他突然放手，反作用力讓我跌回床上，頭昏腦脹、汗流浹背。

聖克萊氣喘吁吁，倒在我旁邊，近到頭髮搔動我的臉頰，手臂幾乎碰到彼此。幾乎。我試著呼氣，卻想不起來怎麼呼吸，然後我想到我沒穿胸罩。

我開始緊張。

「好吧，」他喘氣著說：「計畫——呼呼——如下。」

我不想對他有這種感覺。我希望一切正常，希望當他的朋友，而不是另一個癡心妄想的蠢女孩。我逼自己爬起來，剛剛的枕頭戰讓我的頭髮翹得亂七八糟，我從衣櫃抓起一只橡皮圈綁好。

「穿上合適的褲子，」他說，「我帶妳去逛巴黎。」

「就這樣？這就是所謂的計畫？」

「整個巴黎。」

「哇，整個巴黎，我好期待。」

聖克萊哼了一聲，拿枕頭丟我。我的電話響起。可能是媽媽，她這個星期每天都打電話來。

我從書桌上撈起手機，正打算關掉鈴聲，卻看見顯示的名字。我的心跳停住。

是拓夫。

8

「希望妳戴著貝雷帽。」這是拓夫的開場白。

我已經開始笑了。他打來了！拓夫打來了！

「我還沒戴過，」我在狹小的寢室裡來回踱步，「但如果你喜歡，我可以幫你找一頂，上面繡你的名字。你可以戴那頂帽子來代替名牌。」

「我可以戴貝雷帽唱搖滾。」他的聲音帶笑。

「沒有人可以戴著貝雷帽唱搖滾，就算是你也一樣。」

聖克萊仍然躺在我床上，他支起頭看我。我微笑，指向筆電上的照片。拓夫。我無聲地說。

聖克萊搖頭。

鬢角。

啊。他以嘴型回應。

「妳妹妹昨天來了。」拓夫總是叫布麗姬是我妹妹。我們身高一樣，身材都很瘦，留著同樣的直長髮，不過她是金髮，我是棕髮。加上我們總是形影不離，說話的方式也很像。雖然她用的字比較難，練鼓所以手臂比較壯，而我有牙縫，她戴牙齒矯正器。簡單地說，她很像我，只不過更漂亮、更聰明，也更有才華。

「我不知道她打鼓，」他說：「她的技術怎樣？」

「最頂尖的。」

「妳這樣說，是因爲她是妳朋友，或者她眞的很棒？」

「她是最棒的。」我重複一次。我從眼角瞥見聖克萊看著我衣櫃上的時鐘。

「我的鼓手退團了，妳想她會不會有興趣？」

去年夏天拓夫組了個龐克樂團「恐怖便士」，當中換了很多團員，爭執很多次歌詞的內容，但沒有上場演出。太糟了，我敢說拓夫拿著吉他一定很帥。

「說實話，」我說，「我想她會答應。可惡的指導老師沒選她當打擊組組長，她需要發洩的管道。」我告訴他電話號碼。拓夫重複一次，而聖克萊敲敲手上不存在的手錶。現在才九點，我不確定他在趕什麼，就算是我也知道這個時間在巴黎來說還早。他大聲清喉嚨。

「嘿，對不起，我得走了。」我說。

「有人在妳旁邊嗎？」

「嗯，對，我朋友。今晚他要帶我出去。」

停頓。「男生？」

「只是朋友而已。」我轉身背對聖克萊。「他有女朋友。」我緊緊閉上眼睛。我應該說這個嗎？

「所以妳不會忘記我們的事嗎？我是說……」他放慢聲音，「我們這些在亞特蘭大的人？妳不會爲了法國佬拋棄我們，以後都不回來了？」

我的心狂跳。「當然不會，我聖誕節會回去。」

「很好。好了，安娜貝．李[6]。我得回去工作了，海克力斯可能已經發現我沒在看門，氣炸了。掰啦。」他用義大利語道別。

「事實上，」我說：「法文應該是再見。」

「無所謂啦。」他笑，然後掛斷電話。

聖克萊從床上起身。「愛吃醋的男朋友？」

「我說過了，他不是男朋友。」

「但妳喜歡他。」

我臉紅了。「嗯……對。」

聖克萊的表情很難判讀，可能有點惱怒。他朝門口點頭。「還要去嗎？」

「啊？」我有點困惑。「對，當然。我先換衣服。」我讓他先出去。五分鐘後，我們往北邊出發。我換上最喜歡的上衣，那是在二手衣店找到的，可愛又合身，還有牛仔褲和帆布鞋，我知道帆布鞋不太法國（我應該穿尖頭靴或很高的高跟鞋），但至少這雙不是白的。他們對白帆布鞋的評論很精確：只有美國觀光客會穿這種又大又醜，拿來割草或粉刷房子的鞋子。

夜色很美。巴黎的燈火有黃、綠、橙色，溫暖的空氣送來街角的人語和餐廳裡的杯觥交錯。聖克萊恢復了好心情，仔細描述更多他今天下午看完的拉斯普丁[7]傳記裡的可怕場面。

「所以其他俄羅斯人在他的晚餐裡下了足以殺死五個人的砒霜，對嗎？結果毫無作用，所以他們採用第二個計畫：拿槍從背後射他，還是沒殺死他。事實上，拉斯普丁還有足夠的力氣勒死其中一個人，所以他們又朝他開了三次槍，他依舊掙扎著想站起來！他們只好拚命揍他，用布把

---

❻ 美國詩人艾倫坡同名詩作中的美女。

❼ Grigory rasputin，一八六九—一九一六，十九世紀帝俄時代的傳奇人物，人稱「妖僧」。

他裹起來，扔進冰河裡，可是這麼做——」

他的眼睛閃閃發亮，就像媽媽每次談到烏龜，或布麗姬提到鈸的時候那樣。

「在解剖過程中，他們發現眞正的死因是體溫過低。是因爲被丟到河裡的關係！不是因爲中毒、槍擊或是毆打，是大自然。不只這樣，他凍僵的手據說是抬高的，彷彿他試圖從冰層底下挖洞爬出來。」

「啊？不——」

一些德國遊客在鑲金字招牌的店門口擺姿勢。我們繞過他們，免得破壞照片畫面。「妙的還在後頭，」他說：「當他們把他的屍體火葬的時候，他還坐起來。不，那是眞的！可能是因爲整理遺體的人忘了切斷他的筋腱，所以一燒起來，筋腱就萎縮——」

我欣賞地點頭。「噁，不過好酷。繼續說。」

「——造成他的腳和身體彎曲，不過，」聖克萊沾沾自喜地微笑，「每個看到的人都嚇壞了。」

「誰說歷史很無聊的？」我報以微笑，一切都很完美。幾乎。因爲就在此時，我們走出了巴黎美國學校門口，我從來沒有離開學校這麼遠。我的微笑開始發抖，回復到我本來的個性：緊張又神經質。

「哈，多謝賞臉，其他人每次聽到一半就要我閉嘴——」他注意到我舉止有異，停下腳步。

「妳還好嗎？」

「沒事。」

「是啊，有人說過妳很不會說謊嗎？很糟，差透了。」

「我只是——」我遲疑了，覺得很丟臉。

「嗯哼？」

「巴黎太過……陌生，」我試著找合適的形容詞，「很嚇人。」

「才怪。」他馬上否決我。

「你說得倒輕鬆，」我們繞過一名優雅紳士，他跟在他胖到垂肚的巴吉度獵犬後面，彎腰撿牠的排泄物。爺爺警告我說巴黎的人行道上遍布小狗排泄的地雷，但目前我看到的並非如此。「你從小就瞭解巴黎，」我繼續說：「法語流利，擁有歐洲品味——」

「什麼？」

「你知道的，就是漂亮的衣服、高級的鞋子。」

他抬高左腳，上面是一隻破爛的鞋。「像這雙？」

「呃，不像這雙，不過你不穿運動鞋。我整個很俗氣，不會說法文，害怕搭地鐵，或許我應該穿高跟鞋，可是我痛恨高跟鞋——」

「不穿高跟鞋很好，」聖克萊插嘴：「否則妳會比我還高。」

「我本來就比你高。」

「一樣高。」

「拜託，我比你高三吋，而且你還穿著靴子。」

他用肩膀推我，我忍不住笑。「別緊張，」他說：「有我陪妳，我幾乎算是法國人。」

「你明明是英國人。」

他露齒笑。「我是美國人才對。」

「一個有英國腔的美國人，法國人會加倍討厭的組合？」

聖克萊翻白眼。「妳應該別再聽那些刻板印象，創造妳自己的想法。」

「我才沒有刻板印象。」

「眞的？那麼，請告訴我，」他指向前方女孩的腳，她正興高采烈地用法文講手機，「那究竟是什麼？」

「運動鞋。」我嘀咕。

「眞有趣。還有那邊的先生，人行道對面那幾個。麻煩解釋左邊那個穿的是什麼？他腳上那雙綁著鞋帶的神奇玩意兒？」

那當然是運動鞋。「不過，喂，看見那個人沒有？」我朝一個穿著牛仔短褲和百威啤酒T恤的男人點頭。「我有沒有那麼明顯？」

聖克萊瞥他一眼。「什麼明顯？禿頭？過胖？沒品味？」

「像美國人。」

他誇張地嘆氣。「老實說，安娜，妳得改進這一點。」

「我只是不想冒犯任何人，聽說他們很容易被惹毛。」

「目前妳除了我以外，誰也沒惹毛。」

「那她呢？」我指向一名中年婦女，她穿著卡其短褲和星星條紋的針織上衣，腰上掛著相機，正和另一個提著桶子的男人在爭執。我猜那是她丈夫。

「難以忍受。」

「我是說，我跟她一樣明顯嗎？」

「基於她根本是把美國國旗穿在身上，我不得不說：『不像』。」他咬拇指指甲。「這樣吧，我有個辦法可以解決妳的問題，但妳得等等。先答應我別再要我拿妳和五十歲的女人做比較，我會把這件事搞定。」

「什麼？要怎麼做？給我一本法國護照？」

他嗤之以鼻。「我不是說要把妳變成法國人。」我開口想抗議，但他打斷我：「說定了？」

「好吧。」我不自在地說，我不喜歡驚喜。「不過最好有效。」

「喔，放心。」聖克萊看起來洋洋得意，我正打算取笑他，突然發現學校已經看不見了。我不敢相信，他徹底轉移了我的注意力。

我花了一會兒，才認出這個症狀，但我的腳步輕快，胃在顫動。我終於對出門開始感到興奮了！「所以我們要去哪裡？」我無法掩飾聲音裡的急切。「塞納河？我知道再過去一點就到了，我們要去河岸坐嗎？」

「不告訴妳，走就對了。」

我沒爭論。我是怎麼了？這麼短的時間裡，我已經第二次沒有追問他答案。「喔！妳得先看看這個。」他抓住我的手臂，拉著我過街。一名機車騎士大按喇叭，我大笑。

「等等，怎麼——」接著我便說不出話來了。

我們站在一座大得不可思議的教堂前，四根粗壯的圓柱立在哥德式建築的正前方，雄偉的雕像、圓花窗、細膩的雕刻，纖直的鐘塔矗立在墨黑的夜空下。「這是什麼？」我低聲問：「很有名嗎？我應該知道嗎？」

「這是我的教堂。」

「你來這裡做禮拜?」我很意外,他不像是會上教堂的類型。

「不是。」他朝一座石碑點頭,示意我去讀。

「聖依提安・迪蒙。嘿!聖依提安。」

他微笑。「我總是覺得這裡屬於我。小時候媽媽常帶我到這裡野餐,我們就在階梯上吃東西。有時候她會帶素描本來,畫那些鴿子和計程車。」

「你媽媽是藝術家?」

「她是畫家,在紐約現代藝術館工作。」他的聲音充滿自豪,我想起米瑞蒂之前說的——聖克萊崇拜喬許,因為他很會畫畫。聖克萊的父親擁有兩間藝廊,聖克萊這學期還修了創作藝術。我問他自己是不是也是藝術家。

他聳肩。「不太算,我希望我是,但媽媽沒有把天分遺傳給我,我只遺傳到欣賞能力。喬許厲害多了,在這方面,瑞絲蜜也是。」

「你和你媽媽的感情很好,對嗎?」

「我愛我媽。」他就事論事地說,完全沒有青少年常見的彆扭。

我們站在教堂的雙扇門前,抬頭往上、往上,再往上看。我想著媽媽在家裡的電腦前輸入鱷龜資料的模樣,這是她例行的活動。不過現在亞特蘭大不是晚上,或許她在採買日用品、在查塔湖奇河中跋涉、跟辛恩在一起看《帝國大反擊》。我不知道她在做什麼,這讓我很困擾。

最後,聖克萊打破了沉默。「我們走吧,還有很多地方要看。」

我們越走,巴黎的人越多。他談論他媽媽,她會做巧克力碎片煎餅當晚餐、炒麵當早餐,在每個房間都畫上她獨特的彩虹,還收集把她名字拼錯的垃圾信件。完全沒有提到他父親。

我們走過另一棟高大的建築，這一座有點像中古時期的城堡遺跡。「老天，這裡到處都有歷史，」我說：「這是什麼？我們可以進去嗎？」

「這是博物館，我們可以進去，不過今晚不行，我想它已經關了。」他補充。

「喔，對，當然。」我試著不露出失望的表情。

聖克萊被我逗笑了。「開學才一個星期，我們有很多時間參觀妳的博物館。」

我們。不知怎地，我的胃又開始絞動。聖克萊和我，我和聖克萊。

不久，我們走進一個更像觀光景點的區域，而不像我們的住宅區，裡面充滿熱鬧的餐廳、商店和飯店。到處都有攤販用英文叫賣：「蒸丸子！妳喜歡蒸丸子嗎？」狹窄的街道連車子都開不進來。我們走到街道中央，穿過嘈雜的人群，這裡感覺像是嘉年華會。「我們在哪？」眞希望我不必問這麼多問題。

「在聖米歇爾街和聖傑克街中間。」他說了一個法文字。

我看他一眼。

「那個字是『街』的意思，我們還在拉丁區。」

「還在？但我們已經走了——」

「十分鐘？十五分鐘？」他取笑我。

唔，顯然倫敦人或巴黎人或管他是哪裡人，不習慣以車代步的美妙，我懷念我的車，雖然發動時老是出問題、又沒空調、喇叭很陽春。我告訴他，他微笑。「就算妳有車，也沒有用。這裡要滿十八歲才能開車。」

「你可以載我們。」我說。

「不，我不行。」

「你說你的生日剛過！我就知道你在唬人，沒有人——」

「我的意思不是那樣，」聖克萊大笑，「我不會開車。」

「你說眞的？」我情不自禁泛起惡作劇的微笑。「你是說終於有件事是我會，但你不會的？」

他報以笑容。「眞意外，對嗎？但我從來沒有學開車的動機，不管在這裡、在舊金山、在倫敦——每個地方的大衆運輸系統都很發達。」

「非常發達。」

「閉嘴。」他再次大笑。「嘿，你知道爲什麼他們稱呼這裡是『拉丁區』嗎？」

我抬高眉毛。

「幾世紀以前，索邦大學的學生——就在那邊，」他舉高手指出方向，「索邦大學是世界上最古老的大學。無論如何，那裡的學生上課和平常都用拉丁文講話，所以才有這個名字。」

他頓了一會兒。「就這樣？這就是全部？」

「對，老天，妳說得沒錯。這很弱。」

我繞過另一名積極的燕丸子攤販。「很弱？」

「很糟、沒意義、很蠢。」

很弱。喔老天，眞可愛的說法。

我們轉過街角，來到——塞納河。河上的漣漪映出城市燈火。我屏住呼吸，眞是美不勝收。

情侶沿著河岸散步，賣書的人將平裝書和舊雜誌排在硬紙箱裡任人翻閱，一名紅鬍子的男人彈撥吉他，唱著悲傷的歌。我們聽了一會兒，聖克萊丟了幾塊歐元到男人的吉他箱裡。

接著當我們轉向河面時，我看到了。

聖母院。

當然，我在照片看過，但如果聖依提安是座教堂，相比之下簡直微不足道，**什麼都不能**和聖母院相提並論。那座建築彷彿一艘在河上行駛的大船：巨大、壯觀又宏偉。它的燈光讓我莫名地聯想到迪士尼樂園，但它比華特．迪士尼任何的想像都更爲神奇。茂密的綠藤從牆外垂落到水中，構成童話般的畫面。

我緩緩呼出口氣。「好美。」

聖克萊看著我。

「我從未看過這樣的景色，不知道應該怎麼形容。」

我們必須過橋才能走到目的地。我這才知道原來聖母院蓋在島上。聖克萊告訴我，我們正要前往西提島，「城市之島」，是巴黎最古老的地區。塞納河在我們腳下閃耀，深沉而碧綠，長船發出光芒，駛過橋下。我從橋邊往下看。「看，那個人喝醉了，快要摔出船——」我往回望，發現聖克萊小心翼翼地走著，和橋邊保持好幾呎的距離。

我一下子沒能反應過來，然後突然想通了。「咦？你不會有懼高症吧？」

聖克萊直視前方，死盯著聖母院明亮的輪廓。「我只是不能理解明明路這麼寬，爲什麼有人要走在邊緣。」

「喔，所以是因爲路很寬的關係？」

「別再說了，否則我要考妳拉斯普丁的故事，或是法文的動詞變化。」

我探出橋邊，假裝沒站穩。聖克萊的臉發白。「小心！不要！」他伸出手，似乎想要救我，然後按住胃，看來反而快吐了。

「對不起！」我從橋邊跳回來。「對不起，我不知道會讓你這麼不舒服。」

他搖頭，示意我不要說話，另一手還是按著翻攪的胃。

「對不起。」過了一會兒，我又說。

「算了。」聖克萊的聲音有些惱怒，好像我才是那個掃興的傢伙。他指向聖母院。「那不是我帶妳來這裡的原因。」

我想不到有什麼比聖母院更好的。「我們不進去嗎？」

「關了，我們日後有的是時間，記得嗎？」他帶我走進庭院，我趁機飽覽他的背影。電動馬達，還是有比聖母院更好的景致。

「過來。」他說。

那裡可以看見整個門口——三座高大的拱門上刻了成千上百的小雕像，看起來像是石頭玩偶，每一個都各有特色。「眞不可思議。」我輕聲說。

「不是那裡，*看這裡*。」他指向我的腳邊。

我低頭，驚訝地發現我站在一個小石圈的中間，中心點正落在我的雙腳之間，八角形的青銅上有一顆星星，周圍的石頭上刻著法文：POINT ZÉRO DES ROUTES DE FRANCE。

「歐立分小姐，這句話的意思是：『法國之路的原點』。換句話說：到法國任何地方，都是由這裡起算。」聖克萊清清喉嚨。「這是一切的開始。」

我抬頭看，他對我微笑。

「歡迎來到巴黎，安娜。我很高興妳來了。」

9

聖克萊將指尖藏進口袋，靴子踢著鵝卵石。「怎麼樣？」他終於問。

「謝謝。」我深受撼動。「你帶我到這裡來眞是太好了。」

「啊，哈，」他站直身子，聳肩（他的法國式聳肩實在太好看了），回復原本自信的姿態，「總要有個開始。先許個願望。」

「啊？」我實在太會說話了，眞應該去寫一篇史詩，或幫貓食寫廣告詞。

他微笑。「腳站在星星上，許個願望。」

「啊，當然，沒問題。」我併攏腳，站在中央。「我希望——」

「別說出來！」聖克萊衝上前，彷彿想用身體阻擋我的聲音，我的胃劇烈地翻攪。「妳不知道許願的規矩嗎？每個人一生能許願的機會有限：看到流星、睫毛落下、抓到蒲公英——」

「吹生日蠟燭的時候。」

他無視那句挖苦。「沒錯。所以妳應該善加利用每次機會，傳說只要妳站在那顆星星上許願，願望就會實現。」他頓了一下才說：「比我聽過的另一則傳說好多了。」

「像是我會痛苦地死於中毒、槍擊、毆打和溺水？」

「是失溫，不是溺水。」聖克萊大笑。他的笑聲非常好聽而爽朗。「不是。我聽說只要站在這裡，將來就註定要回到巴黎。而就我所知，要妳在這裡待一年，就已經太多了，沒錯吧？」

我閉上眼睛。媽媽和辛恩在我眼前浮現。接著是布麗姬、拓夫。我點頭。

「好吧，所以繼續閉著眼睛，許個願望。」

我深呼吸，附近樹木清涼的濕氣湧入胸膛。我想要什麼？這問題很難。

我想要回家，但我必須承認我喜歡今天晚上。如果我這輩子再也不能回巴黎呢？我知道我剛剛跟聖克萊說我想離開這裡，但那只是一部分的我——幼稚的小女孩——這很怪異，如果爸爸明天打電話給我，要我回家，說不定我會覺得失望。我還沒看過蒙娜麗莎，還沒去過艾菲爾鐵塔頂端，也沒逛過凱旋門。

所以我還想要什麼？

我想要再次碰觸拓夫的唇。我要他等，但另一部分的我（我非常、非常痛恨的一部分）有其他想法，就是我很清楚，即使我們交往了，第二年我還是必須搬到其他地方念大學，所以我只能在今年聖誕節和明年暑假看到他，然後……那是我要的嗎？

還有另一件事。

我試著忽視這一點，這是我不該想要，也不能擁有的。

那個人正站在我的面前。

所以我該許什麼願？我不一定想要的東西？我不一定需要的東西？或我知道我不能擁有的人？

算了，讓命運決定吧。

希望我擁有最適合我的東西。

這個願望應該夠概括了吧？我張開眼睛，風吹得更強了。聖克萊撥開吹到眼前的一綹頭髮。

「想必是個好願望。」他說。

□

回家的路上，他帶我到公寓式的三明治攤買宵夜。麵包的香味令人垂涎，我的胃滿懷期待地咕嚕直叫。我們點了義式熱烤三明治，聖克萊的夾了煙燻鮭魚、乳清起司和細香蔥，我的則是義大利醃火腿、羊奶起司和鼠尾草。他說這是速食，但我們拿到手的食物一點也不像Subway賣的寒酸潛艇堡。

聖克萊教我怎麼付歐元。幸好歐元不難，紙鈔和硬幣的面額很容易換算。我們付了錢，沿街道漫步，享受夜色，大口咬下香脆的麵包，讓黏搭搭的熱起司滑到下巴上。

我滿足地呻吟。

「妳剛剛經歷了美食高潮嗎？」他問，抹掉嘴唇上的乳清起司。

「你以前都躲在哪裡？」我問手上美味的烤三明治。「我怎麼可能從來沒吃過這麼好吃的三明治？」

他咬了一大口。「嗯嘿黑猴橫戶後赫赫賀。」他微笑地說。我猜意思大概是：「因爲美國食物都是垃圾。」

「姆後和好還模末。」我回答，意思是：「不過漢堡還不錯。」

我們把三明治的包裝紙舔乾淨以後丟掉。太幸福了。我們就快回到宿舍，聖克萊正在講上次他和喬許把口香糖丟到天花板的壁畫上——打算幫某位山泉精靈多加一個乳頭——結果被罰留校察看，我則在想別的事情：有點不太對勁。

我們剛剛經過這個街區第三家電影院。

當然，都是小電影院，可能只有一個廳。但三家，一個街區就有三家！我為什麼沒有早點發現？

喔，對了，旁邊這個帥哥。

「有英文的戲院嗎？」我打斷他。

聖克萊一頭霧水。「啊？」

「電影院，附近的電影院有放英文電影嗎？」

他拱起一道眉。「別說妳不知道。」

「咦？不知道什麼？」

他很得意知道某件我不知道的事。這很討厭，因為我們都很清楚，他瞭解巴黎生活的一切，而我只知道什麼叫巧克力牛角麵包。「我還以為妳是所謂的影痴。」

「什麼？我應該知道什麼？」

聖克萊誇張地往周圍比了個圈圈，顯然非常享受這一刻。「巴黎……是……全世界……最……熱愛電影的城市。」

我愣住。「你騙人。」

「真的，妳找不到比巴黎更愛電影的城市了，這裡有上百間，可能甚至有上千間的電影院。」

我感覺心臟在胸膛往下墜落，頭昏腦脹。這不是真的。

「我們附近就至少有一打。」

「什麼？」

「妳真的沒發現？」

「沒有，我沒發現！怎麼沒有人告訴過我？」我的意思是：這應該在第一天的生活技巧講座裡提到，這是非常重要的資訊！我們繼續走，而我東張西望，看那些海報和看板。拜託是英文的。拜託是英文的。拜託是英文的。

「我以為妳知道，否則我會告訴妳。」他終於露出歉意。「電影在這裡的藝術地位很高，有很多首輪戲院，不過有更多——你們怎麼說的？——老片戲院，播放經典電影，還有針對不同導演、類型、不知名的巴西女演員或任何其他的主題影展。」

呼吸，安娜，呼吸。「是用英文放的嗎？」

「我猜至少有三分之一。」

三分之一！上百間——可能甚至是上千間——電影院的三分之一。

「有些美國電影會有法文配音，不過主要都是針對兒童的電影。其他的都是英文原音配上法文字幕。喏，拿著。」聖克萊從報紙攤架上抽出一本叫《巴黎視野》的雜誌，附了上面有個鷹勾鼻人頭像的硬幣，然後將雜誌塞給我。「這本每星期三會出。VO代表是原音版，VF代表是法語版，表示配音過，所以找VO的，這些表網路上也有。」他補充說。

我拆開雜誌，看得呆了。我這輩子沒看過這麼多電影表單。

「老天，要是我知道這就可以讓妳開心，就不用浪費時間做其他事了。」

「我愛巴黎。」我說。

「那麼我相信它也會愛妳。」

他繼續說著話，但我沒在聽。這星期有巴斯特．基頓影展，下星期有青少年砍殺電影，還有一系列的七〇年代飛車主題影展。

「什麼？」我這才發現他在等我回答一個我沒聽到的問題。他沒有應聲，我從電影表上抬起頭，看見他的目光定在一個剛從宿舍走出來的身影上。

那女孩跟我差不多高，長髮算不上時髦，但某個程度上很符合巴黎的調調。她穿著銀色的短裙，反射出燈光，搭配紅外套。皮靴在人行道上喀答作響。她輕蹙著眉，回望藍博宿舍，但等她轉頭發現聖克萊時，整個人亮了起來。

雜誌在我的手上慢慢鬆開。她只可能是那個人。

女孩拔腿跑進他的懷裡。他們親吻，她的手指插入他的頭髮裡，他美麗、完美的頭髮。我的胃往下沉，別開頭不看。

他們分開，她開始說話。她的聲音意外低沉——應該說性感——但說話的速度很快。「我知道我們今晚沒約，但我剛好到附近，想你或許會想去我上次提的那間俱樂部。你知道，就是馬修推薦的那間？但你不在，所以我去找米兒，聊了一個小時，你去哪兒了？我打了三通電話給你，都轉接到語音信箱。」

聖克萊似乎有點不知所措。「呃，愛莉，這是安娜。她整個星期都沒有離開宿舍，所以我想帶她——」

出乎我的意料，愛莉露出大大的笑容。很怪，這時我才發現除了沙啞的嗓音和巴黎式的打扮，她還滿……坦率的，但看起來很和善。

這仍然不表示我喜歡她。

「安娜！亞特蘭大來的安娜，對嗎？你們去哪裡？」

她知道我是誰？聖克萊描述我們今晚的行程，而我一邊釐清狀況。他向她提過我嗎？或者是米瑞蒂？我希望是他，但就算是，他應該也沒有提過任何會讓她覺得受到威脅的事。她似乎沒有警覺到剛剛那三個小時，我都和她非常迷人的男朋友在一起。就我們兩個。

能有這樣的自信一定很棒。

「好了，寶貝，」她打斷他，「你可以晚點再告訴我剩下的部分。你要走了嗎？」

他答應過要陪她去嗎？我不記得，但他點頭。「好，可以，我先準備，呃——」他看看我，又看看宿舍門口。

「什麼？你已經穿好外出服了，看起來很帥，好了啦。」她拉起他的手握住。「很高興認識妳，安娜。」

我找回聲音。「嗯，我也很高興認識妳。」我轉向聖克萊，但他不肯好好看我。好吧，算了。我盡全力露出「我不在乎你有女朋友」的笑容，愉快地說：「再見。」

他沒有回應。好吧，該走了。我迅速跑開，拉出宿舍鑰匙，但等我打開門時，忍不住還是回頭看。聖克萊和愛莉走進了黑夜中，雙手仍然扣著，她依舊說個不停。

我站在原地，同時聖克萊轉過頭看我。只有一下子。

10

這樣比較好，眞的。

過了那天，我發現幸好我遇到了他女朋友，那眞的讓我鬆了口氣。對不應該有感覺的人動心是最糟的事，我不喜歡自己心裡轉的念頭，也絕對不想成爲另一個亞曼達。

聖克萊只是好心而已。全校的人都喜歡他——不管是老師、受歡迎或不受歡迎的同學——這很自然。他聰明、風趣又禮貌，而且，沒錯，非常有魅力。雖然如此受歡迎，他卻沒有跟很多人鬼混，只有我們這一小群人。又因爲他最好的朋友常常得陪瑞絲蜜，他只好，嗯……找我作伴。

那天晚上以後，他每一餐都坐我旁邊，取笑我的運動鞋、問我最喜歡的電影，幫我的法文作業訂正文法，而且他會罩我。就像上星期物理課，亞曼達·史賓通華走過我身邊的時候，故意捏著鼻子，還惡意用法文叫我臭鼬，聖克萊叫她「走開」，接下來整堂課一直往她丟小紙團。

我後來查了字典，才知道那個字的意思。亞曼達眞有創意。

不過，當我又出現那種難受的感覺時，他消失了。我會在晚餐後望向窗外，看著亮綠制服的清道夫打掃街道，發現他從宿舍走出，在往地鐵站的方向消失。

去找愛莉。

大多數的晚上，他回來的時候，我都和其他的朋友在大廳看書。他會大剌剌地坐到我旁邊，看見喝醉的十一年級生找櫃台後的女孩搭訕時，便開始講笑話（總是有喝醉的十一年級生找值班的女孩搭訕）。是我的想像，或他的頭髮眞的越來越亂？想到聖克萊和愛莉做的——那些事——

讓我比願意承認的更嫉妒。拓夫和我在通信，但寫的東西總是像朋友一樣。我不知道這表示他仍然對我有興趣，或是相反，但我知道寫信和接吻不一樣，和某些事也不一樣。

只有米兒知道聖克萊的狀況，但我不敢對她說什麼。有時候我害怕她會吃我的醋，就像我會發現她盯著我們吃午餐，當我請她幫忙遞餐巾的時候，她會隨便扔給我。或是聖克萊在我作業本的空白處亂塗香蕉和大象時，她也會變得僵硬而沉默。

或許我在幫她的忙。因爲我認識他不久，所以能比她承受更多，而且他老是亂來。我是說，可憐的米兒，每天要面對某個俊美男孩的殷勤，而且他還有可愛的口音和漂亮的頭髮，卻不能產生巨大、討厭、痛苦、永久、讓人呼吸困難的迷戀，對任何女孩而言都很艱困。

我不是在說我自己。

我說過，知道它不可能，讓我鬆了口氣，也讓事情變得簡單多了。大多數女孩聽到他的笑話都笑得太刻意，還會找藉口輕碰他的手臂，和他接觸。相反地，我會跟他爭執、不以爲然地翻白眼，表現得無動於衷，而當我碰他的手，會用力推他，這是朋友的行爲。

何況，我還有更重要的事要想：電影。

我已經到法國一個月，已經搭電梯到過艾菲爾鐵塔（米兒帶我去，聖克萊和瑞絲蜜在下面的草地等——聖克萊怕跌下來，瑞絲蜜拒絕任何觀光客的行徑），也去過凱旋門的觀景台（當然，一樣是米兒帶我去的，聖克萊在下面，威脅要把喬許和瑞絲蜜推到外面瘋狂的車陣裡），但還是沒有去過電影院。

事實上，我還沒有獨自離開學校過，滿丟臉的。

不過我擬好了計畫。首先，我會說服某個人陪我去電影院，應該不難，沒有人討厭電影。再來，我會記好他們說的話和做的事，以後我就可以自在地自己去那間戲院了。只去某間電影院至少比沒有電影院可去好。

「瑞絲蜜，妳晚上要做什麼？」

我們在等「生活」課開始。上星期我們學習吃本地栽培食物的重要，更之前則是學寫大學的申請信。天曉得他們今天會變什麼把戲？米瑞蒂和喬許是唯二不在的成員：喬許是十一年級，米瑞蒂去修第二外語，進階西班牙文。單純爲了興趣，眞瘋狂。

瑞絲蜜用筆敲著筆記本。她已經花了兩星期寫布朗大學的申請信，布朗大學是少數有埃及古物學位的大學，也是她唯一想念的學校。「妳不懂，」我問過她爲什麼還沒寫完，她回答：「布朗大學拒絕了八成的申請者。」

但我不覺得她會有問題。今年她從未拿過A以下的成績，絕大部分都是滿分。我已經把我的申請信寄出去了，要等一陣子才會有回音，但我不擔心。我申請的不是常春藤聯盟大學。

我試著親近她，但很困難。昨晚我在逗她的兔子愛西絲，瑞絲蜜提醒我兩次，宿舍不准養兔子，別把這件事洩漏出去，好像我很愛講閒話。何況，愛西絲的存在應該不算秘密，從門外便可以聞到兔子尿的味道。

「我記得沒事。」她回答我剛剛問今晚的問題。

我深呼吸，鼓起勇氣。當答案太重要的時候，將問題說出口變得特別困難。「要不要去看電影？香坡戲院在放《一夜風流》。」我沒出門，不代表我沒仔細看過精彩的《巴黎視野》。

「在放什麼？還有我不打算說妳在講電影院名字時發音有多可怕。」

「《一夜風流》，克拉克．蓋博和克勞黛．考爾白主演，獲得五座奧斯卡獎，是部名作。」

「哪個世紀的電影？」

「哈哈，說眞的，妳會喜歡的。我聽說很好看。」

瑞絲蜜揉揉額角。「我不知道，我不太喜歡老電影，老是演一些像：『嘿，兄弟，我們來戴上帽子，搞些誤會。』」

「喔，少來，」聖克萊從厚重的美國革命史中抬起頭。他坐在我身邊，很難想像他比我知道更多美國歷史。「那不就是電影精采的地方嗎？那些帽子和誤會？」

「那你爲什麼不陪她去？」瑞絲蜜問。

「因爲他要跟愛莉約會。」我說。

「妳怎麼知道我今天晚上要出去？」他問。

「拜託？」我求她。「拜託啦？我保證妳會喜歡，喬許和米兒也是。」

瑞絲蜜張開口想抗議，剛好老師進來了。每個星期都有不同的老師——有些是行政人員，有些是教授。我很訝異這次換成奈德，我猜每個教職員都必須輪流。他揉揉短髮，親切地對班上微笑。

「妳怎麼知道我今晚打算做什麼？」聖克萊又問一次。

「拜託拜託。」我對她說。

她扮個鬼臉讓步了。「好吧，不過下次的電影要讓我挑。」

耶！

奈德清清喉嚨，瑞絲蜜和聖克萊抬起頭，這是我喜歡這些新朋友的一點：他們很尊重老師。因爲媽媽也是老師，所以我討厭學生頂嘴或無視老師。我不喜歡有人對她無禮。「好啦，各位，安靜。亞曼達，安靜。」他以一貫低調但堅定的態度要她閉嘴。她甩甩頭髮，嘆氣，看了聖克萊一眼。

他沒理她。哈。

「我爲大家準備了一個驚喜。」奈德說：「天氣開始轉涼，剩下沒幾天溫暖的日子，所以我這星期安排了戶外課程。」

我們要出去上課。我愛巴黎！

「我準備了尋寶比賽，」奈德拿起一疊紙。「表格上有兩百項物品，大家都可以在附近找到，但可能要請當地人幫忙。」

喔，可惡，不要。

「你們要幫物品拍照，然後分成兩組比賽。」

吁！可以讓別人去問當地人。

「找到比較多東西的隊伍便是贏家，不過我會檢查每個人的手機或照相機，然後才會給分數。」

不——

「我準備了獎品，」奈德再次微笑，現在每個人終於開始注意聽了。「在星期四下課前找到最多東西的隊伍……星期五可以放假。」

這還不錯。全班紛紛吹起口哨和鼓掌。奈德選擇聲音最大的自願者當隊長：史迪・卡佛（那個衝浪頭男孩）和亞曼達的死黨妮可被選上。瑞絲蜜和我難得有默契地同時哀嚎。史迪高舉拳頭，眞是個蠢蛋。

開始選人，亞曼達第一個被選上，當然。接下來是史迪最好的朋友，也是當然。瑞絲蜜拐了我一下。「跟妳賭五歐元，我最後才會被選到。」

「跟妳賭了，因爲最後一個絕對是我。」

亞曼達轉頭朝向我，壓低聲音。「眞聰明，臭鼬女，誰會要妳當隊友？」

我露出愚蠢的錯愕表情。

「聖克萊！」史迪的聲音嚇了我一跳。不過聖克萊很快被選走也有道理。大家都看著他，但他低頭瞪著亞曼達。「我，」他回答她的問題，「我要安娜當我的隊友，妳如果能跟她同隊算妳好運。」

她紅了臉，迅速轉回去，在那之前狠狠瞪了我一眼。我對她做了什麼嗎？

更多人被選上，除了我。聖克萊試著要我看他，但我假裝沒注意到。我沒辦法看他，實在太丟臉了。很快只剩下我、瑞絲蜜和一個瘦子。不知道是什麼原因，他們叫他「吉士堡」，吉士堡總是一臉驚訝，彷彿有人叫他的名字，他卻找不到聲音從哪兒而來。

「瑞絲蜜。」妮可毫不猶豫地說。

我的心往下沉。現在只剩下我和一個綽號叫吉士堡的人。我專心低頭看著桌面，看著喬許今天稍早在歷史課上幫我畫的圖。畫裡的我穿著中古農奴的衣服（我們在上黑死病），愁眉苦臉，手上抓著一隻死老鼠。

亞曼達低聲在史迪耳邊說了些話。我感覺她對我露出假惺惺的笑。我的臉紅了起來。

史迪清清喉嚨。「吉士堡。」

11

「妳欠我五歐元。」我說。

瑞絲蜜微笑。「我幫妳買電影票。」

至少我們同隊。妮可把奈德的清單分成幾組，所以瑞絲蜜和我自己行動。這個星期應該不會太糟。因爲瑞絲蜜的關係，我可以拿到這堂課的分數。她讓我拍了一些照片——一尊叫「伯達」[8]的雕像和一群孩子在街頭踢足球——其實她才是發現這兩樣東西的人。

「我想踢足球。」聽完我們講的故事，米瑞蒂噘起嘴，今天晚上連她活潑的捲髮看起來都很消沉。

微風從寬闊的路面上吹過，我們拉緊了外套發抖。枯黃的葉子在腳下清脆地碎裂，巴黎在秋天的邊緣躑躅。「妳不能加入什麼聯盟或類似的東西嗎？」喬許一邊問，一手抱著瑞絲蜜。她偎進他懷裡。「我常常在附近看見別人踢足球。」

「砰。」一頭熟悉的亂髮鑽到我和米兒中間，我們像受到驚嚇的貓似的跳開。

「老天，」米兒說：「我差點心臟病發，你在這裡做什麼？」

「《一夜風流》，」聖克萊說：「香坡戲院，不是嗎？」

「你跟愛莉不是有別的計畫嗎？」瑞絲蜜問。

「我不能來嗎？」他插進米瑞蒂和我中間。

「你當然可以來，」米兒說：「我們只是以爲你們有事。」

「你每次都有事。」瑞絲蜜說。

「我沒有每次都有事。」

「明明就有，」她說：「你知道怪在哪裡嗎？今年只有米兒見過愛莉，她現在不屑跟我們在一起嗎？」

「喔，不要講這個，不要又提這件事。」

她聳肩。「我只是說說。」

聖克萊搖頭，但我們都察覺到他並沒有否認。愛莉或許性格友善，但顯然不再需要這些巴黎美國學校的朋友了，連我都看得出來。

「你們每天晚上都做什麼？」我來不及反悔，問題已經脫口而出。

「就那檔事，」瑞絲蜜說：「他們都在做那檔事，他為了滾床單拋棄我們。」

聖克萊臉紅了。「喂，瑞絲，妳和我那層樓的蠢十一年級一樣可惡，那個叫什麼大衛的和麥可・雷納，老天，他們有夠混蛋。」

麥可・雷納是法文和歷史課那個大衛的死黨，我不知道他們住他隔壁。

「放尊重點，聖克萊。」喬許向來隨和的聲音拉高。

瑞絲蜜欺近聖克萊的臉。「你罵我是混蛋？」

「不，但如果妳不退後，我可能就罵了。」

他們的身體繃緊，就像自然紀錄片裡互相鬥角的公鹿。喬許試圖拉回瑞絲蜜，卻被她甩開。

8 十五世紀法國人文學者，提倡文藝復興運動。

「老天，聖克萊，你不能白天跟我們當死黨，晚上把我們甩開！你也不能愛來就來，假裝什麼事都沒發生。」

米兒試圖緩和場面。「嘿、嘿、嘿——」

「本來就沒事！妳到底怎麼回事？」

「嘿！」米兒利用她的身高和力氣優勢，勉強插進兩人中間。出乎我意料的是，她開口求瑞絲蜜。「我知道妳想念愛莉，我知道她是妳最好的朋友，她這樣拋下妳很爛，但妳還有我們。還有，聖克萊……她說得對，你不在很傷人，我是說，下課以後。」她聽起來就快哭了。「我們一直那麼要好。」

喬許伸手環住她，她緊緊抱著他。他越過她的捲髮瞪聖克萊：是你不好，快道歉。

聖克萊嘆氣。「好吧，你們說得對。」

那不眞的是道歉，但瑞絲蜜點點頭。米兒鬆了口氣，喬許巧妙地將她拉開，回到女朋友旁邊。我們在凝重的沉默中走著。原來瑞絲蜜和愛莉以前是死黨，要和布麗姬暫時分開已經很難了，我無法想像如果她和我絕交會有多可怕。我有一種罪惡感：難怪瑞絲蜜這麼憤世嫉俗。

「對不起，安娜，」我們安靜地走完另一個街區後，聖克萊開口：「我知道妳很期待這場電影。」

「沒關係，這不關我的事，我的朋友也會吵架。我是說……在家鄉的朋友，不是說你們不是我的朋友。我只是想說……朋友難免會吵架。」

喔，糟透了。

不快的低氣壓籠罩在我們之間，每個人又回復了沉默，而我的思緒不斷轉動。我希望布麗姬在這裡，希望聖克萊沒有跟愛莉交往，愛莉沒有傷害瑞絲蜜，瑞絲蜜可以更像布麗姬。眞希望布麗姬在這裡。

「嘿，」喬許說，「大夥兒，快看。」

白霓虹燈照亮夜色，在黑夜中閃爍的藝術字宣布我們抵達了香坡電影院。那幾個字讓我自覺好渺小：電影院，還有什麼比這個更美麗的字彙？我們走過幾幅彩色電影海報，進入發亮的玻璃門，我的心情越來越激昂。大廳比我習慣的小，雖然沒有爆米花的人工奶油香味，我仍然可以察覺出熟悉的氣息，讓人安心的古老氣息。

瑞絲蜜說話算話，幫我買了電影票。我趁機拿出藏在口袋裡的一小張紙和筆，準備執行任務。米兒是下一個，我用拼音記下她說的話。

翁不洛斯細福普類。

聖克萊從我的肩膀偷看，輕聲說：「妳拼錯了。」

我尷尬地抬起頭，卻看見他在微笑。我趕緊低下頭，用頭髮遮住臉頰。發燙的臉頰主要是因爲他的微笑，多過於其他因素。

我們沿著電影院通道的藍燈串往下走。不知道這裡是不是都用藍色的燈，而不像美國電影院用金色燈串。我的心跳加速。除此之外都一模一樣。

一樣的座位、一樣的銀幕、一樣的牆壁。

到巴黎以後，我第一次有回家的感覺。

我對朋友們微笑，但米兒、瑞絲蜜和喬許沒有注意到，他們正在討論晚餐發生的某件事。聖克萊看到我，報以微笑。「棒吧？」

我點點頭，他看來很高興，跟著我低頭鑽進座位上。我習慣坐在比中間高四排，而今晚我們的位置很好。椅子是典型的紅色，電影開始，標題畫面出現。「喔，我們必須先看這些名單嗎？」瑞絲蜜問。跟其他的舊電影一樣，工作人員表會先出現。

我開心地看著，我喜歡工作人員名單。我喜歡電影的一切。

電影院一片漆黑，只有黑白灰色的畫面閃動。

克拉克．蓋博假裝睡著，將手放在公車的空座位中間。

克勞黛．考爾白忍耐半晌，氣呼呼地將他的手拉到一邊，坐下。

克拉克．蓋博竊笑，而聖克萊大笑。

怪的是，我發現自己一直分心，注意到他在黑暗中閃耀的白牙齒、他披散的波浪捲髮、他柔和的洗衣精香味。他無聲地推推我，要把椅子扶手讓給我，但我棄權，他便佔據了扶手。他的手臂就在旁邊，稍微比我的手高一點。我看著他的手。和他靈活的男生大手比起來，我的手顯得很小。

突然，我很想碰他。

不是推、打，或是友善的擁抱。我希望感覺他肌膚的紋理，那些雀斑間的隱形線路，用指尖掃過他的手腕內側。他動了一下。我有一種非常怪異的感覺：就像我察覺到他一樣，他也同樣敏感地察覺到我。我無法專注。銀幕上的角色在吵架，但天哪，我不知道他們爲什麼吵架。我已經分心多久了？

聖克萊咳嗽，再次改變姿勢，腿輕刷過我，停住不動。我僵住了。我應該移開腳，這感覺好怪。他怎麼可能沒發現他的腿碰到我？我從眼角看見他下巴和鼻子的輪廓，以及——喔，老天——嘴唇彎曲的弧線。

沒錯，他在看我。我知道他在看。

我拉開視線，看向銀幕，努力試著證明眞的對電影很有興趣。聖克萊僵住，但沒有移動他的腿。他在屏住呼吸嗎？我覺得他是。我也屏住了呼吸。我吐口氣，然後縮了一下——好大聲、好不自然。

又來了。他又在看我。這一次我不由自主地轉過頭，他剛好別開視線。我們像在跳舞，這樣的氣氛好像應該有個人說些什麼。專心，安娜，專心點。「你喜歡嗎？」我輕聲問。

他頓一下。「妳說電影？」

感謝黑暗掩飾了我的臉紅。

「我很喜歡。」他說。

我冒險看了他一眼，聖克萊回看我，眼神深邃。他以前沒有那樣看過我。我先撇開視線，幾個心跳後，才感覺到他轉開目光。

我知道他在微笑，我的心跳加速。

12

收件者：安娜・歐立分 <bananaelephant@femmefilmfreak.net>

寄件者：詹姆士・艾許里 <james@jamesashley.com>

主旨：溫馨小提醒

嗨，乖乖，我們有陣子沒聊天了。妳有聽語音信箱嗎？我打過幾次電話，但我猜妳忙著探索巴黎。嗯，我只是提醒一下，妳該打電話給親愛的老爹，報告功課進度。妳會說法文了嗎？嚐過鵝肝醬沒？去過什麼精彩的博物館？說到精彩，相信妳已經聽到好消息了：《變故》登上了《紐約時報》的暢銷書榜首！看來我寶刀未老，下星期我會去一趟東南部，很快會見到妳弟弟，我會代妳向他問好。死命用功吧，**等著**聖誕節見。

喬許瘦長的身軀靠在我的肩上，瞄向我的筆電。「是我的錯覺，還是那個**等著**眞的有種威脅的意味？」

「不，不是**你的**錯覺。」

「我以爲妳爸爸是名作家，『死命用功』算是哪門子溫馨？」

「我爸擅長的是老梗。顯然你沒看過他的小說，」我頓一下。「我不敢相信他還敢說要代我向辛恩問好。」

喬許厭惡地搖頭。外頭在下雨，我和朋友週末都窩在休息室。沒有人提過這一點，但結果巴黎和倫敦一樣多雨，這是聖克萊說的。他是唯一不在的成員，去愛莉的學校參加攝影展。事實上，他早該回來了。

照慣例，他遲到了。

米兒和瑞絲蜜蜷在大廳的長沙發上，閱讀我們最新的英文課作業《巴爾札克與小裁縫》。我重看一次父親的信。

溫馨小提醒……妳的生活一團亂。

這星期稍早的回憶——在黑暗的電影院裡，坐在聖克萊旁邊，他的腿貼著我，兩個人的眼神交流——湧現，我滿心羞愧。我想得越多，越確信其實沒發生任何事。

因爲眞的什麼事也沒有。

看完電影，瑞絲蜜大聲說：「結局太突兀了，根本看不到什麼重要的情節。」等到我辯解完，我們已經回到了宿舍。我本來想跟聖克萊談談，知道我們之間到底是不是有什麼改變了，但米兒插進來，和他擁抱說晚安。因爲我一抱他，失控的心跳就會被發現，只好跟在後面。

然後很遜地揮手道別。

然後我帶著一如以往的困惑上床睡覺。

怎麼回事？儘管感覺那麼刺激，但我一定是在腦中太誇大了整個狀況，因爲他第二天早餐表現得跟平常一樣。我們和平常一樣友善地聊天。何況，他有愛莉，並不需要我。我唯一能想到的是：我一定是把對拓夫的挫折感投射到聖克萊身上去了。

喬許仔細地觀察我，我決定在他提問之前先發制人。「你的作業進行得怎麼樣？」我在生活課的隊伍後來贏了（不是我的功勞），所以瑞絲蜜和我星期五不用上課。喬許蹺掉最後一堂課來找我們，被罰留校察看，還有幾頁額外的作業。

「呃，」他倒在我旁邊的椅子上，撿起素描本，「我有更好的事做。」

「可是……如果不做的話，不是還會受罰嗎？」我沒蹺過課，不懂他爲什麼可以這麼輕鬆看待每件事。

「可能吧。」喬許縮起手，一臉痛苦。

我皺眉。「怎麼了？」

「抽筋了。」他說：「因爲畫畫的關係。沒關係，這常發生。」

眞怪，我以前從沒想過藝術也有職業傷害。「你眞的很有才華。這是你想做的嗎？我是說，當作職業？」

「我正在畫一本圖像小說。」

「眞的？好酷，」我推開筆電，「故事是什麼？」

他勾起一抹淘氣的微笑。「有一個人因爲爸媽不想看到他，被送到勢利眼的寄宿學校。」

我嗤之以鼻。「我早就聽過了。你爸媽做什麼工作？」

「我爸爸是個政治家，他們正在競選連任，開學以後我還沒跟瓦森坦參議員說過話。」

「參議員？參議院的參議員？」

「很不幸，就是參議院的參議員。」

又來了。我爸到底在想什麼？送我到**美國參議員**小孩念的學校？「大家的父親都這麼可怕嗎？」我問：「這是入學條件？」

他朝瑞絲蜜和米兒點頭。「她們的不會，不過聖克萊的老爸是個經典。」

「我也是這麼聽說。」我抵抗不了好奇心，放低聲音。「到底怎麼樣？」

喬許聳肩。「他只是個混蛋，對聖克萊和他媽手段非常高壓，但對其他人倒是很可親，不過這樣反而更糟。」

我突然被一頂剛踏進大廳的紫紅色怪針織帽分散了注意力，喬許轉身看我在瞪什麼。米兒和瑞絲蜜注意到他的動作，也從書本抬起頭。

「喔，老天，」瑞絲蜜說：「他又戴上**那頂帽子**了。」

「我喜歡**那頂帽子**。」米兒說。

「當然啦。」喬許說。

米瑞蒂沒好氣地瞪他一眼。我轉身想仔細看**那頂帽子**，意外地發現它已經來到我的背後，戴著它的人是聖克萊。

「**那頂帽子**又回來了。」瑞絲蜜說。

「正是，」他說：「我知道妳很想念它。」

「**那頂帽子**有什麼典故嗎？」我問。

「那只是他媽去年冬天織給他的，我們公認那是巴黎最醜的配件。」瑞絲蜜說。

「喔，是嗎？」聖克萊脫掉帽子，套到她頭上。她兩條黑辮子滑稽地落在帽子下。「妳戴起來滿好看的，超正。」

她皺眉，丟還給他，伸手梳頭髮。他再次戴到雜亂的頭髮上，我發現我的看法和米兒一樣：其實很可愛，他看起來像泰迪熊一樣，很溫暖又毛茸茸。

「展覽怎麼樣？」米兒問。

他聳肩。「沒什麼好看的，你們在做什麼？」

「安娜在分享她父親寫的溫馨小提醒。」喬許說。

聖克萊扮個想吐的鬼臉。

「我寧可不要再看了，謝謝。」我闔上筆電。

「如果沒事了，我有個東西要給妳。」聖克萊說。

「什麼？誰，我嗎？」

「記得我答應過要讓妳不要那麼像美國人嗎？」

我微笑。「你幫我弄到了法國護照？」我沒忘記他的承諾，只是以爲他忘了——那段對話已經過了好幾個星期。他竟然記得，我覺得又驚又喜。

「比那更好。昨天剛寄到，來吧，東西在我房間。」說完，他將手插進口袋，大搖大擺地走上樓梯。

我將電腦收進背包，揹上肩膀，朝其他人聳聳肩。米兒露出受傷的表情，有一瞬間我有罪惡感，但我並沒有把他從她身邊偷走。我也是他的朋友。我跟在他後面爬上五樓，**那頂帽子**在我前方跳躍。我們走到他住的樓層，他帶我走下走廊。我覺得緊張又興奮。我從沒看過他房間，我們之前一直都是在大廳或我那層樓碰面。

「家，甜美的家。」他拉出「我把（心）遺落在舊金山」的鑰匙鏈，我猜也是他母親送的。門上貼著他戴拿破崙帽的素描，喬許的畫。

「嘿！508！你從來沒說你的寢室就在我的正上面。」

聖克萊微笑。「可能是因爲我不想被妳罵我跺地板害妳睡不著。」

「混蛋，你眞的會踩地板。」

「我知道，抱歉。」他大笑，爲我打開門。房間比我預期的整潔，我總是想像男生的房間一定很噁心——一堆沒洗的運動短褲和汗臭味的內衣，雜亂的床上鋪著幾星期不換的床單，海報是啤酒瓶和穿彩色比基尼的女人，空汽水罐和洋芋片袋，還有散落的飛機模型零件和電玩遊戲。麥特的房間就像那樣，我每次都覺得很噁心。我沒想到我會坐到墨西哥食物外送的調味醬上。

但聖克萊的房間很整潔，床整理過，地板上只有一小疊衣服，沒有裸露的海報，只有書桌上掛的古老世界地圖和床頭掛的兩幅彩色油畫。還有書，我從未看過一間寢室放了這麼多本書，像一座座塔似的堆疊在牆邊：厚重的歷史書、破舊的平裝書和……一本牛津字典，跟布麗姬一樣。

「我不敢相信我竟然認識兩個喜歡牛津字典的瘋子。」

「喔，是嗎?另一個是?」

「布麗姬。老天，你的是新的?」書背乾淨閃亮。布麗姬的已經好幾十年了，書背又皺又爛。

聖克萊看起來很尷尬。一本新的牛津字典要一千美金，雖然我們從來沒聊過這種事，但他也知道我的零用錢不像其他同學那麼多。從每次出去吃飯，我總是點菜單上最便宜的，就很明顯了。爸爸或許希望我接受貴族式的教育，但他可不關心我每天的花費。我要求過兩次，希望提高我每星期的零用錢，都被否決了。他說我必須學習用有限的預算生活。

在他一開始給我的預算就不夠的情況下，這很困難。

「她和樂團後來怎麼了?」他改變話題，問道：「她答應當他們的鼓手嗎?」

「嗯，這週末是他們第一次練習。」

「那是那個人的樂團——那個鬢角，對吧？」

聖克萊知道拓夫的名字，只是想釣我說出來，我不理他。

「沒錯。你準備了什麼給我？」

「在這裡，」他從書桌拿出一個黃色的氣泡信封給我，我的胃跳著舞，好像今天是我的生日。我撕開包裝，一小片補丁掉到地上：加拿大國旗。

我撿起來。「喔，我該說謝謝？」

他將帽子丟到床上，搔搔頭髮，讓它亂得更沒有章法。「這是讓妳釘在背包上，這樣別人會以爲妳不是美國人。歐洲人對加拿大人比較寬容。」

我大笑。「那我喜歡，謝謝。」

「妳沒生氣？」

「不，這完美極了。」

「我必須從網路上訂購，所以才拖這麼久。我不知道在巴黎哪裡可以買到，抱歉。」他從書桌抽屜找出一根安全別針，從我手上拿過那一片小楓葉旗，小心地別到我的背包口袋上。「好了，妳正式成爲加拿大人，請別濫用妳的新特權。」

「不管怎樣，我今天晚上打算出門。」

「很好，」他放慢聲音，「妳應該那麼做。」

我們同時靜下來。他離我好近，眼睛鎖住我，我胸口的心臟跳得好痛。我退後一步，看別的地方。拓夫，我喜歡拓夫，而不是聖克萊。爲什麼我必須一直提醒自己這一點？聖克萊太迷人了。

「這是你畫的嗎？」我拚命想改變心情。「在你床頭這兩幅？」我回頭看，他還是盯著我看。

他咬了咬拇指，然後才回答，聲音不太對勁。「不，是我媽媽畫的。」

「真的？哇，好漂亮，真的，真的……很好看。」

「安娜……」

「畫的是巴黎嗎？」

「不，是我長大那條街，在倫敦。」

「喔。」

「安娜……」

「嗯？」我背對著他，試著研究那兩幅畫，畫真的很漂亮，只是我似乎心不在焉。畫的當然不是巴黎，我早該知道——

「那個人，我說鬢角。妳喜歡他嗎？」

我的背顫抖了一下。「這問題你問過了。」

「我的意思是，」他挫折地說：「妳的感覺還是一樣？在妳來到這裡以後？」

我花了一會兒思考這個問題。「重要的不是我的感覺，」我終於說：「我喜歡他，但……我不知道他是否依然喜歡我。」

聖克萊靠近一點。「他還會打電話來嗎？」

「有，我是說，雖然不常，但他還是會打來。」

「喔，那很好，」他眨眼睛，說：「妳已經有答案了。」

我別開視線。「我該走了，你應該和愛莉有約。」

「對，我是說，不。我是說，我不知道。如果妳沒有事——」

我打開房門。「晚點見。謝謝你的加拿大公民證。」我彈彈背包上的補丁。

聖克萊怪異地露出受傷的表情。「不客氣，我的榮幸。」

我兩階併一階，跑回我住的樓層。剛剛怎麼回事？上一秒還好好的，下一秒我卻只想趕快逃走。我需要離開這裡，離開宿舍。我或許不是勇敢的美國人，但我想我可以當勇敢的加拿大人。

我回房間抓起《巴黎視野》，跑下樓。

我要單槍匹馬，勇闖巴黎。

13

「請給我一個位置。」我用法文說。

我在走到售票口前，再三確認過發音，遞出歐元。賣票的女人眼睛眨也不眨，從本子上撕了一張票給我。我優雅地接過，結巴地道謝。走進戲院，驗票員檢查我的電影票，撕了一角，我從之前的觀摩知道，我應該為了這個多餘的傳統，給她一點小費。我輕觸加拿大國旗尋求好運，不過用不上。過程很順利。

我辦到了。我辦到了！

我如釋重負，根本沒注意到腳步自動走進我最喜歡的那排。戲院幾乎是空的，三個年紀和我相近的女孩坐在後面，我前面則是一對年長的夫妻，兩個人共享一盒糖果。有些人不喜歡獨自看電影，我倒不會。只要燈光暗下，廳裡唯一存在的關連便只剩下電影和我。

我坐入沙發椅上，專注地欣賞預告片，當中穿插法國的廣告，我興致勃勃地在產品出現前猜賣的是什麼。兩個在中國長城上互相追逐的男人賣的是衣服、衣不蔽體的女人磨蹭呱呱叫的鴨子是賣家具、電子舞曲和舞者剪影要促銷的是什麼？大家來狂歡？喝酒？

猜不到。

《華府風雲》開始了，詹姆士·斯圖爾特扮演一名剛進參議院的天真理想主義者，每個人都以為可以佔他的便宜，篤定他會狼狽離開，但斯圖爾特向他們證明了：他比他們以為的更堅強、也比他們更厲害。我喜歡這部電影。

我想到喬許，不知道他父親是什麼樣的參議員。銀幕底下的翻譯對白字幕是黃色的。電影院很安靜、肅穆，直到第一個笑點出現，巴黎人和我一起大笑。兩個小時飛快過去，然後我在街燈下眨著眼睛，心滿意足地發著呆，一心想著明天要來看什麼。

□

「晚上又要去看電影？」大衛確認我在看哪一頁，將法語課本翻到家庭的章節。我們一如往常在同一組，練習對話技巧。

「對，《德州電鋸殺人狂》，很應景。」週末便是萬聖節，不過我沒看見任何裝飾，顯然這是美國節日。

「舊版還是重拍版？」居禮教授經過我們的座位，大衛飛快補上：「介紹我的家人，尚皮耶是……我叔叔。」

「啊？什麼？」我用英文問。

「什麼？」居禮教授糾正我。我以爲她會停下來，幸好沒有。呼。

「當然是舊版的。」但我很驚訝他知道這部電影有重拍過。

「眞有趣，沒想到妳喜歡恐怖電影。」

「爲什麼不？」他的言外之意讓我防備起來。「任何拍得好的電影我都喜歡。」

「是，不過大多數女生對那種東西都會大驚小怪。」

「那是什麼意思？」我拉高聲音，斷頭台從教室另一端扭過頭。「馬克是我……弟弟。」我低頭唸出第一個看到的法文。哇，對不起，辛恩。

大衛抓抓雀斑鼻。「妳知道，女生通常會找男朋友去看恐怖片，每次看到恐怖的地方，她就可以趁機抱住他。」

我呻吟。「拜託，我看過很多男生半途就被嚇跑了，也不會比女生少——」

「歐立分，妳這星期到底看了幾部電影？四部？五部？」

事實上是六部。星期天看了兩部。我養成了一種習慣：放學、做功課、吃晚餐、然後看電影。一間戲院接一間戲院，我慢慢走遍了這座城市。我聳肩，不打算告訴他眞話。

「妳什麼時候要約我去？啊？說不定我也喜歡恐怖片。」

我假裝研究課本上的親屬關係表。這不是他第一次做這樣的暗示，大衛很可愛，但我對他沒有那種意思。他常把椅子往後斜立，只是爲了激怒老師，我很難對這種男生認眞。

「或許我喜歡自己去，或許這樣我才有時間思考評論要怎麼寫。」我是說眞的，只是沒告訴他我通常不是自己去。有時候米瑞蒂會陪我去，有時候是瑞絲蜜和喬許，還有時候，沒錯，聖克萊會陪我去。

「對了，妳的評論。」他從《法語入門》課本底下抽走我的螺線筆記本。

「嘿！還給我！」

「再說一次妳的網站叫？」大衛翻著筆記，而我試著搶回來。我看電影的時候不做筆記，寧可等有時間沉澱之後，再寫下感想。

「才不告訴你，還我。」

「那樣做到底有什麼意義？妳爲什麼不像正常人一樣，開心地看電影就好？」

「那樣做很有趣，而且我告訴過你了，那是很好的練習。我回家以後，就沒辦法在大銀幕看這種經典電影了。」更別說在如此美好的安靜環境中看電影。在巴黎，電影播放的過程中沒有人會交談，零食吃得嘎吱響或讓手機嗡嗡叫的人得要自求多福。

「為什麼需要練習？感覺不像多困難的事。」

「喔？你可以試著寫篇六百字的評論看看。我喜歡那樣做，那很酷，能激發很多火花。」我再次想搶回筆記本，但他將它舉過頭頂。

他大笑。「五星級的火花。」

「還、給、我！」

一道陰影出現在我們頭上。斷頭台低著頭，等我們繼續，全班都望向這邊。大衛放開筆記本，我一把搶回來。

「嗯……很好，大衛。」我說。

「等你們結束迷人的討論，麻煩繼續手邊的練習。」居禮教授她瞇起眼睛，用法文腔的英文說：「然後寫兩頁法文描述你們家人，星期一早上交給我。」她用法文說。

我們乖乖點頭，她踩著高跟鞋走開。「最後一句是什麼意思？」我壓低聲音問大衛。

斷頭台沒停下腳步。「星期一早上交，歐立分小姐。」

□

午餐時，我用力將餐盤放到桌上，扁豆湯從碗裡濺出，李子滾出去，被聖克萊接住。「誰惹妳了？」他問。

「法文。」

「有問題？」

「糟透了。」

他將李子放回餐盤。「妳會抓到訣竅的。」

「說得眞輕鬆，雙語先生。」

他的微笑消失。「對不起，妳說得對，這麼說不公平，我有時候會忘記。」

我激動地攪動扁豆湯。「居禮教授總是讓我覺得自己很笨。我才不笨。」

「妳當然不笨，只有瘋子才會期待初學者講得流利。學習都需要時間，特別是學習語言。」

「我只是厭倦了只要一走出這裡，」我指向窗外，「就什麼都不會了。」

聖克萊聽到我的話很訝異。「妳才不是什麼都不會。妳每天都出門，而且常常自己出去，跟妳剛到法國時差很多。別對自己太嚴厲。」

「哈。」

「嘿，」他偷偷靠近，「記得柯爾教授說過美國缺乏翻譯小說的事嗎？她說接觸其他文化和其他環境是很重要的，這正是妳在做的。妳走出門，開始試水溫，應該感到自豪。去她的法文課，那什麼也不是。」

我對他的英式作風擠出一個微笑，回應他剛剛說的翻譯。「是，不過柯爾教授說的是小說，不是眞實生活，兩者差別很大。」

「是嗎？那電影怎麼說？妳不總是說電影是反映人生嗎？或那是另一個我認識的名影評人說的？」

「閉嘴，那不一樣。」

聖克萊大笑，知道他逮到我了。「看吧？妳不需要花時間擔心法文，應該多花點時間……」他話聲逝去，注意力被我身後的東西拉去，露出嫌惡的表情。

我轉身看見大衛跪在背後的地板上，低著頭，雙頭舉高，向我呈上一個小盤子。「請容我以這客閃電泡芙，表達心中卑微的歉意。」

我的臉紅了。「你做什麼？」

大衛抬頭微笑。「對不起，害妳要多寫功課，都是我的錯。」

我說不出話來。看見我沒有接過那盤甜點，他起身，用誇張的姿勢，端到我面前。大家都在行注目禮。他從後面的桌子拉了一張椅子，擠到聖克萊和我中間。

聖克萊不敢置信。「別客氣，大衛。」

大衛似乎沒聽見他的話，伸手只沾了一口巧克力沾醬，然後舔掉。他洗過手嗎？「所以，今天晚上的《德州電鋸殺人狂》，如果妳不讓我帶妳去的話，我永遠不相信妳不怕恐怖片。」

喔，老天，大衛**沒有**在聖克萊面前約我出去。聖克萊討厭大衛；我記得在看《一夜風流》前他曾經說過。「嗯……對不起，」我隨便找了個藉口，「但我沒有要去，計畫改變了，我有事。」

「拜託，星期五晚上不會有什麼事那麼重要的。」他捏我的手臂，我走投無路地看向聖克萊。

「物理報告，」他插嘴，看著聖克萊的手，「馬上要交了，還有一堆事要做，我們同組。」

「你們有整個週末可以做功課。放鬆點，歐立分，找點樂子。」

「事實上，」聖克萊說，「多虧了你，聽說安娜這個週末多了不少作業。」

大衛終於轉身面對聖克萊，兩個人朝彼此皺眉。

「對不起。」我說，而且是眞心的。拒絕他讓我感覺很差，而且還是在大庭廣衆下。不管聖克萊怎麼想，他人很好。

但大衛再次看著聖克萊。「眞想不到，」半晌後，他終於說：「我懂了。」

「什麼？」我不懂。

「我沒發現原來……」大衛指向聖克萊和我。

「不！不，不是那樣，聽好，我說眞的，我們改天再去看其他電影。今天晚上我眞的不行，要做物理報告。」

大衛看來很不高興，但聳肩。「沒什麼。嘿，你們明天晚上要參加舞會嗎？」

奈德在藍博宿舍舉辦了萬聖節舞會。我不打算參加，但爲了安撫他，我說謊：「嗯，可能會。明天見。」

他站起來。「讚，別放我鴿子。」

「好，當然。謝謝你的閃電泡芙！」我朝他的背影喊。

「不客氣，美人兒。」

美人。他叫我美人！等等，我不喜歡大衛。

我喜歡大衛嗎？

「蠢蛋。」一等他聽不見，聖克萊說。

「別那麼粗魯。」

他以難解的表情凝視我。「我幫妳編藉口的時候，妳倒是沒抱怨。」

我推開閃電泡芙。「沒辦法，他讓我別無選擇。」

「妳應該謝謝我。」

「謝謝。」我諷刺地說，知道其他人在看我們。喬許清清喉嚨，指向剛剛被手指沾過的甜點。「妳要吃嗎？」他問。

「請便。」

椅子砰的一聲響，聖克萊突然站起來。

「你要去哪裡？」米兒問。

「哪也不去。」他大步走開，被留下的我們陷入驚訝的沉默。過了一會兒，瑞絲蜜往前傾，揚起黑色的眉毛。「告訴你們，前幾天晚上喬許和我看見他們在吵架。」

「誰？聖克萊和大衛？」米兒問。

「不，是聖克萊和愛莉，所以大概是這個原因。」

「是嗎？」我問。

「沒錯，這星期他的脾氣都不好。」瑞絲蜜說。

我想了想。「妳說得對。我聽見他在房間踱步，他以前不會那樣。」我不是故意去聽，但知道聖克萊住在樓上以後，我會不由自主地注意他的動靜。

喬許詭異地看我一眼。

「妳在哪裡看到的？」米兒問瑞絲蜜。

「在克呂尼地鐵站。我們本來想打招呼，不過注意到他們的表情，便繞過去了，那絕不是我想打斷的對話。」

「他們在吵什麼？」米兒問。

「不知道，我們聽不見他們說的話。」

「是她的問題，她變了。」

瑞絲蜜皺眉。「她覺得進了帕森設計學院以後，我們就沒資格跟她平起平坐了。」

「還有她的打扮，」米兒以罕見的苦澀語氣說：「好像她眞的是巴黎人。」

「她以前就是那樣。」瑞絲蜜哼了一聲。

喬許還是沒說話。他解決掉閃電泡芙，擦掉手指上的白奶油，抽出素描本。他專注的方式顯示米兒和瑞絲蜜的對話是……別有用意的。我感覺得到關於聖克萊的狀況，他知道的遠比透露出來的更多。男生會跟彼此聊這方面的事嗎？可能嗎？

聖克萊和愛莉分手了嗎？

14

「你們覺得萬聖節在墓地野餐算不算老套？」

我們五個人——米兒、瑞絲蜜、喬許、聖克萊和我——在拉榭思神父墓園散步。墓園位在可以俯瞰巴黎的山坡上，本身就像一座縮小的城市，寬闊的走道就像華麗墳墓間的道路。墳墓的拱門、雕像和彩色玻璃窗讓我聯想到小型的哥德式別墅，被有守衛的石牆和鐵柵門包圍。成熟的栗子樹在頭上伸展枝椏，殘餘的金黃樹葉婆娑搖曳。

這個城市比巴黎沉靜，但同樣迷人。

「嘿，有沒有聽到安娜用巴黎腔說話？」喬許問。

「喔，老天，我才沒有。」

「妳有。」瑞絲蜜說。她調整肩上的背包，跟著米兒走到另一條小徑。幸好我的朋友很熟悉這一帶，因爲我已經迷路了。「我說過妳開始有腔調了。」

「這是座墓園，不是墓地。」聖克萊說。

「有差別嗎？」我問，把握機會忽視**那一對**。

「墓園是專門作爲埋葬使用，墓地則是必須設在教堂裡。當然，現在兩個字實際上是通用的，所以其實也沒那麼大差別——」

「你眞是知道一堆沒用的冷知識，幸好你長得很帥。」喬許說。

「我覺得很有趣。」米兒說。

聖克萊微笑。「至少墓園聽起來比較文雅，而且你得承認——這個地方非常雅致。或者，對不起，」他轉向我，「妳寧願留在藍博宿舍開舞會？聽說大衛・洗屁股帶了他的啤酒乒乓球具去。」

「他叫希金波。」

「那就是我說的，希金棒。」

「喔，算了。何況等墓園關門，還有的是時間回去參加舞會。」我說完最後一句話，翻了翻白眼。除了我昨天午餐答應大衛的事，我們根本沒有人打算參加。

聖克萊用長長的保溫壺戳我。「說不定妳很不滿他沒有機會用他淵博的街頭賽車知識來追求妳。」

我大笑。「別鬧了。」

「我聽說他對電影很有品味。或許他會帶妳去看《史酷比》第二集的午夜場。」

我用背包打聖克萊，他笑著閃開。

「啊哈！找到了！」米兒大叫，發現一塊合適的草地。她在小草坪鋪上毯子，瑞絲蜜和我從背包拿出小蘋果火腿三明治和臭乳酪，喬許和聖克萊繞著附近的墓碑追逐，讓我想起在附近看過的法國小學生，如果再穿上相配的羊毛衣就更像了。

米兒用聖克萊的保溫壺幫每個人倒了咖啡，我幸福地啜飲，享受溫暖的愉悅擴散到四肢。我以前總覺得咖啡又苦又難喝，但跟其他人一樣，我現在習慣每天喝好幾杯。我們開始大快朵頤，男生就像被魔法吸引似的回來了。喬許盤坐在瑞絲蜜旁邊，聖克萊鑽到我和米瑞蒂中間。

「你頭髮上有葉子。」米兒咯咯笑，從聖克萊的捲髮拿掉一片枯黃的葉子。他把葉子拿過來捏碎，吹到她頭髮上。他們大笑，我的心揪痛一下。

「或許你該戴上**那頂帽子**。」我說。他在出門前要我幫忙帶，我把袋子丟到他膝上，可能有點太用力了。聖克萊叫了一聲，往前跳。

「小心一點，」喬許咬著粉紅蘋果，口齒不清地說：「他那邊有妳沒有的器官。」

「哇，器官，」我說：「好神秘，多告訴我一點。」

喬許悲傷地微笑。「很遺憾，這是限定資訊，只有擁有同樣器官的人可以知道。」

聖克萊搖掉頭髮剩下的葉子，戴上**那頂帽子**，瑞絲蜜朝他扮個鬼臉。「真的嗎？今天可以嗎？在公開場合？」她問。

「每天都可以，」他說：「只要妳跟我在一起。」

她嗤之以鼻。「愛莉今天晚上要做什麼？」

「呃，愛莉打算參加某個可怕的化裝舞會。」

「你不喜歡化裝舞會？」米兒問。

「我不喜歡裝扮。」

「只喜歡帽子。」瑞絲蜜說。

「我不知道除了美國學校，還有其他地方會慶祝萬聖節。」我說。

「有些人會，」喬許說，「商人幾年前試著將它推廣成商業性質的活動，沒有流行起來，倒是讓某個大學妹有機會可以裝扮成風騷俏護士，她也打算把握機會。」

聖克萊朝喬許的頭丟了一塊羊奶乳酪，正中他的臉頰。「混蛋，她才沒有要裝扮成風騷俏護士。」

「只是普通的護士？」我故作單純地問：「低胸裝，露出貨眞價實的巨乳？」

喬許和瑞絲蜜爆笑，聖克萊將帽子下拉蓋過眼睛。「喔，我恨你們。」

「喂，」米瑞蒂聽起來很受傷，「我什麼都沒說。」

「好吧，我恨你們，除了米兒以外。」

一小群美國人在我們後方徘徊，看起來很困惑。一個二十幾歲，留落腮鬍的男人張開口想說話，卻被瑞絲蜜打斷。「吉姆．莫理森❾的墓往那邊走。」她指向小徑，留落腮鬍的人露出鬆口氣的微笑，向她道謝以後，繼續前進。

「妳怎麼知道他想問什麼？」我問。

「他們都問同樣的問題。」

「其實他們應該找維克多．諾瓦的墳墓。」喬許說，其餘人大笑。

「誰？」一無所知眞教人沮喪。

「維克多．諾瓦，是個記者，被皮耶．波拿巴❿槍殺。」聖克萊說，彷彿這樣說我就會懂。他將帽子拉離開眼睛。「他墳墓的雕像據說有助……生育。」

「他的小兄弟被磨到發亮，」喬許補充：「爲了祈求幸運。」

「爲什麼我們又在談論器官了？」米兒問：「不能談點其他的話題嗎？」

「眞的？」我問：「發亮的小兄弟？」

❾ 美國「門合唱團」The Doors主唱。
❿ 拿破崙三世的堂弟。

「非常亮。」聖克萊說。

「那我得去看看，」我喝光咖啡，擦掉嘴角的麵包屑，跳起來。「維克多在哪？」

「跟我來。」聖克萊一躍而起，往前走，我追上去。他穿過一排光禿禿的樹，我撥開樹枝，跟在他背後。我們走到小徑，一頭撞上守衛，不約而同大笑。他戴著軍用帽，對我們皺眉。聖克萊露出天使般的笑容，聳肩。警衛搖頭，放我們通行。

誰都拿聖克萊沒辦法。

我們在誇張的鎮定中走著，他指向一個地方，那裡擠滿了按快門的人。我們往後退，耐心等待。一隻瘦黑貓從綴滿玫瑰和酒瓶的祭壇後溜出來，跑進灌木叢。

「喔，這夠詭異了，萬聖節快樂。」

「妳知道這裡有三千隻貓嗎？」聖克萊問。

「當然，這筆資料被我歸檔在大腦裡『巴黎的貓』那一區。」

他大笑。觀光客前往下個地方拍照，我們邊微笑，邊走近維克多・諾瓦。他的雕像和眞人等身，平躺在墳墓的地面上。眼睛閉起，帽子放在身邊。他的全身都被綠鏽包覆，只有褲子的明顯隆起處確實被磨成亮銅色。

「如果碰那裡的話，可以有另一個願望嗎？」我問，想起巴黎的原點。

「不成，維克多只負責生殖的部分。」

「去吧，摸一下。」

聖克萊退到另一個墓地上。「不必，謝了，」他再次笑。「我不需要那種問題。」當我瞭解他的意思時，嗆笑起來。安娜，鎮定點，這沒什麼，別讓他發現妳很尷尬。

「喔，如果你不碰的話，那我就沒有那種危險了。」我壓低聲音，開玩笑地說：「你知道，我聽說沒有做愛，就不會懷孕。」

我察覺他的腦袋立刻冒出問號。笨蛋，或許我的笑話太輕浮了。聖克萊看起來有點尷尬，又有點好奇。「所以，呃，妳還是處女？」

喔！我這個大嘴巴的笨蛋！

我強烈地想說謊，說出口的卻是實話。「我從沒遇過那麼喜歡的人。我是說，我從沒跟那麼喜歡的人約會。」我臉紅了，拍拍雕像。「我有個原則。」

「解釋來聽聽。」

雕像還殘留方才觀光客留下的溫度。「我問自己，如果發生最糟的狀況——如果我眞的懷孕了——我會不敢告訴小孩他父親的身分嗎？如果答案稍微有點偏向肯定，那就不行。」

他緩緩點頭。「很好的原則。」

我發現我的手正放在小維克多上，迅速抽開。

「等等等等，」聖克萊拿出手機，「再一次，留作紀念。」

我吐舌頭，維持那個可笑的姿勢。他按下快門。「太好了，以後每次妳打來，我就會看見這張——」他的手機響起，他嚇了一大跳。「嚇死人。」

「那是維克多的鬼魂，他想知道你爲什麼不碰他。」

「只是我媽，等一下。」

「嗚嗚嗚嗚，摸摸我，聖克萊。」

他接電話，努力保持正經的表情，米瑞蒂、瑞絲蜜和喬許從後面慢呑呑地跟上來，手上拿著剩下的野餐。

「謝謝你們丟下我們。」瑞絲蜜說。

「我們有先說要到哪裡。」我說。

喬許抓住雕像的私處。「我想這會帶來七年的厄運。」

米兒嘆氣。「約書亞·瓦森坦，你媽媽會怎麼說？」

「她會很自豪將兒子送進如此優良的教育機構，才會學到如此高雅的禮儀。」他彎腰，舔舔維克多。

米兒、瑞絲蜜和我慘叫。

「你會染上口腔疱疹，」我找出隨手消毒劑，噴了噴手。「說真的，你應該噴點這個到嘴巴上。」

喬許搖頭。「真神經質，妳帶著那個到處跑嗎？」

「妳知道，」瑞絲蜜說：「我聽說如果太常用那種東西，反而會降低對細菌的抵抗力，更容易生病。」

我僵住。「什麼？不會吧。」

「哈！」喬許說。

「喔老天，你還好嗎？」

聽到米兒緊張的聲音，我迅速轉頭。

聖克萊跌靠向一座墓碑，才沒有跌倒在地上。我們四個人跑到他身邊。他仍然拿著手機靠在耳邊，但沒有在聽。我們不斷問他：「怎麼了？你還好嗎？發生什麼事？」

他沒有回答，沒有抬頭。

我們憂慮地看了彼此一眼，不，我們害怕。事情眞的不對勁。喬許和我將他扶到地上，免得他眞的跌倒。聖克萊抬頭，吃驚地發現我們扶著他。他的臉色慘白。

「我媽。」

「怎麼了？」我問。

「她快死了。」

15

聖克萊醉了。

他的臉埋在我的腿間。換成另一種合適的情境，可能還滿令人興奮的。考慮到他隨時可能嘔吐，就一點也不吸引人了。我將他的頭推離膝蓋，換成比較沒那麼恐怖的姿勢，他發出呻吟。這是我第一次碰到他的頭髮，就像辛恩還是嬰兒時那樣柔軟。

喬許和聖克萊十五分鐘前來找我，身上都是菸味和酒味。既然他們都不抽菸，那顯然是剛從酒吧出來。「抱歉，他說我們一定得到這裡來。」喬許口齒不清地將朋友癱軟的身體拖進我房間。「他不肯屁——閉嘴。屁嘴。哈哈。」

聖克萊用濃重模糊的英國腔，喃喃地說：「我爸是個混蛋。我要殺了他，一定會殺了他。氣死人（pissed）。」他的頭一轉，下巴用力撞上他的胸膛。我緊張地將他帶往床，讓他靠在床邊作爲支撐。

喬許瞪著我牆上辛恩的照片。「屁嘴。」他說：「屁嘴。」

「啊啊啊，他是個混蛋。我是認眞的。」聖克萊瞪大眼睛強調。

「我知道，我知道他是混蛋。」事實上我不知道。「你可以不要那樣嗎？」我怒斥喬許，他站在我的床上，用鼻子磨蹭辛恩的照片。「他還好嗎？」

「他媽媽快死了，我不覺得他會**還好**。」喬許跌撞下床，伸手要拿我的手機。「我跟瑞絲蜜說會打給她。」

「他媽媽才不會那個，你怎麼可以那樣說？」我轉向聖克萊。「她不會有事的，你媽媽不會有事的，聽到沒？」

聖克萊打嗝。

「老天。」我從來沒想過會碰上這種狀況。

「癌症，」他垂著頭，「她不可能得到癌症。」

「瑞絲蜜素我，」喬許對我的手機說：「米兒，叫瑞絲蜜來，緊急狀況。」

「才不是緊急狀況！」我大叫：「他們只是喝醉了。」

幾秒鐘後，米瑞蒂敲我的門，我放她進門。「妳怎麼知道我們在這？」喬許的額頭困惑地皺起。「瑞絲蜜呢？」

「我在隔壁就聽到了，白癡，而且你打的是我的電話，不是她的。」她拿起手機，打給瑞絲蜜，後者一會兒之後也來了。她們站在原地瞪大眼睛，看著聖克萊喃喃自語，喬許繼續一臉驚訝地看著她們突如其來的現身。五個人塞在一起，我的小房間感覺又更小了。

最後，米兒跪下來。「他還好嗎？」她碰觸聖克萊的前額，被他揮開。她露出受傷的表情。

「我很好，我爸爸是混蛋，我媽媽快死了，還有——喔老天，我氣死了。」聖克萊再次看向我，棕色眼睛有如黑色大理石。「氣死了。氣死了。氣死了。」

「我們知道你生你爸的氣，」我說。「沒關係，你說得對，他是混蛋。」我的意思是，我還能說什麼？他才剛知道媽媽得了癌症。

「那是英國的說法，喝醉了（pissed）。」米兒說。

「喔，」我說：「好吧，你也確實喝醉了。」

同時，**那一對**正在吵架。「你跑哪裡去了？」瑞絲蜜問：「你說三個小時前就會回來！」

喬許翻白眼。「出去。我們出去，有人得幫他——」

「那叫幫他？他爛醉如泥、神智不清，還有你！老天，你全身都是車子廢氣和汗臭味——」

「他不能獨自喝酒。」

「你應該看著他！萬一出事呢？」

「啤酒、酒精，沒什麼大事。別那麼古板，瑞絲。」

「幹！」瑞絲蜜說：「我說眞的，喬許，去你的！」

他衝過來，被米兒推到我床上。他跌到床上的重量讓聖克萊跟著搖晃，頭再次往前掉，下巴砰的撞上胸膛。瑞絲蜜衝出門，走廊上聚集了一小群人，她一邊擠出去，一邊更兇狠地破口大罵。米兒追上去——「瑞絲蜜！**瑞絲蜜**！」——使勁摔上我的門。

聖克萊的頭就是那時候撞進我的雙腿間的。

呼吸，安娜，深呼吸。

喬許似乎昏睡過去了。很好，太棒了。我不必同時對付兩個男孩。

我可能應該幫聖克萊倒點水。不是應該給醉鬼多喝點水嗎？免得他們酒精中毒或什麼的？我將他推離腿上，他抓住我的腳。「我馬上回來，」我說：「我保證。」

他發出鼻音。喔，不會吧？他不會要哭了吧？雖然男生哭起來很動人，但我沒有準備面對這個。女童軍沒教我如何處理情緒不穩的酒醉男孩。我從冰箱抓出一瓶水，蹲下抬起他的頭——第二次碰觸他的頭髮——將水靠在他的嘴唇前。「喝吧。」

他緩緩搖頭。「再喝的話我會吐。」

「這不是酒，只是水。」我抬高瓶身，水灌進他的口中，滴下他的下巴。他搶過水瓶，丟到地上，水灑了一地。

「喔，不，」他輕聲說：「對不起，安娜，對不起。」

「沒關係。」他看起來好難過，所以我躺到他旁邊。那灘水浸濕了我臀部的牛仔褲。「怎麼了？」

聖克萊嘆氣，感覺深沉而疲憊。「他不讓我去看我媽。」

「什麼？那是什麼意思？」

「我爸爸說的，他總是那樣。他用這種方式來控制局面。」

「我不懂——」

「他嫉妒我，因爲她愛我更甚於愛他，所以他不讓我去看她。」

我的腦袋開始旋轉，那沒有道理，一點道理也沒有。「他怎麼可以這樣做？你媽媽病了，她會需要做化療，更需要你陪在身邊。」

「他說感恩節過後我才能去看她。」

「可是那還有一個月！她可能——」我住嘴，在腦中完成的句子讓我覺得噁心，但那不可能。和我同齡的人不會有父母過世。她會接受化療，當然那一定會有效。她會康復的。「你打算怎麼做？不顧一切飛回舊金山？」

「我爸爸會殺了我。」

「那又如何？」我義憤填膺。「你還是要去看她！」

「你不懂，我父親會非常、非常生氣。」他刻意的語氣讓我的背脊起一陣寒顫。

「可是……她會不會請你爸爸送信給你？我是說，他不會拒絕她吧？畢竟她……病了。」

「她不會違抗我爸爸。」

違抗，好像她是個孩子。我立刻瞭解爲何聖克萊從不提他爸爸。我爸爸或許自私，但從未不讓我見媽媽。我感覺很糟，充滿罪惡感，相較之下，我的問題根本微不足道。我是說，我爸送我到法國來，那又怎樣？

「安娜？」

「嗯？」

他頓了一下。「沒什麼。」

「怎麼樣？」

「沒事。」

但他的語氣絕不是沒事。我轉向他，他閉著眼睛，臉色蒼白疲憊。「什麼事？」我坐起身，再問一次。聖克萊睜開眼睛，發現我改變了姿勢。他掙扎著也想坐起來，我扶他起來。當我抽回手時，他抓住我，不讓我抽手。

「我喜歡妳。」他說。

我僵住了。

「我說的不是朋友的喜歡。」

我彷佛吞下了自己的舌頭。「喔，嗯，那麼——？」我抽回手，她的名字沉重地懸宕在空中，沒有說出口。

「那不對。從我遇見妳之後，感覺就不對了。」他再次閉上眼睛，晃了晃。

他醉了，他只是喝醉了。

冷靜，安娜。他喝醉了，而且剛遭到打擊，根本不可能知道自己在說什麼。不可能。所以我該怎麼辦？喔，老天，我該怎麼做？

「妳喜歡我嗎？」聖克萊問，用那雙棕色的大眼睛凝視我——好吧，有點血絲的眼睛，他喝醉了，而且剛哭過——而我的心碎了。

是的，聖克萊，我喜歡你。

但我不能說出口，因爲他是朋友，朋友不會把另一個朋友的醉話當眞，期望他們第二天履行諾言。

不過……這是聖克萊，英俊、完美、又美好——

無與倫比，完全無與倫比。

他吐在我身上。

16

我正在用毛巾擦拭他造成的混亂時，有人敲門。我用手肘打開門，免得嘔吐物弄髒門把。是愛莉，毛巾差點從我手上掉下來。「喔。」

風騷俏護士。我不敢相信，她穿著緊身白色連身裙、紅色十字架蓋在乳頭上，非常波濤洶湧。

「安娜，對不起。」聖克萊在我背後呻吟，她跑到他身邊。

「喔老天，聖克萊！你還好嗎？」她沙啞的嗓音再次震撼我，彷彿那身引人注目的護士服還不夠讓我自慚形穢似的。

「他當然不好。」喬許在床上抱怨：「他剛吐在安娜身上。」

喬許醒著？

愛莉打喬許掛在我床邊的腳。「起來幫我把他扶到他房間。」

「我天殺的可以自己起來。」聖克萊試著自己爬起來，愛莉和我同時伸出手。愛莉瞪我，我縮回手。

「妳怎麼知道他在這裡？」我問。

「米瑞蒂打電話來，但我那時已經在半路上了。我剛聽到他的留言。他幾個小時前打電話給我，但我正在爲了這個愚蠢的舞會做準備，沒有接到。」她自責地比比身上的裝扮。「我應該在這裡的。」她伸手撥開聖克萊前額的頭髮。「沒關係的，寶貝，我在這裡。」

「愛莉？」聖克萊的聲音很困惑，彷彿這才注意到她。「安娜？爲什麼愛莉在這裡？她不應該在這裡。」

他女朋友恨恨地瞪我一眼，我尷尬地聳肩。「他醉得一塌糊塗。」我說。

她再次用力打喬許，他滾下床。「好啦，好啦！」他神奇地站起來，將聖克萊從地板上拉起來。他們用肩膀扛住他。「開門。」她尖銳地說。我打開門，他們跌跌撞撞地走出去。

聖克萊回頭看。「安娜。安娜，對不起。」

「沒關係，我已經清理乾淨了。不要緊，沒什麼大不了的。」

「不，我是說別的。」

愛莉的頭扭向我，眼神憤怒又困惑，但我不在乎。他看起來好糟，我希望他們放他下來。他今晚可以睡我床上，我去跟米兒睡。但他們已經將他扶進搖晃的電梯裡，推開嘎吱作響的金屬柵門走進去。聖克萊悲傷地看著我，門關上了。

「她沒事的！你媽媽不會有事的！」

我不知道他有沒有聽見。電梯吱吱嘎嘎地往上，我目送著它消失。

□

星期天是十一月一日，法國人的萬聖節。很奇怪，今天才是法國人掃墓的日子，聽說人們會拜訪親友的墳墓，留下花束或個人紀念品。

這個念頭讓我很不舒服，希望聖克萊不記得今天是個假日。

起床後，我經過米瑞蒂的房間。她已經去找過聖克萊了，不知道他是不是不省人事，或是不見客，或許兩者皆是。「讓他好好睡。」米兒說。我相信她說得對，但我情不自禁地豎直耳朵，觀察樓上的動靜。傍晚時響起第一個聲音，不過相當模糊：緩慢的腳步拖曳和吃力的碰撞。

晚餐時他也沒出現。暴躁昏沉的喬許說他到這裡之前——我們照星期天的慣例，在披薩屋吃晚餐——曾順道去探望他。聖克萊想要獨處，喬許和瑞絲蜜已經和好了，她似乎很滿意他在忍受宿醉。

我的感覺很混亂：擔心聖克萊的媽媽、擔心聖克萊、生他爸爸的氣，但我的思緒無法在一個念頭以外的事物多停留一秒。

聖克萊喜歡我，不只是朋友那種喜歡。

我察覺他說的是實話，但我要怎麼忽視他當時喝醉了的事實？徹徹底底、完完全全，百分之兩百的爛醉如泥。儘管我很想見他，親眼確認他還活著，卻不知道該說什麼。應該把話說清楚嗎？或是假裝沒發生過？

他現在需要的是朋友，不是愛情狗血劇，這也讓狀況變得更糟：我很難再騙自己我不喜歡——甚至歡迎——聖克萊的注意力。

拓夫大概在午夜左右打了電話來。我們已經好幾個星期沒說過話了，但這陣子發生的事讓我一直心不在焉，只想要回去睡覺。太複雜了，這一切都太複雜了。

□

聖克萊早餐時又缺席了。我猜他今天甚至可能不會來上課（那也難怪），但他還是來上英文課了，只是遲到十五分鐘。我擔心柯爾教授會罵他，不過一定有人告訴學校發生了什麼事，因爲她什麼也沒說，只是同情地看了他一眼，繼續上課。「那麼爲什麼美國人不喜歡翻譯小說？爲什麼每年翻譯出版的外國作品這麼少？」

我試著看聖克萊的眼睛，但他低頭盯著他的《巴爾札克與小裁縫》，或應該說視而不見地看著。他的臉色蒼白，幾乎快變成透明的。

「嗯，」她繼續說：「常有人說，我們的文化只重視當下的滿足：速食、自動結帳機、下載音樂、電影、電子書、即溶咖啡、當場折現、即時訊息、快速減肥！還要我繼續嗎？」

全班大笑，只有聖克萊默不作聲。我緊張地看著他。他的臉上冒出了鬍碴，我不知道他的鬍子長這麼快。

「外國的小說比較少動作場面，步調不太一樣，提供更多思考空間，鼓勵我們去尋找故事，探求故事中的故事。以《巴爾札克》爲例，這是誰的故事？敘述者的？小裁縫的？或是中國的故事？」

我希望伸出手，握住他，告訴他不會有事的。他不應該來上課。我無法想像換作我，我會做什麼。他爸爸應該帶他離開學校，他應該到加州去。

柯爾教授輕彈小說的封面。「戴思杰在中國出生長大，來到巴黎，用法文寫《巴爾札克》這本書，卻將故事背景設定在他的故鄉，然後這本書被譯成英文。所以我們隔了多少層？只有法文到英文嗎？或我們應該把只發生在作者腦中的，中文到法文的轉換，算成第一次翻譯？每次故事重新翻譯時，我們會漏掉什麼部分？」

我沒仔細聽她的話。下課後，米瑞蒂、瑞絲蜜和我安靜地陪聖克萊走向微積分課，在他沒注意的時候交換憂慮的目光。我很確定他知道我們在做什麼，那讓我感覺更糟。

當巴本諾教授趁上課前拉他到旁邊時，我關於學校知情的猜測獲得證實。我沒聽到整段對話，但我聽到他問聖克萊這堂課要不要到保健室去休息。聖克萊接受了。他一離開，亞曼達・史賓通華立刻出現在我面前。「聖克萊怎麼了？」

「沒事。」她以為我會說嗎？

她甩頭髮，我滿意地發現有條線沾在她的嘴唇上。「因為史蒂夫說星期六晚上他和喬許醉得一塌糊塗。他看見他們跌跌撞撞地穿過萬聖節舞會，聖克萊很生他爸的氣。」

「喔，他聽錯了。」

「史蒂夫說聖克萊想殺掉他爸爸。」

「史蒂夫滿嘴蠢話，」瑞絲蜜打斷她，「妳星期六又去了哪裡，亞曼達？可憐到要靠史蒂夫做實況轉播？」

但這只讓她暫時閉上嘴。還沒到午餐時間，顯然全校都知道了。我不知道是誰漏了口風——或許是老師，也或許是史蒂夫或他的某個狐群狗黨想起聖克萊多說的某句話——但每個學生都在竊竊私語。等聖克萊終於出現在自助餐廳，情況就像爛青少年電影裡的場景，交談聲戛然停止，杯子停在嘴邊。

聖克萊站在門口，評估狀況，然後轉身大步離開。我們四個追上他，發現他推開學校大門，走向外面的庭院。「我不想談。」他背對我們。

「那就別說，」喬許說：「我們出去吃午餐。」

「可麗餅？」米兒提議。那是聖克萊的最愛。

「聽起來很棒。」瑞絲蜜附和。

「我餓壞了，」喬許說：「走吧。」我們往前走，希望他會跟上。他跟上來的時候，我們只能暗自鬆口大氣。米兒和瑞絲蜜帶路，喬許落在後面陪聖克萊。喬許淨聊些瑣事——為了藝術課買的一支新筆、他隔壁室友一直唱某首關於屁股流汗的饒舌歌——那很有效，至少讓聖克萊露出了一點生氣。他模糊地說了些回應。

我在兩組人當中徘徊。我知道這麼做很假正經，但雖然我很擔心聖克萊，也沒辦法不把蹺課當一回事。我不想惹麻煩。我回頭瞥向美國學校，喬許瞪了我一眼，意思是：學校今天不會在乎這件事。

希望他是對的。

我們最喜歡的可麗餅店距離不遠，當我看見店員舀起麵糊，放到平底鍋上時，對蹺課的焦慮便被拋到了腦後。我照例指向香蕉榛果巧克力醬可麗餅的照片，然後用法文說麻煩你，店員將熱榛果巧克力醬塗在像煎餅一樣的薄可麗餅皮上，裹住香蕉，然後在上面加了更多的榛果巧克力，最後還補上一球香草冰淇淋作為裝飾，是真的香草，上面散佈著點點的香草籽。

我陶醉地吃了第一口，發出呻吟。溫熱、濃稠、充滿巧克力的味道，完美極了。

「下巴沾上巧克力醬了。」瑞絲蜜用叉子比了比。

「唔唔。」我回答。

「很好看，」喬許說，「像是山羊鬚。」

我伸手沾了些巧克力醬，在嘴邊塗成鬍鬚。「這樣會不會更好看？」

「只要妳不是打算留希特勒小鬍子的話。」瑞絲蜜說。

我意外地聽見聖克萊嗤的一聲，再接再厲地，繼續沾巧克力，在一邊塗了翹鬍子。

「這樣不對，」喬許說，「過來。」他也沾了一點我的巧克力醬，用平穩的丹青妙指，小心地補上另外一邊，再把我畫的那一半往上點。我望向餐廳鏡子中的倒影，發現自己滿臉都是捲翹的鬍子。他們大笑著拍手，米兒按下快門。

坐在鄰桌的圍巾男露出厭惡的表情，所以我假裝動了動我的巧克力鬍子，其他人瘋狂大笑，好不容易，聖克萊露出一絲絲幾不可辨的笑意。

讓人欣慰的畫面。

我擦掉臉上的巧克力，報以微笑。他搖頭，其他人開始討論奇怪的鬍子——瑞絲蜜的叔叔有一次刮掉全部的鬍子，只留下鬢邊——聖克萊則靠過來跟我說話，他的臉貼近我，眼神空洞，聲音沙啞。「那天晚上——」

「別在意，沒什麼，」我說：「我馬上清乾淨了。」

「清乾淨什麼？」

噢喔。「沒什麼。」

「我弄壞什麼嗎？」他一頭霧水。

「沒有！你沒有弄壞什麼，只是有點，你知道……」我說不下去了。

聖克萊垂下頭哀嚎。「對不起，安娜，我知道妳一直把房間保持得很乾淨。」

我別開頭，很尷尬別人提到這個。「沒關係，真的。」

「至少我是吐在洗手台？浴室裡？」

「在地板上，還有我的腿，只有一點點！」我看到他驚恐的表情，馬上補充。

「我吐在妳的腿上？」

「沒關係！換作我也會做同樣的事。」我還來不及想，話便脫口而出。我還一直努力別提起這件事。他露出痛苦的表情，然後換了另一個同樣麻煩的話題。

「我有……」聖克萊瞥向其他人，確定他們還在討論鬍子。他們還在討論。他將椅子挪得更近，壓低聲音。「我有對妳說什麼特別的話嗎？那天晚上？」

呃喔。「特別的話？」

「就是……我只記得喬許帶我到妳房間，但我敢發誓，我們談過……某件事。」

我的心跳加速，幾乎無法呼吸。他記得，雖然很模糊。那代表什麼？我該說什麼？儘管我渴望知道答案，卻還沒準備好面對這段對話。我需要更多時間。「關於什麼？」

他很不自在。「我說過什麼奇怪的話……關於我們的友誼嗎？」

重點來了。

「或我女朋友？」

另一個重點。我意味深長地看著他，黑眼圈、沒洗過的頭髮、沮喪的肩膀。他如此哀傷、一點也不像平常的模樣。我不能再增加他的負擔，無論我有多想知道答案。我不能告訴他。因為即使他喜歡我，他也沒有立場開始一段關係，或結束舊的關係。要是他不喜歡我，我可能會失去這段友誼。情況會變得太詭異。

而現在，聖克萊需要的是友情。

我保持空白但誠懇的表情。「沒有，我們聊你媽媽的事，就這樣。」

這個答案是對的。他看起來鬆了口氣。

17

甜點店的地板是老舊的硬木板，吊燈上懸著叮噹作響的黃水晶串，發出蜂蜜滴般的光暈。櫃台後的女人將華麗的蛋糕放進棕白條紋的盒子裡，用繫著銀鈴的藍綠色緞帶綁起來。隊伍很長，但每個人都耐心地享受這裡的氣氛。

米兒和我在等身高的分層展示架中間等待，其中一個是馬卡龍組成的樹。馬卡龍是一種圓形的夾心甜點，表皮酥脆有如蛋殼，內餡稠軟美味，我一眼便爲之傾倒。另一個則擺放了迷你蛋糕，上面用杏仁糖霜和三色堇糖花做裝飾。

我們的話題回到聖克萊身上。我們總是在談他。「我擔心他們會開除他。」我踮起腳跟說，想要看到隊伍最前面的玻璃櫃，但一名穿細條紋衫、牽著好動小狗的男人擋住我的視線。今天店裡有很多隻狗，這在巴黎很常見。

米兒搖頭，捲髮在針織帽底下晃動。跟聖克萊的帽子不一樣，她的針織帽是知更鳥蛋的藍色，非常好看。

我比較喜歡聖克萊的帽子。

「他們不會開除他的，」她說：「喬許都沒有被趕走，他蹺的課更多。校長不可能趕走一個媽媽……妳知道，那樣的學生。」

她的狀況不樂觀，子宮頸癌第二期B，開始擴散的階段。

一些我絕不希望和我愛的人有關的字眼——外部放射療法、化學治療——現在是聖克萊日常生活的一部分。他媽媽蘇珊在萬聖節後一個星期開始療程，他爸爸人在舊金山，每星期送她去做五天的放射治療和一次的化學治療。

聖克萊卻在這裡。

我想要殺了他爸爸。他的父母已經分居多年，他爸爸卻不肯離婚，自己在巴黎和倫敦各養了一名情婦，蘇珊卻獨自住在舊金山。聖克萊的爸爸每隔幾個月就會去看她，住幾晚，重新確認他的支配地位或不管叫什麼的東西，然後又離開。

但現在他卻是那個照顧她的人，讓聖克萊在六千哩外煎熬。我覺得這樣的情況好噁心，連去想像都無法忍受。過去這幾個星期，聖克萊顯然狀況不太好：蹺課、成績下滑，也不再來吃早餐，每天晚上都和愛莉共進晚餐。上課和午餐的時候，他像石頭一樣冷漠地坐在我身邊，除此之外，我只會在早上叫他起床上學時看見他。

米瑞蒂和我輪流。要是我們不敲門，他就根本不出現。

甜點店門打開，冷風灌進室內，吊燈像果凍似的晃動。「我不知道該怎麼辦，」我說，「眞希望我能幫上什麼忙。」

米兒顫抖，揉揉手臂，今天她戴了精緻的玻璃戒指，看起來像棉花糖。「我知道，我也一樣。我還是不敢相信他爸爸不讓他在感恩節的時候回去看她。」

「眞的嗎？」我大爲震驚。「什麼時候的事？」爲什麼這件事是米兒知道，不是我？

「他爸爸聽說他的成績變差，喬許告訴我校長打電話給他爸爸——她是因爲擔心他——結果他爸爸不但沒讓他回家，反而說除非聖克萊做出『負責任的表現』，否則不准離開巴黎。」

「但除非他能看到他媽媽，否則根本不可能打起精神！而且她需要他在身邊，需要他的支持。他們應該在一起才對！」

「利用情勢修理他，是他爸爸慣用的伎倆。」

蠢蠢欲動的好奇心戰勝了良知。「妳見過他嗎？他爸爸？」

我知道他住在美國學校附近，但從未見過他，聖克萊更不可能拿他的照片去裱框。

「嗯，」她謹慎地說：「見過。」

「然後？」

「他人……很好。」

「很好？他怎麼可能很好？那個人是怪物！」

「我知道、我知道，可是他眞的……很彬彬有禮，笑口常開，非常英俊。」她突然改變話題。「妳覺得喬許帶壞了聖克萊嗎？」

「喬許？不。我是說，可能吧。我不知道。不。」我搖頭，隊伍緩慢前進。我們幾乎來到可以看見展示櫃的距離。我瞥見金色的法式反扣蘋果派和亮面巧克力覆盆莓蛋糕的邊緣。

一開始我覺得所有的東西都太繁複了，但三個月後的現在，我瞭解到爲什麼法國人以美食聞名。這裡的食物是用來品嚐的，餐廳的晚餐時間是以小時，而非以分鐘計算，和美國截然不同。巴黎人每天在市場閒晃，尋找最成熟的蔬果，經常到專賣店去購買乳酪、魚、肉、禽肉和酒。還有蛋糕。

我最愛蛋糕店。

「似乎就是喬許勸他自暴自棄，」米兒說服我：「我覺得自己老是扮壞人。『起床，上學，你寫作業了嗎？』妳知道嗎？然後喬許卻是說：『去他的，兄弟，我們走吧。』」

「嗯，但我覺得他不是勸聖克萊自暴自棄，他只是明白聖克萊現在無法承受這些。」但我有點遲疑。眞希望喬許能用比較正面的方式支持聖克萊。

她張開口想爭論，我打斷她。「足球（Soccer）如何？」

「這裡叫Football。」她糾正我，表情亮了起來。米瑞蒂上個月加入當地的女子社團，大多數下午都去練習。她告訴我上次練習時發生的新鮮事，直到我們走到前櫃台。整齊排列的方形檸檬塔、浸滿巧克力的濕軟蛋糕、宛如芭蕾舞鞋的長條閃電泡芙和撒滿糖霜的紅色野草莓蛋糕讓蛋糕櫃閃閃發光。

以及更多的馬卡龍。

一盒盒的馬卡龍，有各種想像得到的口味和顏色：草綠、粉紅和陽光般的豔黃。米兒挑選蛋糕，而我選了六個馬卡龍：玫瑰、黑醋栗、橘子、無花果、開心果和紫羅蘭。

接著我注意到肉桂榛果糖，覺得當場死而無憾。我爬過櫃台，手指撫過細緻的脆皮，舔掉芳香的內餡，直到再也無法呼吸。我沉浸其中，花了好一會兒，才發現後面的男人在跟我說話。

「嗯？」我轉身看見一位牽著巴塞特獵犬的體面紳士，他對我微笑，指向我手上的條紋盒子。那位男士很眼熟，我發誓我見過他。他用友善而快速的法文說話。

「嗯，」我無力地比手畫腳，聳肩用法文說：「我不會說……」

他放慢速度，但我還是一頭霧水。「米兒？救命？米兒？」

她過來拯救我。他們交談一會兒，他的眼睛發亮，直到她又說了什麼讓他倒抽口氣。「怎麼可能！」我不必懂法文，也能在聽到「喔不！」時，認出那個語氣。他悲傷地看著我，然後他們向彼此道別，我緊張地跟著說再見。米兒和我付了帳——她選了千層派，一種加了卡士達餡的酥皮點心——領著我離開店裡。

「他是誰？想做什麼？你們剛剛說了什麼？」

「妳沒認出他？」她很驚訝，「他是校園街那間戲院的老闆，有紅白燈的那間小戲院。他總是在我們宿舍前面遛彭斯。」

我們穿過一群鴿子。鴿子一點也不怕被踩到，咕咕低鳴，拍動翅膀，擾動空氣。「彭斯？」

「那頭巴塞特獵犬。」

腦中的電燈泡亮起。我當然在附近見過他們。「但他想做什麼？」

「他納悶為什麼很久沒看見妳男朋友，說的是聖克萊。」她看到我困惑的表情，補充說，聲音苦澀。「我猜你們常一起到那裡看電影？」

「我們上個月在那邊看了一部義大利式懷舊西部片。」我很困惑，他以為聖克萊和我在約會？

她安靜下來。嫉妒。但米瑞蒂沒什麼好嫉妒的。聖克萊和我之間是清白的——沒有任何進展。我覺得這樣很好，我發誓。我太擔心聖克萊，根本沒時間想這方面的事情。他現在不需要變化，愛莉是他熟悉的事物。

我也在想過去的事物，再次想念起拓夫，想念他的綠眼睛、想念那些在電影院裡，他讓我笑到流淚的晚上。布麗姬說他有問起我，但我最近都沒跟他說過話，因為他們的樂團很忙，「恐怖便士」進展很順利，終於排定了第一次公演的時間。剛好就在聖誕節前，而我，安娜．歐立分，會到場觀賞。

只剩一個月，我等不及了。

我本來可以在下星期看到他們，但爸爸覺得這麼短的假期搭飛機回家太浪費了，而媽媽負擔不起。所以我會獨自在這裡度過感恩節，只不過……我不再是單獨一個人了。

我想起剛剛米兒提到的消息，聖克萊感恩節也不會回家，而其他所有人——包括他女朋友——都會回美國去，那表示我們兩個會在這裡過這四天的週末，就只有我們兩個。

這個念頭讓我在回宿舍的整條路上都心不在焉。

18

「感恩節快樂！感恩節快樂！聖克萊，感恩節快樂——」

他的門被用力打開，他睡眼惺忪地瞪著我，身上穿著簡單的白T恤和藍條紋睡褲。「別，再唱。」

「聖克萊！眞高興看到你在！」我朝他露出大大的門牙縫笑容。「你知道今天是節日嗎？」

他拖著腳步回床上，但沒關上門。「聽說了。」他暴躁地說。我不請自進，他的房間……比第一次看到時亂了：地板上散佈成堆的髒衣服和毛巾、半滿的水瓶、書包裡的東西從床下灑出來，揉皺的紙和空白的活頁。我遲疑地嗅了嗅，濕答答的，聞起來很潮濕。

「我喜歡你現在房間的樣子，非常有大學生風格。」

「如果妳是來諷刺的，門沒有關。」他埋在枕頭裡嘟囔。

「才不，你知道我對髒亂的感覺，那埋藏了多少可能性。」

他嘆氣，似乎飽受煎熬。

我從書桌的椅子上移開一疊課本，幾幅素描從書頁間掉落，都是心臟解剖圖的炭筆畫。我以前只看過他的塗鴉，只是畫來玩的。雖然喬許的畫技確實更加精湛，但這些素描非常美麗。強烈。熱情。

我從地板上撿起來。「眞不可思議，你什麼時候畫的？」

沉默。

我小心翼翼地將那些心放回政府課的課本，盡量不要讓已經黑成一團的畫變得更髒。「好吧，我們今天要來慶祝，你是我唯一認識，還留在巴黎的人。」

呻吟。「供應烤火雞的餐廳很少。」

「我不需要火雞，只想確認今天是重要節日。外面的人──」雖然他沒在看，我還是指向窗外。「都不知道。」

他緊緊拉住被單。「我從倫敦來的，我們也不慶祝。」

「拜託，我第一天到的時候，你說你是美國人，記得嗎？你不能隨你高興改變國籍。今天你的祖國正都在大吃大喝，我們必須共襄盛舉。」

「嗯。」

進展不如預期，該是時候改變戰略了。我坐在他的床邊，搖晃他的腳。「拜託？拜託啦？」

沒反應。

「好啦，我需要找點樂子，而你需要離開這房間。」

不出聲。

我感到挫折。「你知道，今天我們兩個都不好過。你不是唯一被困在這裡的人，如果可以馬上回家，我願意付出任何代價。」

還是沒聲音。

我慢慢、深深地吸口氣。「很好，想知道怎麼回事嗎？我擔心你，我們都擔心你。嘿，這是我們這幾個星期第一次說話，而我是唯一開口的人！發生的那些事很爛，更爛的是我們完全說不上話，使不上力，沒辦法改變。我是說我什麼都做不了，那讓我很火大，因為我不喜歡看到你這樣。但你知道嗎？」我起身。「我覺得你媽媽不會希望你為了你無能為力的事責怪自己，她不會希望你放棄努力，我覺得她會希望聽到你下個月回家時，告訴她很多有趣的事，越多越好——」

「**如果**我下個月能回家——」

「**等**你下個月回家，她會希望看到你開心的樣子。」

「開心？」他生氣了。「我怎麼可能——」

「好吧，不是開心，」我迅速說：「但她也不會希望看到你現在的模樣。她不會希望聽到你蹺課、放棄努力。她希望看到你畢業，記得嗎？你就要辦到了，聖克萊，別搞砸了。」

沉默。

「好吧，」對他發火並不公平，也不理性，但我無法控制，「當個混蛋，讓他們把你退學，好好在床上享受你悲慘的一天。」我走向門口。「或許你不是我以為的那個人。」

「那是什麼？」諷刺的聲音傳來。

「那種碰到再糟的事，還是會下床的人，那種會打電話給媽媽說『感恩節快樂』，而不是因為害怕她會說出什麼話，不敢跟她說話的人，那種不會被他的混球爸爸打敗的人。但我猜我錯了。這些——」我朝他的房間揮了揮，無視他背對著我，動也不動。「一定很適合你，祝你好運，佳節愉快，我要出去了。」

門一關上，我聽到了。「等等——」

聖克萊把門重新打開，眼泛淚光，雙手垂落。「我不知道要說什麼。」他終於說。

「那就別說。沖個澡，穿上溫暖的衣服，再來找我，我會在房間。」

□

二十分鐘後，我放他進門，看到他的頭髮是濕的，我鬆了口氣。他洗過澡了。

「過來，」我讓他坐在床前的地板上，抓起一條毛巾，擦乾他的棕髮，「你會著涼。」

「那是錯誤的觀念，妳要知道。」但他沒有阻止我。過了一兩分鐘，他輕嘆了聲，比較放鬆了。我緩緩、循序漸進地擦拭著。「我們要去哪裡？」我完工時，他終於問。他的頭髮還是濕的，有幾綹開始捲了起來。

「你的髮質很好。」我說，一邊抗拒想要用手指梳的衝動。

他嗤之以鼻。

「我說眞的。我相信你一定常常聽到，但你的頭髮眞的很柔順。」

我看不到他的表情，但他的聲音變得細微。「謝謝。」

「不客氣。」我正式地說。「還有我不確定要去哪裡。我以爲我們可以先出門……然後就會知道上哪裡去了。」

「什麼？」他問：「沒有計畫？沒有按部就班的時間表？」

我用毛巾打他的後腦勺。「小心，我眞的會做。」

「老天，不要，什麼都可以，就是不要那個。」我以爲他是認眞的，然後看見他轉身，露出半個微笑。我又用力打他一下，但說眞的，看到那半個微笑，我放下心中大石，差點哭了。那是幾個星期來我看到最好的進展。

專心點，安娜。「鞋子，我需要鞋子。」我匆忙穿上運動鞋，抓起冬季外套、帽子和手套。

「你的帽子呢？」

他瞇起眼睛看我。「米兒？妳是米兒吧？我需要圍巾嗎？外面會不會冷，媽咪？」

「隨便，冷死好了，你以爲我在乎。」但他從外套口袋掏出針織帽，拉蓋過頭髮。這次。這次他露出讓人頭昏腦脹的大笑容。我猝不及防，心跳頓住。

我瞪著他，直到他的笑容消失，疑問地看著我。

這次，換成我的聲音變得細微。「走吧。」

19

「這裡！這就是我的計畫。」

聖克萊隨著我的視線，看向巨大的圓頂。紫灰色的天空（自從變冷之後，巴黎的天空便一直是這個顏色）柔和了視覺效果，削弱它燦爛的光輝，但一點也沒有減少它對我的吸引力。

「先賢祠？」他警覺地問。

「你瞧，我到這裡三個月了，卻還不知道那是什麼。」我蹦跳進行人穿越道，前往那棟雄偉的建築。

他聳肩。「那是先賢祠。」

我停下腳步瞪他，他把我往前推，免得被藍色的觀光巴士撞上。「喔，原來那裡叫先賢祠，我以前怎麼都不知道？」

聖克萊斜瞥我一眼，微笑。「先賢祠是一處停棺所——祭祀有名的人，那些對國家有重要貢獻的人。」

「就這樣？」我有點失望，那裡看起來應該至少有幾個國王在那裡受晃或什麼的。

他抬高眉。

「我的意思是，這裡到處都是墳墓和紀念碑，這裡有什麼不同？」我們爬上階梯，近在眼前的柱子高度氣勢驚人，我從來沒這麼接近過。

「我不知道，我猜沒什麼，畢竟這有點算是二流的。」

「二流的？你一定是開玩笑。」我覺得受到冒犯。我喜歡先賢祠。不，我**愛**先賢祠。「埋在裡面的有誰？」我問。

「呃，盧梭、居禮夫人、路易斯・布萊葉[11]、維克多・雨果——」

「那個寫《鐘樓怪人》的傢伙？」

「就是他。還有伏爾泰、大仲馬、左拉。」

「哇。看吧？你不能說那沒什麼。」雖然我不知道那些人有什麼事蹟，但都聽過他們的名字。

「是不能。」他拿出皮夾，付了門票。我本來要付——畢竟是我的主意——但他堅持。「感恩節快樂，」他把門票遞給我，說：「我們來看些死人吧。」

我們看到無以計數的圓頂、柱子和拱門，每樣東西都又大又圓，牆壁上畫滿了巨大的聖人、戰士和天使。我們敬畏地在寂靜中踏過大理石地板，他只偶爾在指向某些重要人物，像是聖女貞德或巴黎護城聖人聖吉妮薇的時候開口。他告訴我，聖吉妮薇保護巴黎免於飢荒，我猜她是史實人物，但不好意思多問。每次跟他在一起，我總覺得自己是井底之蛙。

一顆擺動的圓銅球從圓頂中央最高處懸掛而下。這次，我終於忍不住開口問：「那是什麼？」

聖克萊聳肩，尋找指示牌。

「嚇死我了。我以爲你什麼都知道。」

他找到了。「傅科擺，喔，果然。」他仰望讚嘆。

解說牌寫的是法文，因此我等他解釋。他沒說話。「然後？」

聖克萊指向地上的環形量測圖。「這是用來示範地球的自轉現象，看到沒？這個擺動的圓球每個小時都會自轉。妳知道，有趣的是，」他抬頭望向天花板的最高處，說：「其實這個實驗不必掛這麼高，也能證實他的論點。」

「典型的法國作風。」

他微笑。「來吧，我們去看地下墓室。」

「地下室？」我僵住。「你是說，*在地下的*墓室？」

「妳以爲遺體都放在哪裡？」

我咳嗽。「說的也是，當然，地下墓室，我們走吧。」

「除非妳害怕。」

「在墓園的時候我害怕嗎？」他僵住，我覺得尷尬。我不敢相信我竟然提起拉榭思神父墓園。改變話題，快點，我要趕快改變話題。我說出第一個冒出來的念頭。「看誰跑得快！」我跑向地下密室的入口，響亮的腳步聲在建築物中迴盪，所有的觀光客都爲之側目。

眞、是、丟、人、現、眼，尷尬死了。

就在這時——他衝過我身邊。我驚訝地笑著，加快腳步。我們並肩齊進，幾乎就快抵達目的地時，前面突然冒出憤怒的警衛。我煞不住，撞上聖克萊，他扶住我，警衛同時用法文斥責我們。我臉紅了，正打算道歉，聖克萊已經先開了口。警衛消了氣，稍事說教之後，便放過我們。

就像在拉榭思神父墓園那樣。聖克萊神氣地往前走。

⓫ 盲人點字法發明者。

「你總可以化險爲夷。」

他大笑，沒有爭論，他也知道那是事實，但當看見樓梯時，他的心情改變了。往地下室的螺旋狀階梯陡峭又狹窄。當我看見他眼中的恐懼時，心中的惱怒變成了憂慮。我忘了他的懼高症。

「說實話……我不是那麼想看墓室。」我說。

聖克萊瞪我一眼，我閉上嘴巴。他下定決心，牢牢扶著圓石牆，慢慢往下走。一步、一步、又一步。階梯不長，但過程非常痛苦。終於，我們來到了底端，一群不耐煩的觀光客從後面用力踏著腳步跟上來。我開口想道歉——帶他來這裡太蠢了——但他搶先說：「地下墓室比我想像大。」他的聲音緊繃急促，眼睛避開我。

換話題。很好，我懂得暗示。「你知道，」我謹慎地說：「我聽說地下墓室涵蓋建築物的整片地底，我本來想像這裡會堆滿骸骨，結果沒那麼糟。」

「至少沒有骷髏頭或股骨。」勉強的笑聲。

事實上，墓室很明亮，下面很冷，但也很乾淨寬敞，一片潔白，不太像地窖。不過聖克萊還是很激動和困窘。我跑向一尊雕像。「嘿，看！這是伏爾泰嗎？」

我們穿過走廊。我意外地發現這裡空蕩蕩的，有許多空位，預備將來作爲墳墓使用。看了一會兒後，聖克萊再度放鬆下來，我們聊了一些日常瑣事，像是上星期的微積分考試和史蒂夫・卡文最近穿的某件皮外套。我們好幾個星期沒有好好聊天了，感覺好像……又回到了從前。這時背後傳來一個刺耳的美國人聲音：「別走在他後面，否則我們一整天都出不去。」

聖克萊僵住了。

「他如果這麼怕那幾級階梯，就不應該出門。」

我打算轉身，但聖克萊抓住我的手臂。「不要，他不值得。」他帶我走到下一條走道，我努力看懂刻在牆上的一個名字，但氣到只看見坑洞。聖克萊不說話，我得想點辦法。

我瞇起眼睛專心看，直到看清楚那個名字。「艾蜜莉．左拉，我下來以後只看到兩個女性名字，這是第二個。這是怎麼回事？」

聖克萊回答之前，那個刺耳的聲音說：「那唸做埃米爾，」我們轉身，看見一名穿著歐洲迪士尼汗衫，沾沾自喜的男人。「埃米爾．左拉是男人。」

我的臉燒紅，伸手想拉著聖克萊離開，但聖克萊已經湊到他的面前。「埃米爾．左拉是男人，」他糾正他的態度，「而你是混蛋。你何不滾遠一點，少來管她的閒事！」

少來管她的閒事、閒事、閒事！他的怒斥在整個地下墓室中迴盪，歐洲迪士尼男沒料到他會爆發，後退踩到他太太，她發出尖叫。所有人目瞪口呆，聖克萊拉住我的手，拖著我走向階梯，我緊張得要命，害怕可能發生衝突。腎上腺素讓他一路衝上迴旋梯，但他的身體彷彿知道發生了什麼事，突然煞住，驚險地往後搖晃。我從背後穩住他。「我在這裡。」

他死命握住我的手。我溫柔地帶他往上走，最後回到一樓圓頂、柱子和拱門所在的開放空間。聖克萊放開我的手，癱倒在最近的長椅上，低垂著頭，彷彿快吐了。我等他開口。

他沒說話。

我坐到他身邊的長椅上。這是《小王子》作者安東尼．聖艾修伯里的紀念碑，他死於空難，所以我猜沒有留下遺體可以放在樓下的墓室。我看著人們朝壁畫拍照，看著剛剛對我們大吼的警衛，我沒看聖克萊。

最後，他抬起頭，清清喉嚨，聲音很鎮定。「要去找哪裡有火雞晚餐嗎？」

□

我們花了好幾個小時檢查菜單，才終於找到適合的餐廳。找餐廳變成一場遊戲、一種使命，我們全神貫注地尋找，好忘記在地下墓室的男人、忘記我們不在家裡。

我們終於發現一間貼出「美國感恩節晚餐」告示的餐廳，大聲歡呼，我還跳起勝利的舞蹈。帶位員被我們誇張的反應嚇到，但還是帶我們就座。「太好了。」上第一道菜時，聖克萊舉起裝氣泡水的杯子，微笑說：「敬我們成功地在巴黎找到火雞晚餐。」

我報以微笑。「敬你媽媽。」

他的微笑消失了一下，露出另一抹淺笑。「敬媽媽。」我們互敲了杯子。

「所以，嗯，如果你不想談的話就別說，不過她最近好嗎？」我脫口而出：「會不會因爲放射治療覺得很累？吃得夠嗎？書上說每天晚上要塗乳液，否則會灼傷，我只是想知道……」我看見他的表情，彷彿我長了獠牙，我閉上嘴。「對不起，我太多管閒事了，我會閉——」

「不，」他打斷我，「不是這樣，只不過……妳是第一個知道這些事的人，妳……怎麼……？」

「喔，嗯，我只是擔心，所以研究了一下，所以，呃，我才知道……這些。」我笨拙地說完。

他安靜半晌。「謝謝。」

我低頭看向膝蓋上的餐巾。「這沒什麼——」

「不，那很重要，非常重要。我試著跟愛莉談這些，但她什麼鬼都不知道——」他停住，彷佛說了太多。「無論如何，謝謝。」

我再次迎上他的視線，他不可思議地看著我。「不客氣。」我說。

晚餐接下來的時間，我們都在聊他母親。離開餐廳後，還是繼續這個話題。我們沿著塞納河漫步，月色盈滿，燈火點點，他不停說，直到彷彿卸下全身的重擔。

他停下來。「我不是故意的。」

我深呼吸，感受美好的河流氣息。「我很高興你說出來。」

我們站在回宿舍的街道路口。他遲疑地看向街道，衝口而出：「我們去看電影吧，我還不想回去。」

我毫無異議。我們找到一間戲院在上映新片，是一部美國性喜劇，我們連看兩場。我不記得上次笑得這麼開心是什麼時候，聖克萊坐在我旁邊，笑得更大聲。我們一直到凌晨兩點才回宿舍。櫃台沒人，奈德的燈也關著。

「我猜整棟建築只有我們兩個。」他說。

「所以我這樣做也沒關係！」我跳上櫃台，來回走動。聖克萊大聲歌唱，嗓音讓我為之撼動。他唱完之後，我誇張地鞠躬。

「快！」他說。

「什麼？」我跳下桌子。奈德在嗎？他看見了？

但聖克萊跑到樓梯間，打開門大叫，回音嚇了我們一跳，然後我們一起用最大的肺活量尖叫。真是刺激。聖克萊追著我跑進電梯，一起搭電梯到屋頂。我試圖朝一幅內衣廣告吐口水，他往後縮，一邊大笑。強勁的風害我沒擊中，我沿樓梯跑下兩層樓，階梯寬闊而且穩定，所以他就跟在後面。兩人跑到他住的樓層。

「哈。」他說。這是幾個小時以來，我們兩個第一次沒有話說。

我看向他背後。「嗯，晚安。」

「明天見？到可麗餅店吃晚一點的早餐？」

「那很不錯。」

「除非──」他閉上嘴。

除非什麼？他遲疑了，改變主意，那一刻過去，我又疑問地看他一眼，但他轉過身。

「好吧，」很難掩飾我聲音裡的失望，「早上見。」我往樓下走，回頭望。他凝視著我，我舉起手揮了揮，他怪異地動也不動。我推開我那層樓的門，搖搖頭，不明白為什麼我們兩個總是會突然從完美轉成詭異的氣氛，彷彿我們無法進行正常的人際互動。別再想了，安娜。

樓梯間的門砰的大開。

我的心跳停止。

聖克萊一臉緊張。「今天很快樂，好久以來我第一次覺得開心。」他慢慢走向我。「我不希望結束，現在不想要自己一個人。」

「喔。」我喘不過氣來。

他站在我面前，掃視我的臉。「我可以留在妳房間過夜嗎？我不想讓妳覺得不舒服──」

「不！我是說……」我頭昏腦脹，完全無法思考。「好，好，當然，沒問題。」

聖克萊半晌沒有動靜，接著點頭。

我拉下項鍊，將鑰匙插進鎖孔。他在背後等待。我開門時，手在發抖。

20

聖克萊坐在地板上，靴子丟到房間另一頭，「砰」的一聲撞到門上，這是進門後出現的第一個聲響。

「抱歉，」他很尷尬，「我應該放到哪裡？」

在我回答之前，他開始喋喋不休，「愛莉覺得我應該去舊金山，我好幾次差點買了機票，但媽媽不會希望我這麼做。如果我爸爸不准我去，她也不會希望我去，那樣只會增加更多的壓力。」

他衝口而出的話讓我嚇了一跳。

「有時候我懷疑她——愛莉——是不是，呃，」他的聲音低落下來，「希望我離開。」

他從未談過他的女朋友，為什麼現在要提？我不敢相信我竟然必須為她說話。我把他的靴子排在門邊，不看他。「她可能只是跟我們大家一樣，不忍心看你再這麼頹廢下去。」我補充道：「我相信……我相信她還是一樣愛你。」

「嗯。」他看著我脫掉鞋子，清空口袋。「妳呢？」過了一會兒，他說。

「我呢？」

聖克萊檢視他的手錶。「鬢角。妳下個月就會見到他了。」

他正在重建……那叫什麼？界線？那條他有，我據說也有的界線？差別在事實上我並沒有。

但在他提起愛莉以後，我無法忍受說出實情。「對，我等不及要見他了。他人很有趣，你會喜歡他的。聖誕節我會去看他的樂團演出。拓夫很棒，你眞的會喜歡他。喔，這我說過了，對吧？不過我不騙你，他眞的很……有趣。」

閉嘴，安娜，閉嘴。

聖克萊重複打開、扣上又打開他的錶帶。

「我累了。」我說。那是實話。一如往常，跟他說話讓我筋疲力盡。我爬上床，納悶他打算怎麼做。睡在地板上？回房間去？但他把手錶放在桌上，爬上我的床。他躺在我旁邊的床單上，我則包著床單。我們除了鞋子以外，仍然穿著所有的衣服，整個情況非常詭異。

他跳起來。我以爲他打算離開，不知道是鬆了口氣或失望，但是……他關上燈，房間一片漆黑。他摸黑往床邊走，結果狠狠撞上。

「哇嗚。」他說。

「嘿，小心床在這裡。」

「多謝妳的警告。」

「別客氣。」

「這裡好冷，妳開了電風扇還是什麼嗎？」

「是風。我的窗戶一直沒辦法關上，我拿了條浴巾塞在下面，但沒什麼作用。」

他摸索著床邊，然後躺回來。「喔。」他說。

「怎麼？」

「我的皮帶，我可以……」

幸好他看不見我臉紅。「沒關係。」我聽見抽出皮帶的聲音，他輕柔地將皮帶放到硬木地板上。

「呃，」他說：「我可以——」

「不行。」

「喔，見鬼，我不是要講褲子。我只是想蓋棉被。風好冷。」他鑽進被單底下，所以我們現在並肩躺在我的小床上。眞有趣，我從沒想過第一次和男生過夜會是，嗯，過夜而已。

「我們現在是《少年十五十六時》裡的眞心話大冒險。」

他咳嗽。「什——什麼？」

「我說電影，色鬼。我剛剛在想，距離我上次和朋友過夜已經很久了。」

他頓一下。「喔。」

「……」

「……」

「聖克萊？」

「嗯？」

「你的手肘快把我的背弄斷了。」

「可惡，對不起。」他調整好幾次姿勢，直到我們都能舒適地躺著。他一條腿貼著我，儘管中間有兩層褲子阻隔，我仍然覺得赤裸又脆弱。他再次改變姿勢，我整條腿，從大腿到小腿，都貼在他的腿上。我聞到他的髮香。嗯。

不行！

我吞口水，非常響亮。他再次咳嗽。我努力靜止不動，過了有如幾小時的幾分鐘後，他的呼吸平緩，身體放鬆下來，我終於可以鬆口氣。我想要記下他的氣息、皮膚的觸感——他一條胳臂現在靠在我的手上——和他堅實的身軀。不管發生什麼事，我這輩子都不會忘記這些。

我端詳他的輪廓，嘴唇、鼻子、睫毛。他如此俊美。

風吹動窗玻璃，走廊的燈光流逸。他沉沉酣睡。他多久沒能安穩地睡一覺了？我的心頭又刺痛了一下。爲什麼我這麼關心他？我又爲什麼不希望自己這樣？爲什麼有人可以總是讓我心亂如麻？

這是什麼？著迷？或根本是另外一種感覺？這可能只是我一廂情願嗎？他說過他喜歡我，他說過。如果他一點感覺都沒有，就算喝醉了，也不會說這種話，對嗎？

我不知道。

每次在他身邊，我對一切都沒有把握。他在睡夢中靠近我，溫暖的氣息貼著我的頸脖。我什麼都不知道。他是如此英俊、如此完美。我在想，或許他……說不定我……

一道光射進我的眼睛，我瞇起眼睛，頭昏腦脹。白天了。鬧鐘上的數字顯示十一點二十七分。我睡著了嗎？今天是幾號？這時我看見躺在旁邊的人，差點嚇壞了。

原來那不是夢。

他嘴唇微開，踢掉了被單，一手放在肚子，上衣撩起，我可以看見他的腹部。我怔怔地看著他。

老天在上，我和聖克萊上床了。

21

我是說，我沒有跟他上床，這很明顯。但我跟他睡在同一張床上。

我跟一個男生睡在同一張床上！我鑽回被單底下，露出微笑。我等不及要告訴布麗姬了，不過……要是她告訴拓夫呢？我也不能告訴米兒，免得她吃醋，那表示我也不能告訴瑞絲蜜或喬許。我這才發現我不能把這件事告訴任何人，難道這是錯的嗎？

我盡量拖延下床的時間，最後膀胱贏了。等我從浴室出來時，他正眺望窗外。他轉身，大笑。「妳的頭髮，翹得亂七八糟。」聖克萊用英國腔說「亂七八糟」，手指在頭上比了個鹿角的形狀，強調他的話。

「你沒資格說我。」

「喔，不過在我頭上就像刻意吹的。我花了很久，才發現對付這頭亂髮，最好就是根本不要理它。」

「你的意思是我看起來糟透了？」我瞥向鏡子，震驚地發現自己像頭長角的野獸。

「不，我喜歡。」他微笑，撿起地板上的皮帶。「吃早餐？」

我將靴子遞給他。「已經中午了。」

「謝謝。那午餐？」

「我先洗澡。」

我們分頭進行，一小時後在他的房間碰面。他的門打開，法式龐克搖滾樂響遍整條走廊。我走進門，意外地發現他整理好了。成堆的衣服和浴巾整理好，準備清洗，空瓶子和洋芋片袋已經丟棄了。

他滿懷希望地看著我，「這是開始而已。」

「看起來很棒。」眞的好多了。我微笑。

我們又在附近走了一天，看了丹尼・鮑伊影展⑫，又到塞納河畔散步。我教他怎麼打水漂；我不敢相信他竟然不會。天飄起雨，我們跑進聖母院對面的書店，黃綠色的招牌上寫著「莎士比亞書店」。

走進書店，迎面而來是一片混亂。櫃台前聚集著一大群顧客，轉到哪裡都是書、書，以及更多的書，但這裡不像連鎖書店那樣，每樣東西都整齊地擺放在書架、桌子和展示架上，這裡的書本有的堆成一疊，搖搖欲墜、有的從椅子上掉下、有的從變形的書架上凸出來。硬紙箱裡裝滿了書本，一隻黑貓在樓梯上的書堆旁打盹，不過最驚人的是：所有的書都是英文書。

聖克萊注意到我驚嘆的表情。「妳沒來過這裡？」

我搖頭，他很意外。「這裡相當有名。嘿，看這個——」他舉起一本《巴爾札克與小裁縫》。「眼熟吧？」

我恍惚地走著，一半爲了能被自己的語言環繞感到興奮，另一半又深恐碰到什麼東西，一個輕舉妄動，可能會讓整間書店倒塌。萬一店倒了，我們就會被泛黃書頁形成的雪崩活埋。

雨水打在窗上。我穿過另一群觀光客，巡視小說區。我不知道爲什麼自己在找他的名字，身

⑫ 丹尼・鮑伊是英國知名導演，近作爲《貧民百萬富翁》。

體卻不由自主。我從C開頭的姓氏由後往前找，找到詹姆士·艾許里。

一排我父親的作品，總共有六本。我從書架上抽出《變故》的精裝書，封面上熟悉的日落讓我畏縮一下。

「那是什麼?」聖克萊問，我嚇了一跳，沒察覺到他站在我身邊。

他拿過我手上的書，睜大眼睛，認出了作者。他翻到書背，爸爸的作者照朝我們微笑。我爸爸曬得很黑，閃耀的牙齒白得有點假。他穿著薰衣草色的馬球衫，頭髮輕輕迎風飛揚。

聖克萊抬起眉。「看不出你們有血緣，他長得好看太多了。」

我開始緊張地結巴，而他用書拍我的手臂。「比我想像的還糟，」他大笑，「他看起來總是這樣嗎?」

「沒錯。」

他打開書，閱讀書衣。我焦急地看著他的臉。他的表情越來越困惑。我看見他頓住，回去重讀某段文字。聖克萊抬頭看我。「這個故事寫的是癌症。」他說。

喔、我、的、天。

「這個女人得了癌症，後來她怎麼了?」

我哽住。「我爸爸是白癡，我說過了，他是徹底的混蛋。」

痛苦的沉默。「他的銷售量很好，對吧?」

我點頭。

「讀者很喜歡?覺得很精采，對吧?」

「對不起，聖克萊。」我熱淚盈眶，從未像現在這樣痛恨我父親。他怎麼可以這樣?怎麼可以利用這麼恐怖的事情賺錢？聖克萊用力合上書，塞回書架上。他拿起另一本《啓程》，那本血癌的小說。我爸爸穿著襯衫，幾顆釦子隨意解開，雙手交抱，露出同樣滑稽的微笑。

「他不正常，」我說：「他根本是可惡的變態。」

聖克萊嗤之以鼻，張開嘴想說什麼，這才發現我在哭。「別哭，安娜。安娜，對不起。」

「對不起，你不應該看到這個。」我搶過書，塞回架上，另一疊書應聲倒塌在我們中間的地板上。我們同時蹲下撿書，頭撞在一起。

「喔！」我叫道。

聖克萊揉他的頭。「妳還好嗎？」

我搶過他手上的書。「沒什麼，我很好。」我將書堆回書架上，笨拙地走到店後頭，盡可能遠離他、遠離我爸爸。但不久後，聖克萊又走到我身邊。

「那不是妳的錯，」他輕聲說：「人不能選擇父母，我比任何人都清楚，安娜。」

「我不想談這件事。」

「很公平，」他舉起一本詩集，作者是巴勃羅・聶魯達⑬。「妳讀過嗎？」

我搖頭。

「很好，因爲我剛買了這本送妳。」

「什麼？」

「下學期的英文課要念這本，妳遲早要買。打開吧。」他說。

⑬ 智利著名詩人，諾貝爾文學獎得主。

我困惑地照做。第一頁有個戳印：「莎士比亞書店，巴黎的原點」。我眨眨眼睛。「巴黎的原點？這和聖母院的原點一樣嗎？」我想到我們第一次共遊巴黎的事。

「以前是。」聖克萊微笑。「來吧，雨停了。我們離開這裡。」

□

在街上時，我仍然沒說話。我們走過第一天晚上的那座橋——我走在外側，聖克萊在內側——他負責說話。「我說過我在美國上過學嗎？」

「咦？沒有。」

「我上過一年，上八年級。那一年很可怕。」

「每個人的八年級都很可怕。」我說。

「喔，我的更可怕。那時我爸媽剛分居，我媽媽搬回加州，我除了嬰兒時，從來沒去過那裡，但我跟她一起搬去加州，然後進入這所可怕的公立學校——」

「喔，不，公立學校。」

他用肩膀推我。「那些小孩很殘忍，取笑我每個地方——身高、口音、打扮方式。我發誓絕不再回去。」

「但美國女孩喜歡英國腔。」我不假思索，衝口而出，然後希望他沒發現我臉紅了。

聖克萊撿起鵝卵石，丟進河裡。「中學女生可不一樣，特別當這個說英國腔的傢伙是個身高不到她們膝蓋的矮冬瓜時。」

我大笑。

「所以等到學期結束，我爸媽幫我找到新的學校。我想回倫敦，找以前的朋友，但我爸爸堅持我到巴黎，好看管我，所以我才來到美國學校。」

「你多久回去一次？我說倫敦？」

「我希望能更常回去，我在英國還有朋友，祖父母——我爸的父母——也都住在那裡，所以我夏天會有一半在倫敦，一半住舊——」

「你祖父母是英國人？」

「我祖父是，祖母是法國人，我外祖父母當然是美國人。」

「哇噢，你眞是個大混血。」

「我不知道。我通常覺得你很像英國人，不只是口音像，連長相都很像。」

聖克萊微笑，「聽說我最像英國的祖父，不過只是因爲口音的關係。」

「是嗎？」他很驚訝。

我微笑。「沒錯，主要是那個……白皙的皮膚，我指的是正面的意思。」看到他警覺的表情，我補充道：「我說眞的。」

「是嗎？」他瞥了我一眼，「算了。去年暑假，我不想見我爸爸，所以第一次整個暑假都留在我媽媽那邊。」

「結果如何？我打賭那些女孩沒再取笑你的口音了。」

他大笑。「對，她們沒有，但我的身高沒救了，永遠都這麼矮。」

「我也永遠都這麼怪，跟我爸爸一樣。大家都說我跟他很像，他有點……潔癖，跟我一樣。」

他似乎很訝異。「潔癖有什麼不好？但願我也能更整齊一點，還有，安娜，我從未見過妳父親，但我保證妳一點也不像他。」

「你怎麼知道？」

「哈，第一點，他長得像肯尼娃娃，而妳很美麗。」

我絆了一跤，摔倒在人行道上。

「妳還好嗎？」他的眼神十分擔心。

我別開眼睛，讓他拉住我的手，扶我起來。「我很好、很好！」我說，拍掉手上的砂礫。喔，老天，我眞是個怪胎。

「妳有發現男人看妳的方式，對吧？」他繼續說。

「就算他們看我，也是因爲我老是出糗。」我舉起擦傷的雙手。

「那邊那個傢伙正在打量妳。」

「什——？」我轉身發現一名黑長髮的年輕男人正瞪著我。「他爲什麼盯著我？」

「我認爲他欣賞他看到的。」

我臉紅了，他繼續說：「在巴黎，公開表達欣賞之意是很常見的，法國人和其他文化不同，不會避開視線，妳沒發現嗎？」

聖克萊認爲我有吸引力，說我很美。

「唔，沒有，」我說：「我沒發現。」

「好吧，那從現在開始留意。」

然而我看光禿禿的枝椏、看拿氣球的小孩、看日本觀光團，就是不看他。我們再次駐足在聖母院前，我指向上次看過的星星，清喉嚨。「想再許個願嗎？」

「妳先去。」他看著我，一臉困惑，彷彿在思考什麼。他咬著拇指指甲。

這次，我不由自主。一整天，我都在想同一件事，想他，想我們的秘密。

希望聖克萊今晚繼續在我房間睡覺。

他跟在我後面，踏上銅星星，閉上眼睛。我想到他一定在爲他媽媽許願，很慚愧我竟然完全沒想到她。我的思緒只繞著聖克萊：他爲什麼有女朋友了？如果我在愛莉之前認識他，情況會不會有所不同？如果他媽媽沒生病，事情會不會不一樣？

他說我很美，但我不知道那是不是好好先生聖克萊的客套話，或是更爲私密的心聲。我認識的聖克萊和大家認識的一樣嗎？不，我不認爲，但或許我把友誼誤認成其他更深層的感情，原因是我希望將它誤認成其他的東西。

□

晚餐時，我的擔憂逐漸消失。我們選的餐廳佈滿了藤蔓，燃燒木柴的壁爐很舒適。用過晚餐，我們胃裡塞滿了巧克力慕斯，心滿意足地散步。「回家吧。」他說，那個字令我心跳如鼓擂。回家，我家也是他家。

回宿舍的時候，櫃檯還是沒有人，但奈德從門裡探出頭。「安娜！依提安！」

「嗨，奈德。」我們說。

「感恩節玩得愉快嗎？」

「是啊，謝謝，奈德。」我們說。

「我需要晚點去查房嗎？你們知道規定：不准在異性房間過夜。」

我的臉燒燙，聖克萊的臉頰也泛紅起來。確實，這是規定，一條昨天晚上被我的大腦——我熱愛規矩、循規蹈矩的大腦——自動摒棄的規定，也是出了名常被教職員忽略的規定。

「不用，奈德。」我們說。

他搖了搖光頭，回到他的房間，但門很快又打開，丟出一大把東西，然後又用力關上。保險套。喔，老天，好丟臉。

聖克萊整張臉紅透了，他從地板上撿起那些小方形銀包，塞進外套口袋。我們走向我住的樓層，一路上沒有開口，也不看彼此。每走一步，我的脈搏就變得更快。他會跟我到房間嗎？或者奈德毀了這個可能？

來到樓面，聖克萊搔搔頭。「呃……」

「那麼……」

「我要去換睡衣，可以嗎？」他的聲音很正經，小心翼翼地觀察我的反應。

「好，我也是，要去……準備睡覺。」

「等會兒見？」

我的聲音因爲鬆口氣而拉高。「到你那裡，或是你下來？」

「相信我，妳不會想在我的床上睡覺，」他大笑，而我必須別開臉，因爲我想，老天在上，我眞的想。但我明白他的意思，我的床確實比較乾淨。我快步走進房間，換上草莓睡衣和亞特蘭大影展的襯衫，這不代表我想引誘他。

我知道怎麼做才怪。

幾分鐘後，聖克萊敲門，他再次換上藍白條紋的褲子，和有標誌的黑T恤。我認出那是他稍早聽的那個樂團標誌。我呼吸困難。

「客房服務。」他說。

我的大腦……一片空白。「哈哈。」我傻傻地說。

他微笑關燈，我們爬上床，動作徹徹底底、完完全全、絕絕對對地笨拙。我滾到我的那一側，兩個人都不敢亂動，小心地不要碰到彼此。我一定有被虐狂，才會讓自己陷入這種狀況。我需要幫助，需要看精神科醫生或被關進療養院或套上束縛衣之類的東西。

經過彷彿永恆的時間後，聖克萊大聲喘氣，改變姿勢，腿碰到我，讓我抖了一下。「對不起。」他說。

「沒關係。」

「……」

「……」

「安娜？」

「嗯？」

「謝謝妳又讓我在這裡過夜，昨天晚上……」

我感覺胸口緊張得發痛，怎樣？怎樣怎樣怎樣？

「我已經很久沒睡那麼好了。」

房裡一片安靜。過了半晌，我翻過身，慢慢、慢慢地伸出腿，直到輕觸他的腳踝。他尖銳地抽口氣，我露出微笑，知道他在黑暗中不可能看見我的表情。

22

星期六一整天還是在閒逛、美食和電影中度過，接著是樓梯間笨拙的對話，接著是在我床上溫熱的身體，接著是遲疑的碰觸，接著是睡覺。

儘管有這些尷尬的時刻，這仍是我最快樂的假期。

但星期天早上，情況改變了。起床時，聖克萊伸懶腰，不經意撞上我的胸部，不但很痛，而且讓我們兩個都很窘。早餐時，他又變得疏遠，在我說話時檢查手機簡訊、凝視咖啡店的窗外，然後他說要回宿舍寫作業，不去逛巴黎了。

我相信他有作業要寫，他的功課落後很久了，但他的口氣讓我覺得結束了，而我知道他離開真正的理由。學生們快回來了，喬許、瑞絲蜜和米兒今天晚上會回來。

愛莉也是。

我試著不當一回事，但那很傷人。我考慮去看電影，結果卻變成在寫歷史作業——至少我是這樣告訴自己。我豎直了耳朵，注意樓上他房間的動靜，一點也不專心。他近在咫尺，卻又遠在天邊。當學生陸續回來，藍博宿舍變得吵雜，也難以辨識出個別的聲音。我甚至不確定他是不是還在房間。

八點左右，米瑞蒂衝進來，我們去吃晚餐。她吱吱喳喳地敘述在波士頓的假期，但我卻心不在焉。**他現在說不定在她那裡。**我想起第一次看見他們在一起的畫面——他們親吻，她的手陷入他的頭髮——我沒了胃口。

「妳安靜得好可怕，」米兒說：「假期怎麼樣？妳有把聖克萊拉出房間嗎？」

「有一點。」我不能告訴她那些晚上，爲了某些原因，也不想告訴她那些白天。我想要把回憶保留給自己，埋藏起來，那是屬於我的。

他們親吻，她的手陷入他的頭髮。我覺得反胃。

她嘆氣。「我還奢望他已經離開他的殼，出來走走，呼吸新鮮空氣，妳知道，做點瘋狂的事。」

他們親吻，她的手陷入——

「嘿，」她說：「我們不在的時候，你們沒做什麼瘋狂的事吧？」

我差點被咖啡嗆到。

□

接下來幾個星期一片混亂，學生陪焦急的教授趕課，希望能上完一半的進度。我們熬夜用功，以免落後，死背硬記，準備期末考試。我第一次發現這間學校有多競爭，這裡的學生很重視成績，宿舍就像感恩節沒人在時一樣安靜。

大學的入學許可來了。我申請的學校都錄取了我，但我根本沒有時間慶祝。布朗大學錄取了瑞絲蜜，米瑞蒂也錄取了她的第一志願——一所在倫敦，另一所在羅馬。聖克萊則完全不提大學，沒有人知道他申請了哪裡，或他有沒有申請，每次我們提起這件事，他便轉移話題。

他媽媽的化療結束了，這個星期是她最後一次做體外放射治療。下星期我們放假時，她會做第一次體內放射治療，需要住院三天，我很慶幸聖克萊到時能在她身邊。他說她的精神好轉了，她也說她還不錯——就她的情況而言——但他迫不及待想親眼確認。

今天是光明節[14]的第一天，爲了慶祝，學校今天讓我們不用寫作業或考試。哈，託喬許的福。

「本校唯一的猶太人。」他翻白眼說。他的不悅可以想見，因爲一些混蛋在早餐時就不斷捶他的手臂，跟他道謝。

今天下午放假，我和朋友在百貨公司打算買些東西。百貨公司和美國一樣漂亮，高吊的花環上垂落閃亮的金紅緞帶，電梯和香水櫃上懸掛碧綠葉冠和白色燈串，擴音器裡傳來美國歌手的歌聲。

「說到這，」米兒對喬許說：「你怎麼還在這裡？」

「傍晚啊，親愛的天主教朋友，要等到傍晚。不過說眞的，」他看著瑞絲蜜。「如果我們要及時趕到瑪黑區吃晚餐，現在得走了。我無可救藥地迷戀猶太薯餅。」

她看手機上的時鐘。「你說得對，該走了。」

他們道別，只留下我們三個。我慶幸米瑞蒂還在。感恩節後，聖克萊和我又退回了原點，愛莉是他的女朋友，而我是他的女性朋友，我想他對跨過這些界線有罪惡感，我則對鼓勵他有罪惡感。我們都不提那個週末發生的事，即使用餐時，我們還是坐在一起，中間仍然卡著這件事，原本自在的友誼已不復見。

幸好沒人發現。我想。有一次我看見喬許對聖克萊說了些話，一邊指向我，我不知道他說什麼，但聖克萊搖頭要他閉嘴。不過，那可能是任何事。

有東西吸引了我的注意。「那是……華納卡通的主題曲嗎？」

米兒和聖克萊側過耳朵。

「咦？對，我覺得是。」聖克萊說。

「我幾分鐘前還聽到〈愛的小屋〉⑮。」米兒說。

「可以斷言，」我說，「美國終於讓法國淪陷了。」

「所以我們可以走了嗎？」聖克萊舉起一只小袋子。「我買完了。」

「哇，你買了什麼？」米兒問，拿過他的袋子，拉出一條精巧閃亮的圍巾。「買給愛莉的嗎？」

「才不是。」

米兒頓住。「你沒買東西給愛莉？」

「不，那是買給我媽媽的。啊啊，」他伸手用力抓頭，「回去之前，我們可以繞到中內利爾去嗎？」中內利爾是一間精緻的美術用品店，那種讓我想找藉口買油彩和粉蠟筆的店。米兒和我上週末陪瑞絲蜜去，她幫喬許買了新的素描本當光明節禮物。

「哇，聖克萊，」我說：「恭喜你榮獲本日最爛男朋友獎。我還以為史蒂夫夠糟了——你看到微積分課那件事嗎？」

「妳說亞曼達逮到他傳色情簡訊給妮可？」米兒問：「我以為她會用鉛筆刺進他的脖子。」

「我一直在忙。」聖克萊說。

---

⑭ 猶太人重要節日，共八天，時間約莫與聖誕節同時。

⑮ 美國樂團The B-52's代表歌曲，曾入選滾石雜誌百大搖滾金曲。

我瞥他一眼。「開玩笑而已。」

「喂，妳不必這麼混蛋。」

「我才不是混蛋，也不是野丫頭或傻瓜，或是任何你們這些可惡的英國佬口中——」

「滾開。」他從米兒手中搶過袋子，朝我皺眉。

「嘿！」米兒說：「現在是聖誕節，唷，應該要張燈結彩，不要吵架。」

「我們沒有吵架。」他和我同時說。

她搖頭。「少來，聖克萊說得沒錯，我們走吧。這裡讓我起雞皮疙瘩。」

「我覺得很漂亮，」我說：「而且，我寧可看緞帶，也不想看死兔子。」

「別再提兔子，」聖克萊說：「妳跟瑞絲蜜一樣惡劣。」

我們努力穿過聖誕節的人潮。「我可以瞭解她爲什麼生氣！那種吊兔子的方式，彷彿牠們是因爲流鼻血而死的。太可怕了，可憐的愛西絲。」巴黎所有的店家都大張旗鼓地做起櫥窗裝飾，包括肉店。每次我去看電影，都會經過那些死兔子。

「我必須提醒妳，」他說：「愛西絲還活蹦亂跳地在六樓活著。」

我們跑出玻璃門，到街道上。顧客匆忙來去，一瞬間我彷彿到了曼哈頓找我爸爸，但熟悉的路燈、長椅和林蔭大道浮現，幻覺消失。天空是灰白色的，似乎就快下雪，卻從未實現。我們穿越人群，走到地鐵。氣溫很冷，卻不至於嚴寒，炊煙輕籠。

聖克萊和我繼續針對兔子抬槓。我知道他也不喜歡那些展示，但因爲某些理由，他想要吵架。米兒生氣了。「你們兩個可以閉嘴嗎？我的放假心情快被毀了。」

「說到掃興，」我故意看了聖克萊一眼，才對米兒說：「我還是想到香榭大道上搭摩天輪，或是去協和廣場看那座閃閃發亮的埃及方尖塔。」

聖克萊瞪著我。

「我本來想問你，」我對他說：「但我知道你會回答什麼。」

我彷彿打了他一巴掌。喔，老天，我怎麼了？

「安娜。」米兒說。

「對不起。」我低頭惶恐地看著鞋子。「我不知道我爲什麼那樣說。」紅臉的男人在超級市場前大吼大叫，他在叫賣籃子裡裝的冰牡蠣。他的手一定凍壞了，但我寧願稍微和他換一下位置。拜託，聖克萊，拜託說些話。

他聳肩，但很不自然。「沒關係。」

「安娜，妳最近有拓夫的消息嗎？」米兒問，急切地想改變話題。

「有，事實上，我昨晚有收到一封電子郵件。」說實話，我有一陣子沒想拓夫了，但自從聖克萊清楚決然地退出了，我的思緒又回到聖誕節假期。我沒收到多少拓夫和布麗姬的信，因爲他們忙著樂團練習，而我們忙著期末考，因此昨天收到那封信，很令我驚喜——而且興奮。

「信裡說什麼？」米兒問。

抱歉這麼久沒寫信，我們練習得快瘋了。法國人餵鴿子吃避孕種子很有趣，瘋狂的巴黎人。他們應該也在學校的披薩裡加避孕藥，今年至少有六個人懷孕。布麗姬說妳會來看我們演出，我很期待，安娜貝・李。到時見。拓夫。

「沒什麼，但他很期待我回去。」我補充。

米兒笑。「妳一定很興奮。」

玻璃破碎的聲響嚇我們一跳，聖克萊把一個瓶子踢到水溝裡。

「你沒事吧？」她問他。

但他轉向我。「妳看過我給妳的那本詩集了嗎？」

我很意外，好一會兒才回答：「唔，還沒，我們下學期才要讀，對吧？」我轉向米兒解釋：「他買聶魯達的書送給我。」

她扭頭看聖克萊，但他別過臉，迴避她的眼神。「對，嗯，我只是好奇，因爲妳都沒提……」他的話尾逸去，顯得很失落。

我好笑地看他一眼，轉向米兒。她也很生氣，我擔心我錯過了某個環節。不，我知道我錯過了某個環節。我喋喋不休，試圖彌補這奇異的沉默。「我很高興可以回家，我的飛機是星期六早上大概六點，所以我得像瘋子一樣早起，但那很值得。我有充裕的時間去看『恐怖便士』。」

「他們那天晚上要表演。」我補充。

聖克萊的頭猛地抬起。「妳的飛機什麼時候離開？」

「早上六點。」我重複說。

「我也是，」他說：「我在亞特蘭大轉機，我打賭我們搭同一班。我們應該一起搭計程車。」

我有種難受的感覺。我不知道我想不想這樣做，這種一下吵架，一下不吵的情況很奇怪。我正在想藉口的同時，我們經過一個躺在地鐵前，滿臉鬍子的街友，全身蓋著厚紙板取暖。聖克萊摸索口袋，把所有的歐元放進那人的帽子裡。

「聖誕快樂。」他用法文說，轉回向我。「好嗎？一起搭計程車？」

我先回頭看向那個街友，他一臉驚異，目瞪口呆地看著手上的錢幣。我心口的冰裂開了。

「幾點見？」

23

有人敲我的門，我的眼睛倏地睜開，第一個連續的念頭是法文的動詞變化。我爲什麼會夢到法文的動詞過去式字尾變化？我好疲倦、好累、好想睡——**什麼什麼什麼事**？另一輪敲門聲驚醒我，我瞇起眼睛看時鐘。見鬼了，誰在凌晨四點敲我的門？

等等，四點？我不是應該——？

喔，不好。**不不不**。

「安娜？安娜，妳在嗎？我在大廳等了十五分鐘，」一陣聲響窸窣，聖克萊在地板上詛咒。「我看到妳沒開燈，太棒了，早該告訴我妳決定自己去的。」

我跳下床。我睡過頭了！我不敢相信我睡過頭了！怎麼可能？

聖克萊的靴子敲著地板離開，沉重的行李箱拖在後面。我拉開門。雖然凌晨這個時間一片很昏暗，走廊上的水晶壁燈還是讓我晃了晃眼，我伸手遮住眼睛。

聖克萊轉身察看，一臉震驚。「安娜？」

「救命，」我嘶聲說：「快幫我。」

他丟下行李箱，跑過來。「妳還好嗎？怎麼回事？」

我拉他進門，打開燈。燈光照亮整個混亂的房間：行李的拉鍊打開，堆高的衣服搖搖欲墜，化妝品散落在洗手台周圍，被單糾成一團，還有我——我這才想起我不只頭髮沒梳，臉上擦著青春痘藥，而且身上還穿著蝙蝠俠法蘭絨睡衣。

「不會吧？」他幸災樂禍。「妳睡過頭了？是我叫妳起床的？」

我蹲到地上，狂亂地將衣服塞進行李箱。

「妳還沒打包行李？」

「我本來打算今天早上做的！**你可以天殺的快點幫忙嗎**？」

我拉上拉鍊，它卡住黃色的蝙蝠圖案，我挫折地尖叫。

我們會趕不上飛機。我們趕不上的，都是我的錯。誰知道下一班飛機是什麼時候，我們會整天困在這裡，我會趕不上布麗姬和拓夫的表演，聖克萊的媽媽會一個人哭著，在醫院進行第一次體內放射治療，因爲他被困在世界另一端的機場，**都是我的錯**。

「好吧，好吧。」他接過拉鍊，從我的睡衣鈕釦上扯開。我發出介於呻吟和尖叫的奇怪聲音，行李箱終於和我分開，聖克萊伸手按住我的肩膀。「去換衣服，洗洗臉，剩下的交給我。」

沒錯，一個一個來。我可以的，我辦得到。

啊！

他在收我的衣服。不准想他會碰到妳的內衣，不准想他會碰到內衣。我抓起旅行裝——幸好昨天晚上有拿出來——僵住。「呃。」

聖克萊抬起頭，看見我拿著牛仔褲。他結巴地說：「我先、我先出去——」

「轉身，轉過去就好，沒時間了！」

他飛快轉身，蹲在我行李箱後面，以證明他很努力**不要偷看**。「怎麼了？」

「我不知道。」我又看一眼，確定他還是沒在看，然後迅速剝掉衣服。現在我是完完全全赤裸裸地和我認識最英俊的男孩共處一室。眞有趣，我想像的情況完全不是這樣。

不，一點都不有趣，正好相反。

「我想我可能，大概，隱約記得我按了貪睡鍵，」我加快速度，含糊不清地說，以掩飾我的羞愧。「不過我猜我按錯，把鬧鈴關了，但我也設定了手機鬧鐘，所以我不知道是怎麼回事。」

內衣，穿上。

「妳昨晚有打開鈴聲嗎？」

「什麼？」我跳進牛仔褲，他似乎決定忽視這些聲音。他的耳朵比蘋果還紅。

「妳去看了電影，對嗎？是不是把手機改成了振動模式？」

他說得對，我好笨。要是我沒帶米瑞蒂去看《一夜狂歡》——我知道她一定會喜歡這部披頭四電影——就不會把鈴聲關掉了，我們也早就搭上了往機場的計程車。「計程車！」我將毛衣拉過頭，抬頭看見自己站在鏡子前面。

聖克萊也對著同一面鏡子。

「沒關係，」他說，「我上來前叫司機等一下，只要多給他點小費就好。」他的頭沒抬起，我想他沒看見什麼。我清清喉嚨，他抬頭，兩個人的視線在鏡中交會，他跳起來。「老天！我沒……我是說，我剛剛才發現……」

「好，沒關係。」我試著別開頭，若無其事，他也如法炮製。他的臉頰燒紅，我側身從他身邊走過，揩掉臉上的白屑。他將我的牙刷、體香劑和化妝品都丟進行李，然後我們衝到樓下大廳。

謝天謝地，司機還在，嘴巴叼著香菸，表情十分不悅。他用法文對我們憤怒地抱怨，聖克萊趾高氣揚地下了指令，我們很快便呼嘯飛越巴黎的街道，無視紅燈、放肆地橫衝直撞，把其他車輛當成擋路的蟑螂。我害怕地抓緊椅子，閉上眼睛。

計程車緊急煞車，我們跟著猛往前晃。「到了，妳還好嗎？」聖克萊問。

「沒事，我很好。」我說謊。

他爽快地付錢給超速的司機，我試圖塞給聖克萊錢，但他搖頭，說他請客，我第一次嚇到沒有爭論。我們跑進正確的航空站，托運行李，通過安檢，找到登機門，然後他終於說：「哈，蝙蝠俠，嗯？」

該死，聖克萊。

我交抱雙臂，重重坐到塑膠椅上。我沒有心情開玩笑。他坐到我旁邊，手臂掛在另一邊的空座位上。對面的男人專心敲著筆電，我假裝專心看他的筆電。好吧，筆電背面。

聖克萊哼著歌，我沒理他，他開始輕聲唱起來：「叮叮噹，蝙蝠響，羅賓多響亮……」

「好啦，很棒，我聽到了。哈哈，我有夠蠢的。」

「啊？我只是在唱聖誕歌，」他露齒笑，唱得更大聲：「蝙蝠車掉了輪子，掉在大路上，嘿！」

「等一下，」我皺眉頭。「你剛剛唱什麼？」

「什麼什麼？」

「你唱錯了。」

「才怪，我沒唱錯，」他頓一下。「不然怎麼唱？」

我拍拍外套，確認護照還在。吁，沒掉。「應該是『叮叮噹，蝙蝠響，羅賓多個蛋』——」

聖克萊哼了一聲。「多個蛋？羅賓又不會下蛋——」

「蝙蝠車掉了輪子，小丑跑掉了。」

他瞪了我半晌，然後信心滿滿地說：「我沒錯。」

「明明就錯，我是說，拜託，掉在哪條馬路上？」

「當然是掉在倫敦到里茲的高速公路上。」

我取笑他。「蝙蝠俠是美國人，才不會走英國的高速公路。」

「他度假的時候就會。」

「誰說蝙蝠俠有空度假的？」

「我們為什麼要爭論蝙蝠俠？」他往前傾。「妳在轉移真正的話題，事實是妳，安娜．歐立分，今天睡過頭了。」

「謝謝。」

「妳，」他戳我的腿，「睡過頭了。」

我再次看向那男人的筆電。「是啦，你說過了。」

他露出滑溜的微笑，聳肩，大動作的聳肩讓他從英國人變回法國人。「嘿，我們趕到了，對吧？有驚無險。」

我從背包拿出一本書《你的爛電影》，這是羅杰．伊伯特[16]的爛電影評論精選，用動作示意他別吵我。聖克萊接收到暗示，沮喪地用腳敲打醜陋的藍地毯。

我對自己的惡劣態度很慚愧。要不是他，我可能趕不上飛機。聖克萊的手指心不在焉地敲著腹部，黑髮比平常更亂。我相信他沒有比我早起多久，不過那頭蓬亂的黑髮一如以往地讓他顯得更帥氣。我突然一陣心痛，想起其他共度的早晨。感恩節，我們還沒談那件事。

不耐的女聲宣布開始登機，先用法文，然後用英文。我決定表示善意，將書放到一邊。「我們坐哪裡？」

他檢視登機證。「45G，妳的護照還在吧？」

我再次摸摸外套。「還在。」

「很好。」接著他的手鑽進我的口袋。我的心嚇停了，但他沒注意到，只是拿出我的護照翻開。

等等，他為什麼拿我的護照？

他挑起眉毛。我試著搶回護照，但他舉高讓我碰不到。「妳的眼睛怎麼冒火了？」他大笑。「妳動過什麼我不知道的眼科手術嗎？」

「還給我！」我又搶一次，還是沒搶到，於是改變戰略，偷襲他的外套，搶到他的護照。

「不行！」

我打開護照，裡面是……小聖克萊。「兄弟，這照片多久了？」

他把護照丟還給我，搶回他自己的。「那是念中學的時候。」

我來不及回答，廣播宣布我們那一區開始登機。我們將各自的護照緊扣在胸前，跟上隊伍。一臉不耐的空服員將他的機票刷過機器撕下，他往前走。我遞出我的。「現在登機的是四十排到五十排，請回座等我叫妳。」她把機票還給我，光亮的指甲敲著紙張。

「什麼？我明明是四十五排——」

但我不是。機票上白紙黑字印著我的座位，在二十三排。

⑯ Roger Ebert，美國權威影評人。

我忘記我們不會坐在一起，真蠢，我們又沒有一起訂票，會搭同一班飛機只是巧合。聖克萊在等我走過通道，我無奈地聳肩，舉高登機證。「我是二十三排。」

他露出驚訝的表情。他也忘了。

某人用法文對我吼叫，一名頭髮烏亮的生意人正要將機票交給空服員。我含糊地道歉，讓到一邊。聖克萊垂下肩膀，向我揮手再見，在轉角消失。

為什麼我們不能坐在一起？說到底，訂位又有什麼意義？那個不耐煩的女人接著叫我的區域，她拿我的機票刷過機器，而我想著關於她的可怕念頭。至少我坐在靠窗的位置，中間和走道的位置則是更多的生意人。我再次尋找我的書——這趟航程會很長——這時禮貌的英國腔朝我身邊的人響起。

「對不起，能不能請你跟我換個位置？事情是這樣的，那是我女朋友，她懷孕了，又容易暈機，我想萬一她……呃……的時候有人可以收拾。」聖克萊拿起嘔吐袋搖了搖，紙袋誇張地作響。

男人跳了起來，我的臉燒燙。*他懷孕的女朋友？*

「謝謝。我坐在45G。」他滑進那個空位，等那人消失後才開口。另外一個男人驚恐地瞪著我們，但聖克萊沒理他。「他們安排我坐在一對穿著可怕夏威夷情侶衫的夫妻旁邊。我們反正要忍耐，沒道理要分開忍耐這趟航程。」

「你說話真甜，謝謝。」但我大笑，而他一臉得意——直到起飛，他緊抓住扶手，臉色變得比萊姆派還要嚇人。我為了分散他的注意力，說起有次假扮小飛俠，結果摔斷手臂，才知道飛行除了快樂的幻想和跳窗戶以外，還需要其他準備。等飛機成功起飛後，聖克萊再次放鬆下來。

八小時的航程一轉眼就過去了。

我們沒有聊起在海的另一端等待我們的事情。我們不提他媽媽、也不談拓夫，而是翻開航空公司提供的型錄，玩每頁必買物的遊戲。他取笑我選的烤熱狗麵包機，我嘲弄他選的浴室防霧鏡和世界最大填字遊戲。

「至少很實用。」他說。

「你要拿那麼大的填字遊戲海報做什麼？『喔，對不起，安娜，晚上我不去看電影了。我在努力填那兩千個字，剛填到挪威烏哨。』」

「至少我沒買塑膠假山來藏『不雅觀的水電柱』，妳記得妳沒有草坪吧？」

「我可以拿來藏其他東西，例如……不及格的法文考卷，或是非法的私釀器具。」他再次發出悅耳的男孩笑聲，我露齒笑。「倒是你要拿泳池用馬達漂浮點心盤做什麼？」

「放在浴缸裡。」他抹掉臉上的眼淚。「喔，看這個！總統山花園雕像，正是妳需要的，安娜，只要四十元！太划算了！」

我們在高爾夫球具那一頁碰到難關，決定改幫同機的乘客畫噁心圖，然後再畫上次那個歐洲迪士尼男的噁心圖。聖克萊眼神閃閃發亮，畫那個人從先賢祠的螺旋階梯上摔下來，流了一大堆血，還有很多米老鼠的耳朵。

幾小時後，他睏了，頭靠在我的肩膀上，我不敢動。旭日東升，染成粉紅和橘彩的天空讓我想起果汁牛奶凍。我聞著他的髮香。我不是變態，只是……它就在那裡。

他一定比我以為的早起，充滿了剛洗過澡的香味，清新、健康。嗯。我在寧靜的夢中忽睡忽醒，然後聽見機長的聲音混著雜訊在機艙中響起。我們到了。

我回家了。

24

我很緊張，感覺就像「出奇老鼠披薩屋」的電動樂隊在我的肚子裡大肆喧鬧。我向來痛恨出奇老鼠，為什麼我會想到它？我不知道我為什麼緊張，只是再見到媽媽和辛恩而已。

還有布麗姬！布麗姬說她會來。

聖克萊到舊金山的飛機三個小時後才起飛，所以我們搭了航站電車，他送我到入境區。下飛機後，我們都沒說話，我猜我們都累了。來到了安檢處，他只能到此為止，愚蠢的運輸安全局規定，真希望能介紹家人認識他。出奇老鼠樂隊鬧得更兇了，真奇怪，因為我不可能是因為離開他而緊張。我兩個星期後就會再見到他。

「好吧，香蕉，差不多該說再見了。」他扣緊背包肩帶，我也是。

這時候我們該互相擁抱，不知為何，我辦不到。

「幫我向你媽媽說聲『嗨』。我是說，我知道我不認識她，但她聽起來真的很好，我希望她一切安好。」

他溫柔微笑。「謝謝，我會告訴她。」

「打電話給我？」

「好啊，當然。妳會忙著跟布麗姬和那個叫啥名字的傢伙在一起，完全不會想到妳的英國好友聖克萊。」

「**哈**！原來你是英國人！」我戳他的肚子。

他抓住我的手，我們開始拉扯，笑成一團。「我宣稱……沒有……國籍。」

我拉回手。「管你的，你被我逮到了。噢！」一個戴太陽眼鏡的灰髮男人用紅格紋行李箱撞上我的腿。

「喂，你！道歉！」聖克萊說，但那個人已經走遠聽不見了。

我揉揉脛骨。「沒關係，我們擋到路了，我應該走了。」

又到了擁抱時間。我們爲什麼辦不到？我終於往前走，雙手抱住他。他僵住，我們顯得很笨拙，特別是中間還卡著背包。我再次聞到他的髮香。喔老天。

我們分開來。「晚上看表演開心。」他說。

「我會的，旅途愉快。」

「謝謝。」他咬拇指指甲，然後我穿過安檢門，搭手扶梯下樓，最後往回頭看。聖克萊上下蹦跳，朝我揮手。我爆出大笑，他的表情亮起來。電扶梯往下，他從我的視線消失。

我用力吞嚥，轉過身，接著——他們在那裡。媽媽露出大大的微笑，辛恩蹦跳著揮手，就像聖克萊那樣。

□

「臨出發前，布麗姬說她很抱歉，」媽媽付錢給機場停車收費站那個臉色難看的女人。「她必須爲表演做練習準備。」

「很好，看來我們不像四個月沒見了。」

「布麗姬是**搖滾巨星**。」辛恩在後座說，聲音充滿崇拜。

喔噢，有人迷戀上她了。「是嗎？」

「她說她的樂團有一天會上MTV台表演，不是很遜的那個，而是你必須在有線電視特選頻道才能看到的。」

我轉頭，弟弟看起來相當得意。「你怎麼會知道有線電視的特選頻道？」

辛恩搖晃雙腿，長雀斑的一個膝蓋上貼滿了星際大戰的OK繃，大概有七八個。「笨，布麗姬告訴我的。」

「啊，我懂了。」

「她還教我認識螳螂，告訴我女生螳螂怎麼吃掉男生螳螂的頭。她還告訴我開膛手傑克的故事，還有太空總署，教我做乳酪通心麵，好吃的那種，用黏黏起司包做。」

「還有呢？」

「還有好多好多。」他的話有點尖銳，語帶威脅。

「喔。嘿，我有東西送你，」我拉開背包拉鍊，拿出塑膠盒。這是原版的星際大戰沙人模型，我省了一整個星期的餐費，在eBay上買下來，不過值得。他真的很想要這個，我本來想要保留到以後，但我顯然需要以此讓他站回我的陣營。

我舉高盒子，憤怒的小人偶緊握武器，瞪向後座。「提早祝你聖誕快樂！」

辛恩交抱雙臂。「我已經有那個了，布麗姬送給我的。」

「辛恩！我說過怎麼說謝謝吧？向姐姐說謝謝。她一定是大費周章才幫你買到那個。」

「沒關係。」我低喃，將玩具收回背包。很難相信一個心懷怨恨的七歲小孩可以讓我自覺有多渺小。

「他只是想念妳，所以才這樣。他一直在說妳的事，妳終於回來了，他反而不知道該如何表達。辛恩！不准踢椅子！我說過開車的時候不准踢椅子。」

辛恩皺眉頭。「我們可以去麥當勞嗎？」

媽媽看我。「妳餓嗎？飛機上有沒有吃過東西？」

「我還能吃。」

我們離開州際公路，開進得來速。他們還沒供應午餐，辛恩開始鬧彆扭。我們買了薯餅，媽媽和辛恩喝可樂，而我點咖啡。「妳現在喝咖啡？」媽媽很意外，將咖啡遞給我。

我聳肩。「學校每個人都喝咖啡。」

「是嗎？我希望妳也沒忘了喝牛奶。」

「難道辛恩現在在喝牛奶嗎？」

媽媽咬牙。「這是特殊情況，他姐姐回家過聖誕節。」她指向我背包上的加拿大國旗。「那是什麼？」

「我朋友聖克萊買給我的，免得我格格不入。」

她揚高眉，車子開回到路上。「巴黎有很多加拿大人嗎？」

我的臉熱了起來。「我只是有陣子覺得，嗯，有點蠢，覺得自己像那些穿白球鞋掛照相機的瞎觀光客。所以他買這個給我，讓我不會覺得……尷尬，那麼美國人。」

「做美國人一點也不可恥。」她怒斥。

「天，媽媽，我知道。我只是說——算了。」

「就是那個爸爸是法國人的英國男生？」

「那有什麼關係？」我生氣了，不喜歡她的暗示。「何況，他是美國人，在這裡出生。他媽媽住在舊金山，我們一起坐飛機回來的。」

我們在紅燈下停車。媽媽瞪向我。「妳喜歡他。」

「喔天哪，媽！」

「對，妳喜歡這男孩。」

「他只是朋友，他有女朋友了。」

「安娜交了男——男朋友。」辛恩唱著。

「我沒有！」

「安娜交了男——男朋友！」

我喝了口咖啡，嗆住。眞難喝，簡直是泥漿，不，比泥漿更糟——泥漿至少是有機的。辛恩繼續取笑我，又開始踢椅子，媽媽轉身抓住他的腳，看見我對著飲料皺眉頭。

「天哪，天哪，才去法國一個學期，突然間就成了品味小姐。妳爸爸一定開心極了。」

那又不是我想要的！我根本沒要求去巴黎！而且她怎麼敢提到爸爸。

「安——娜交了男——男朋友！」

我們回到州際公路，現在是尖峰時間，亞特蘭大的交通癱瘓了，後面的車子猛按喇叭，前方的車子朝我們的通風口灌進廢氣。

兩個星期，只要再兩個星期。

25

蘇菲亞掛點了。因爲我離開後，媽媽只開過它三次，現在它卡在彭斯德雷翁大道某間修理廠裡。我的車或許是一堆紅色的破銅爛鐵，但它是我的紅色破銅爛鐵。我自己存錢買下的，頭髮熏了電影院爆米花的味道，手上沾著人工奶油，辛辛苦苦賺錢買的。以我最喜歡的導演蘇菲亞・柯波拉命名。蘇菲亞以她寧靜卻完美的風格，拍出那些氛圍獨特、令人難忘的電影。她也是史上曾唯二入圍過奧斯卡最佳導演獎的女導演之一，提名電影是《愛情，不用翻譯》。她應該得獎才對。

「妳爲什麼不跟朋友搭同一部車去？」聽到我抱怨要開她的小卡車去看「恐怖便士」表演時，媽媽問。

「因爲布麗姬和拓夫已經在那裡了，他們得先準備。」傑克船長吱吱叫，討天竺鼠零嘴，我丟了橘子錠到牠的籠子，抓抓牠毛茸茸的耳後。

「麥特不能載妳去嗎？」

我好幾個月沒跟他說過話了。我猜他會去，不過，嗯，那表示雀莉・米里肯也會去。不，謝了。「我不要打電話給麥特。」

「那沒辦法，安娜，不是麥特，就是小卡車，妳自己決定。」

我選擇前男友。我們曾是好朋友，所以我多少期待再見到他，或許雀莉不像我記憶裡那麼糟。可惜她是，就是那麼糟。和她相處五分鐘後，我已經無法想像布麗姬怎麼能每天和她坐在一起吃午餐。她轉頭看後座的我，滋養柔潤、宛如洗髮精廣告閃亮的秀髮飛揚如瀑。「喂，巴黎的男生怎麼樣？」

我聳肩。「就是巴黎人。」

「哈哈，妳眞風趣。」

空洞的笑聲是她比較次要的特徵之一。麥特喜歡她哪裡？

「沒有值得一提的人嗎？」麥特微笑，瞥向後視鏡的我。我不確定爲什麼，但我忘記他的眼睛是棕色的。爲什麼同樣的眼睛可以讓某些人看起來帥呆了，卻讓其他人完全的平凡？棕髮也一樣。客觀來說，聖克萊和麥特很像：棕眼、棕髮、白種人，比較明顯的不同是身高，但結果一樣，這就像拿松露巧克力和七七乳加巧克力相比一樣。

我想到松露巧克力，還有他女朋友。「沒什麼特別的。」

雀莉拉麥特討論某件發生在合唱團的事，她知道我沒辦法插進這個話題。七七乳加巧克力爲我解釋他們講的誰是誰，但我的思緒飄到布麗姬和拓夫身上。布麗姬會有什麼改變嗎？拓夫和我會繼續之前的進展嗎？

我這才驚覺：我就要看到拓夫了。

上次在一起時，我們接吻了。我情不自禁幻想再見面的情景：拓夫在人群中發現我，視線無法移開，對著我唱歌，我們在後台見面，在黑暗的角落裡接吻，和拓夫一起的整個寒假即將展開。抵達俱樂部的時候，我的胃已經糾成一團，但那感覺很好。

不過當麥特打開車門時，我發現我們到的地方不是俱樂部，比較像是……保齡球館。「這地方對嗎？」

雀莉點頭。「所有頂尖的青少年樂團都在這裡表演。」

「喔。」布麗姬沒有提過她會在保齡球館表演，不過沒關係，這仍然是一件大事。而且我完全忘了關於這些青少年樂團的事情，眞笨，我在法國才沒多久而已。

走進球館，店員說我們必須買一個球道，才能看表演，也就是說我們得租保齡球鞋。喔，不要，我才不穿保齡球鞋。不知道多少人穿過那些鞋子，然後，怎麼？噴點清潔劑就能消除那些噁心的腳細菌？我不相信。

「沒關係，」那人把鞋子放到櫃台上時，我說：「不必給我。」

「小姐，妳要穿鞋子才能打保齡球。」

「我不打。」

「小姐，拿走鞋子，後面還有人排隊。」

麥特抓過鞋子。「對不起，」他搖頭。「我忘記妳有多受不了這種東西。」雀莉哼了聲，所以他也幫她拿了鞋子，藏到幾張橘色塑膠椅下，然後我們走向靠另一端牆的舞台，那裡聚集了一小群人，但沒看見布麗姬和拓夫，其他人我都不認識。

「我想他們是第一個表演。」麥特說。

「你是說他們要在一間青少年保齡球館表演開場？」我問。

他掃我一眼，我覺得自己很低級。他是對的，這樣還是很了不起！這是他們第一場演出！但當我們四處走動時，沮喪的感覺又回來了。贈品T恤包裹住肥胖的啤酒肚，足球大聯盟的滑雪外套和臃腫的雙下巴。沒錯，這裡是保齡球館，但美法之間的差異還是教人震驚。想到法國人對我的國家會有什麼觀感，我就覺得丟臉。難道這些人出門前不能至少梳個頭髮嗎？

「我想吃甘草條。」雀莉宣布說，然後走向點心攤，我只能想到這些人就是她未來的寫照。這個念頭讓我稍微開心了點。

等她走回來，我告訴她我弟弟只要吃一口她那個加了四十號紅色色素的零食，就會死掉。「老天，眞噁心。」她說，讓我再次回想到聖克萊。三個月前，我也告訴他同一件事，他沒罵我噁心，只是好奇地問：「爲什麼？」

當有人提出有趣的話題時，這才是禮貌的反應。

不知道聖克萊見到他媽媽沒？嗯，他兩個小時前就到加州了，他爸爸會來接他，直接開往醫院。他現在可能已經到她身邊了，我應該傳個簡訊給他，向他問好。我拿出手機，這時這一小群人爆出歡呼。

簡訊被拋到了腦後。

「恐怖便士」登場了，氣勢磅礡、神采飛揚地……從辦公室走出來。好吧，那當然沒有從後台登場來得精采，但他們看起來**帥呆了**，呃，至少其中兩個是。

他的貝斯手和以前一樣，雷奇以前常到電影院來，找拓夫拿免費的票，看最新的漫畫電影。他的長劉海蓋住一半的臉，遮住他的眼睛，我從來不知道他心裡在想什麼。我會像這樣說：「新的《鋼鐵人》好看嗎？」然後他會用死氣沉沉的聲音回答：「不錯。」又因爲看不見他的眼睛，我不知道他是眞的覺得不錯，或是不怎麼樣，或很爛。這很惱人。

但布麗姬非常耀眼，她穿著無袖背心，露出結實的手臂，金髮綁成莉亞公主的雙髮髻，用筷子穿過，我納悶那是否是辛恩的主意。她立刻發現了我，表情像聖誕樹一樣亮了起來。我揮揮手，她將鼓棒高舉過頭，倒數節拍，然後開始敲打。雷奇彈奏貝斯應和，拓夫——我等到最後才看他，因爲我知道只要一看到他，眼睛就離不開了。

因爲拓夫、還是、那麼、火辣。

他拍打吉他，彷彿希望藉此帶動氣氛，接著發出亢奮的龐克搖滾尖叫，前額和鬢角汗水淋漓，緊身褲是亮藍格紋，我沒看過任何人可以穿出同樣的效果，讓我聯想起他的藍莓嘴，性感得要命。

然後……他看到我。

拓夫挑起眉微笑，慵懶的笑容讓我欣喜欲狂。

麥特、雀莉和我又叫又跳，興奮的氣氛讓我甚至願意忽視我正在和雀莉・米里肯一起跳舞。

「布麗姬太棒了！」她說。

「我知道！」我的心中充滿驕傲。她是我最好的朋友，而我向來知道她多有天分。現在大家都知道了，而我不知道我本來期望著什麼——雷奇的劉海或許在演奏的時候很礙事——但他的演出也很出色。他的手撥動貝斯絃線，彈奏讓我們瘋狂的邪惡旋律。

唯一稍微有點一些些美中不足的是……拓夫。

別誤會了。他叛逆頹廢的歌詞很完美、很動人，充滿了憤怒和熱情，連在鞋櫃後面的紅脖子都跟著搖頭晃腦。當然，拓夫也很融入。

他的吉他彈奏反而遜色，不過我懂得也不多。我相信那不容易彈得好，只要多加練習，他一定會進步。一直在點心櫃後面實在很難練好什麼東西。他彈得很響亮，帶動所有觀衆的情緒，我忘了這裡是保齡球館，忘了和我一起尖叫的是我的前男友和他女朋友，而表演實在結束得太快了。

「我們是『恐怖便士』，謝謝大家來看我們表演。我的名字是拓夫，這是雷奇，後面那位辣妹是布麗姬。」

我歡呼喊叫。

她朝他微笑，他報以挑眉，然後轉過身，挑釁地看著觀衆。「還有，喔，對了，別想操她，因爲我搶先一步了。**走著瞧，亞特蘭大，晚安！**」

26

等等，什麼？

對不起，他剛剛說什麼？

拓夫大搖大擺地踢掉麥克風架，三個人跳下舞台。等他們得回到舞台上，拿走他們的東西，好讓下一個樂團上場時，感覺就沒那麼帥氣了。我試著要布麗姬看我，但她迴避我的眼神，一直盯著她的鈸架。拓夫喝了一大口水，朝我揮揮手，抓起電吉他，往停車場走。

「哇！他們好厲害！」雀莉說。

麥特拍我的背。「妳覺得怎樣？幾星期前，她曾經讓我看過一些表演，所以我早就知道會很棒了。」

我眨回淚水。「唔，他剛剛說什麼？」

「他說她幾個星期前讓我們看過表演。」雀莉說，和我的臉靠得太近。

我往後退。「不。拓夫剛剛說什麼？在亞特蘭大那段之前？」

「啊？『別肖想我的女朋友？』」雀莉問。

我無法呼吸，我快心臟病發了。

「妳還好嗎？」麥特問。

布麗姬為什麼不看我？我踉蹌往前，麥特抓住我。「安娜，妳知道她和拓夫在約會，對吧？」

「我要找布麗姬談談。」我的喉嚨縮緊。「我不懂——」

麥特低咒。「我不敢相信她沒告訴妳。」

「多……多久了？」

「從感恩節開始。」他說。

「感恩節？但她沒提……她從來沒說……」

雀莉幸災樂禍。「妳不知道？」

「**不，我不知道。**」

「算了，安娜。」麥特試圖拉我走開，但我推開他，跳上舞台。我張開口，卻說不出話。

布麗姬終於看向我。「對不起。」她低聲說。

「對不起？妳和拓夫約會了一個月，然後跟我說對不起？」

「事情就這樣發生了，我打算告訴妳的，我想告訴妳——」

「但妳忽然不會說話了？那很容易，布麗姬，說出來並不難。看著我！我在跟妳說——」

「妳知道那一點都不容易！我不是故意的，只是自然而然就——」

「喔，妳不是故意毀掉我的人生？只是『自然而然』？」

布麗姬在鼓架後站起來。我不敢相信，但她現在比我高了。「妳是什麼意思？毀掉妳的人生？」

「別裝傻，妳知道我說什麼。妳怎麼可以這樣對我？」

「怎樣？你們又沒有在約會！」

我挫折地尖叫。「現在就更不可能了！」

布麗姬冷笑。「和對妳沒興趣的人約會有點困難。」

「**妳說謊！**」

「怎樣？妳丟下我們去巴黎，卻要我們停止生活，等妳回來？」

我目瞪口呆。「我沒丟下妳，是他們送我去的。」

「喔，對啊，去巴黎。同時我卻被困在喬治亞州狗屎蘭大的狗屎學校，幫人家照顧狗屎小孩——」

「如果妳討厭照顧我弟弟，爲什麼還要做？」

「我不是故意——」

「因爲妳想要教他也討厭我？好吧，恭喜，布麗姬，妳成功了。我弟弟喜歡妳，討厭我。等我再離開的時候，妳隨時可以搬進去，那就是妳要的，對吧？我的人生？」

她激動地搖頭。「去死吧！」

「妳想接收我的生活，隨便妳，不過小心最好的朋友會背叛妳那一段！」我踢倒一根鈸架，銅鈸撞上舞台，發出震耳欲聾的聲響，在整間保齡球館裡迴盪。麥特呼叫我的名字。這整個過程他都在叫我嗎？他抓住我的手，拉我繞過電線和插頭，走下舞台，離得遠遠、遠遠的。

保齡球館裡的每個人都盯著我看。

我低著頭，讓頭髮蓋住臉。我在哭。如果我沒把她的電話號碼給拓夫，這一切都不會發生，那些深夜的練習以及——他說他們上床了！萬一他們是在我家做的呢？他會在她照顧辛恩的時候來找她嗎？他們進去過我的房間嗎？

我快昏倒了。我快昏倒了。我快——

「妳不會昏倒的。」麥特說。我這才發現我大聲說出來了，但我不在乎。我最好的朋友和拓夫約會。她和拓夫約會。她和拓夫約會。她——和拓夫約會。

拓夫出現了。

就在我面前，在停車場裡。瘦削的身軀輕鬆自在，穿著藍格紋的臀部倚靠車子。「怎麼了，安娜貝・李？」

他從來對我都沒興趣。她這樣說。

拓夫張開雙臂要擁抱我，但我衝向麥特的車。我聽見他氣惱的聲音。「她是怎麼了？」麥特鄙夷地回答了幾句，我沒聽見他說什麼，我一直跑、一直跑、一直跑，只想要遠離他們，離今天晚上越遠越好。我希望我在床上，希望我在家。

我希望我在巴黎。

27

「安娜、安娜，慢點，布麗姬和拓夫約會？」聖克萊在電話上問。

「從感恩節開始。她一直——一直對我說謊！」

亞特蘭大的天際在車窗外一片模糊，高樓發出藍白色的光芒，和巴黎的建築相比，顯得參差不齊，缺乏一致性，只是競相比高、比好的長條型設計。「我要妳深呼吸，」他說：「好嗎？深呼吸，然後從頭說起。」

麥特和雀莉從後視鏡看著我重新說故事，電話那頭安靜下來。「你還在嗎？」我問，意外地接過出現在面前的粉紅色面紙。雀莉拿給我的，她一臉罪惡感。

我接過面紙。

「我在。」聖克萊非常憤怒。「我只是很遺憾我不在那裡，在妳身邊。希望我可以做些什麼。」

「想幫我揍她一頓？」

「我正在打包飛鏢。」

我吸鼻涕，擦鼻子。「我好笨，竟然以為他喜歡我。」那是最糟的部分，知道他對我從來沒興趣。

「胡扯，他當然有興趣。」

「不，他沒有，」我說：「布麗姬這樣說。」

「因為她在吃醋！安娜，第一天晚上他打給妳的時候，我在場，我也看過照片裡他注視妳的模樣，」我想抗議，卻被他打斷。「只要是有那根的活人都會喜歡妳。」

電話兩端陷入震驚的沉默。

「當然，喜歡妳的聰明，還有幽默。不是說妳不迷人。妳是。我說迷人。喔混蛋……」

我等著。

「妳還在嗎？或是妳聽不下去我的蠢話，把電話掛了？」

「我在。」

「老天，妳讓我自言自語。」

聖克萊說我很迷人，這是他第二次說這句話。

「跟妳說話很輕鬆，」他繼續說：「有時候我都忘了妳不是男生。」

算了，他把我當成喬許。「別說了，我現在沒辦法忍受被當成男生——」

「那不是我的意思——」

「你媽媽好嗎？對不起，我把話題都放在自己身上，你打來應該是要談她的事才對，我卻連問都沒——」

「妳問了。一接起電話妳就問了，就技術而言，是我打給妳的，我是要打來問表演如何，那也是我們剛剛談的部分。」

「喔。」我把弄麥特地板上的熊貓玩偶，它抱著緞布織的心，上面寫著「我愛你」，顯然是雀莉送的。「不過她怎麼樣？你媽媽？」

「媽媽……還可以，」他的聲音突然變得無力。「我不知道應該說比我預期的好或差，應該說兩者皆是。我想過最糟的狀況——渾身是傷、骨瘦如柴——幸好不是如此，但親眼看見她……她還是瘦很多，而且很虛弱，還住在防輻射病房裡，到處都是塑膠管子。」

「你可以留在她身邊嗎？你在那裡嗎？」

「不，我在她那一樓，因爲輻射的關係，看她的時間不能太長。」

「你爸爸在嗎？」

他沉默了一會兒，我害怕我越線了，但他終於開口：「他在。看在媽媽份上，我正努力跟他和平共處。」

「聖克萊？」

「嗯？」

「我很遺憾。」

「謝謝。」他低聲說，麥特開進我住的社區。

我嘆氣。「我得掛斷了，快到家了。麥特和雀莉送我回家。」

「麥特？妳的前男友麥特？」

「蘇菲亞在維修廠裡。」

他頓了下。「唔。」

我們掛斷電話，麥特停在我家車道上。雀莉轉身看我。「眞有趣，那是誰？」

麥特似乎不太高興。「怎麼了？」我問他。

「妳跟那傢伙說話，卻不跟我們說話？」

「對不起，」我模糊地說，下了他的車，「他只是個朋友。謝謝你們送我回來。」

麥特也走下車。雀莉想要跟出來，但他銳利地看她一眼。「所以那是什麼意思？」他大聲說：「我們不再是朋友了？妳要拋棄我們？」

我蹣跚地走向屋裡。「我累了，麥特。我想睡覺。」

他還是跟上來，我找出鑰匙，但他扣住我的手，不讓我開門。「聽好，我知道妳不想談，但我只想在妳進去哭著上床前說一句話——」

「麥特，拜託——」

「拓夫不是好人，他從來不是好人。我不知道妳看上他哪裡，他對每個人都頂嘴，一點也不可靠，還穿那些愚蠢的仿冒衣服——」

「你爲什麼要說這些？」我又哭了，掙脫他的手。

「我知道妳不像我這麼喜歡妳，我知道妳寧可跟他在一起，我很久以前就努力過，早就不在意了。」

我羞愧難當。儘管我知道麥特察覺到我對拓夫的好感，聽到他大聲說出來，還是很難忍受。

「但我仍然是妳的朋友，」他氣憤不已，「我不想看到妳繼續在那個混蛋身上浪費力氣。妳一直不敢談你們兩個發生了什麼，如果妳願意問問他，就會發現他根本不值得。但妳沒有，妳從來沒問，對嗎？」

痛苦沉重得讓人難以忍受。「拜託，走開，」我低語，「請離開。」

「安娜，」他的聲音平穩，等我看著他，「他和布麗姬沒告訴妳這件事，是他們的錯，聽到了嗎？妳應該得到更好的，而我誠摯希望無論剛剛跟妳說話的人是誰——」麥特指向我皮包裡的手機。「——會比他們更好。」

28

收件者：安娜・歐立分 <bananaelephant@femmefilmfreak.net>
寄件者：依提安・聖克萊 <etiennebonaparte@soap.fr>
主旨：聖誕開心

妳習慣時差了沒？天殺的，我睡不著，本來想打電話，但不知道妳是不是睡了，或是在家庭聚會或其他什麼。海灣的霧很濃，窗戶什麼都看不到，不過如果可以看得到，我一定會發現自己是舊金山唯一還活著的人。

收件者：安娜・歐立分 <bananaelephant@femmefilmfreak.net>
寄件者：依提安・聖克萊 <etiennebonaparte@soap.fr>
主旨：忘了說

昨天我在醫院看到一名穿亞特蘭大影展上衣的傢伙。我問他認不認識妳，他說不認識。我還遇到一個毛茸茸的胖男人很有勇氣地打扮成聖誕老婆婆，到處分送禮物給癌症病患。附件的照片是媽媽拍的，我看起來是不是很驚恐？

收件者：安娜・歐立分 <bananaelephant@femmefilmfreak.net>
寄件者：依提安・聖克萊 <etiennebonaparte@soap.fr>

主旨：還沒醒？

起床！起床起床起床！

收件者：依提安・聖克萊 <etiennebonaparte@soap.fr>

寄件者：安娜・歐立分 <bananaelephant@femmefilmfreak.net>

主旨：Re: 還沒醒？

我醒了！辛恩大概三個小時前就跑到我床上跳，我們拆了禮物，吃甜餅乾當早餐。爸爸送我一只心形的金戒指，他說這是「送給爹地的甜心」，好像我是那種會戴心形戒指的女生，**而且還是爸爸送的**。他送辛恩一大堆《星際大戰》的東西和一組磨石工具箱，我寧願要那些。我不敢相信媽媽竟然邀他來過聖誕節，她說因爲他們是和平離婚（嗯，才怪），辛恩和我的生命還是需要父親的角色，不過他們一直吵架。今天早上是因爲我的頭髮，爸爸要我染回來，他覺得我像普通的妓女，媽媽則要我再漂一次，兩個人各持立場。啊！我得走了，祖父母剛剛抵達，爺爺喊著要見他的瘦姑娘，也就是我。

P.S. 我喜歡那張照片，聖誕老婆婆根本在打量你的臀部。還有，聖誕快樂，怪胎。

收件者：安娜・歐立分 <bananaelephant@femmefilmfreak.net>

寄件者：依提安・聖克萊 <etiennebonaparte@soap.fr>

主旨：哈哈哈！

那是**守貞戒指**嗎？妳爸爸送**守貞戒指**給妳？

收件者：依提安．聖克萊 <etiennebonaparte@soap.fr>
寄件者：安娜．歐立分 <bananaelephant@femmefilmfreak.net>
主旨：Re: 哈哈哈！

我不予置評。

收件者：安娜．歐立分 <bananaelephant@femmefilmfreak.net>
寄件者：依提安．聖克萊 <etiennebonaparte@soap.fr>
主旨：特別的妓女

我不打算談論妓女（不過妳會是很不稱職的妓女，這個行業非常不乾淨），我只是想打這幾個字。是不是很怪？我們都必須跟爸爸一起過聖誕節。說到不愉快，妳和布麗姬談過沒？我要搭公車去醫院了。等我回來，希望看到妳的聖誕晚餐詳盡解析。今天到目前爲止，我只吃到一碗瑞士五穀早餐。媽媽怎麼吃得下這種垃圾？我覺得好像在嚼木頭。

收件者：依提安．聖克萊 <etiennebonaparte@soap.fr>
寄件者：安娜．歐立分 <bananaelephant@femmefilmfreak.net>
主旨：聖誕晚餐

瑞士五穀餐？現在聖誕節，而你吃穀片？我馬上從家裡寄一盤菜給你。烤箱裡有火雞，爐子在煮肉湯，我打字的時候，馬鈴薯泥和燉鍋菜也正在準備。等等，我敢賭你吃麵包布丁和百果餡餅，對吧？好，我馬上寄麵包布丁給你，不論那是什麼。不，我還沒跟布麗姬談過。媽媽一直催促我接她的電話，但寒假已經夠悽慘了。（**為什麼**我爸爸在這裡？**真的，叫他走**。他穿著那件白色鉤織大毛衣，看起來像個愛炫耀的雪人。他一直在重新整理廚房廚櫃的東西，媽媽打算殺了他（**這正是她為什麼不該邀請他來過節的原因**）。無論如何，我不想再把場面搞得更戲劇化了。

P.S. 希望你媽媽情況有好轉，眞的很遺憾你必須在醫院過節，但願我眞的能寄一盤火雞給你。

收件者：安娜．歐立分 <bananaelephant@femmefilmfreak.net>
寄件者：依提安．聖克萊 <etiennebonaparte@soap.fr>
主旨：Re: 聖誕晚餐

妳爲我覺得遺憾？我可不是那個從來沒吃過麵包布丁的人。醫院還是一樣，我不拿細節煩妳，不過我必須花一個小時，才等到回程的公車，那時候還開始下雨。我已經回到公寓，我爸爸則去了醫院。我們在玩動如參商的遊戲，假裝對方不存在。

P.S. 媽媽說要祝妳「聖誕快樂」。所以，我媽媽祝妳聖誕快樂，不過我要祝妳聖誕開心。

收件者：依提安．聖克萊 <etiennebonaparte@soap.fr>
寄件者：安娜．歐立分 <bananaelephant@femmefilmfreak.net>
主旨：救命

糟透了，有史以來，最糟的晚餐。才不到五分鐘，事情就爆發了。我爸爸想逼辛恩吃青豆燉菜，他不肯，爸爸就罵媽媽沒餵我弟弟吃足夠的蔬菜。她扔下叉子，告訴爸爸說他沒有權利教她怎麼教養小孩。然後他搬出「我是他們的父親」的老套，她則搬出「你遺棄了他們」的老套，同時間，**整個過程**中，我重聽的奶奶一直在大吼：**「鹽在哪裡？燉菜沒有味道！把鹽給我！」**而爺爺抱怨媽媽的火雞「有點乾」，然後她崩潰了。我是說，她就開始尖叫，把辛恩嚇壞了，他哭著跑進房間。等我進去看他，卻看見他在**拆一根柺杖糖**。我不知道那是打哪裡來的，他明知道他不能吃四十號紅色色素！所以我把糖搶過來，他哭得更兇，媽媽跑進來對我大吼，好像那根蠢糖果是我給他的，而不是「謝謝妳救了我的獨子一命，安娜」。然後爸爸跑進來，兩個人又開始吵架，他們甚至沒注意到辛恩還在抽噎。所以我帶他出去，餵他吃餅乾，現在他一直繞圈圈跑，祖父母還在桌上，似乎以爲我們還會坐回去用完餐。

我們家怎麼了？現在爸爸在敲我的門，太好了，這個蠢聖誕節還能更糟嗎？

收件者：安娜．歐立分 <bananaelephant@femmefilmfreak.net>
寄件者：依提安．聖克萊 <etiennebonaparte@soap.fr>
主旨：馬上救妳

我馬上傳送到亞特蘭大，帶妳到某個我們家人找不到的地方，順便把辛恩帶走，讓他一直跑到累爲止，我們可以好好地散個步，就像感恩節，記得嗎？我們可以談天說地，就是不必提我們的父母……或許我們根本可以不說話，只要往前走，一直走到天荒地老。

眞遺憾，安娜，妳爸爸想做什麼？請告訴我有什麼可以幫忙的。

收件者：依提安・聖克萊 <etiennebonaparte@soap.fr>
寄件者：安娜・歐立分 <bananaelephant@femmefilmfreak.net>
主旨：唉，我喜歡那個主意

謝謝，不過沒事。爸爸想要道歉。在那一秒，他幾乎找回了人性，只是幾乎。然後媽媽也道歉了，他們現在在洗碗，假裝一切都沒發生。我不知道，我不是故意要小題大作，你的情況比我嚴重多了。對不起。

收件者：安娜・歐立分 <bananaelephant@femmefilmfreak.net>
寄件者：依提安・聖克萊 <etiennebonaparte@soap.fr>
主旨：妳瘋了？

我的日子只是無聊，妳的生活才是夢魘。妳還好吧？

收件者：依提安・聖克萊 <etiennebonaparte@soap.fr>
寄件者：安娜・歐立分 <bananaelephant@femmefilmfreak.net>
主旨：Re: 妳瘋了？

我很好，幸好有你聽我說話。

收件者：安娜・歐立分 <bananaelephant@femmefilmfreak.net>
寄件者：依提安・聖克萊 <etiennebonaparte@soap.fr>

主旨：所以……

我現在可以打電話給妳了？

29

在所有的糟糕假期裡，這是排名最糟的，勝過那次國慶日，爺爺穿著蘇格蘭呢來看煙火，卻堅持唱〈蘇格蘭之花〉，而不是〈美哉，美利堅〉，也勝過那次萬聖節楚蒂．榭門跟我同樣打扮成《綠野仙蹤》裡的好女巫葛琳妲，並告訴大家她扮得比我像，因爲你可以透過我的裙子看見紫色的「星期一牌」短褲。**真的可以**。

我不跟布麗姬說話。她每天打電話來，但我不理她。結束了。我把買給她的聖誕禮物，一個用紅白條紋紙包裝的小盒子，塞到行李最下面。那是巴黎歷史最悠久的橋「新橋」的模型，那是整套火車模型的一部分，因爲我拙劣的語言能力，聖克萊花了十五分鐘說服店員拆售那座橋給我。希望我可以退貨。

我只去了皇家十四號影城一次，雖然看到了海克力斯，但拓夫也在那裡。而他只問我：「嗨，安娜，妳爲什麼不跟布麗姬說話？」我只能跑進廁所。某個新來的女孩跟在我後面進來，說她覺得拓夫是個粗神經、下三濫、狗娘養的混蛋，我不應該爲他生氣。那樣說很貼心，但幫助不大。

後來，海克力斯和我看了最新的白爛聖誕電影，取笑演員穿的相配聖誕節毛衣。他告訴我在六號廳找的神秘烤牛肉包，說他很喜歡我的網站，覺得我的評論越寫越好，至少這是好消息。

另一個好消息是爸爸離開了。他一直盤問我法國那些紀念碑的事，打那些煩人的電話給出版商。他離開讓大家都鬆口氣。聖克萊是這段時間唯一持續出現的陽光。我們每天都會聊天——電話、電子郵件、簡訊。我特別留意到拓夫和我分開以後，我們的聯繫就蒸發了，但現在我和聖克萊沒有每天見面，反而聊得更多；這讓我對拓夫的印象更差。如果我們是好朋友，就應該保持聯繫，我竟然笨到以爲我們有機會成功，更難相信在所有人裡面，麥特竟然是唯一指出我處理得有多糟的人。而且，說實話，現在仔細回想，失去拓夫並不是多大的損失。我想到他會難過，其實是因爲布麗姬。她怎麼可以不告訴我？她的背叛讓我更痛苦一百倍。

今年新年我沒有任何地方可去，所以辛恩和我留在家裡。媽媽和幾位工作上的朋友出門，我點了起司披薩，看《星際大戰首部曲：威脅潛伏》，這代表我有多想向弟弟證明我愛他——我會坐著忍受白癡的札札．賓客斯。然後，在看時代廣場倒數的實況轉播時，他拿出活動人偶。「噗咻！噗咻！」韓．索洛躲在沙發墊後作掩護，朝我的暴風兵開火。

「幸好我穿了雷射防護外套。」我一邊往前進，一邊說。

「根本沒有雷射防護外套！妳死掉了！」韓跑過椅子後面。「耶——耶！」

我拿起阿美達拉皇后。「韓，有危險！走另外一邊！暴風兵穿了雷射防護外套。」

「啊，別動！噗咻！噗咻！」

「很好，」阿美達拉說：「竟然要女人來做男人的工作。」她用力撞暴風兵的頭。「砰！砰！」他跳下椅子，韓跳到地毯上，再次展開射擊。

我撿起年輕的歐比王。「喔，阿美達拉，妳看起來耀眼動人，親親、親親。」

「不行！」辛恩從我手上搶過歐比王。「不准親親。」

我從辛恩的玩具箱裡拿出另一個玩偶，那是沙人，一定是布麗姬買給他的。喔，好吧。「唔，阿美達拉，親親、親親。」

「沙人不會親親！他們只會攻擊！啊啊啊啊！」他同樣偷走這一個，接著頓住，檢查他凹凸不平的小頭。「妳爲什麼不跟布麗姬說話？」他突然問：「她傷了妳的心？」

我很震驚。「對，辛恩，她做了一些不太好的事。」

「那表示她不會再來當我的保姆嗎？」

「不，我相信她還會來。她喜歡你。」

「我不喜歡她。」

「辛恩！」

「她害妳哭，妳最近一直在哭。」他把沙人丟進玩具箱最下面。「妳買給我的那個還在嗎？」

我微笑，拿過背包，正要把玩具給他，但突然想到一件事。嘆氣。「答應一個條件才給你，你必須好好對她。媽媽只有兩個保姆人選：布麗姬或是爺爺，而爺爺太老了，不能陪你玩這個。」我指向那堆散亂的玩偶。

「好吧。」他羞怯地說。我把盒子給他，他抱在懷裡。「謝謝。」

廚房的電話響起。鐵定是媽媽查勤，辛恩起身去接電話，我繼續尋找阿美達拉的新男友。

「我聽不懂，」他說，「請說英文。」

「辛恩？是誰？等我一下。」啊哈！天行者路克，這尊的頭不見了，不過管他的，阿美達拉和路克親嘴。等等，她不是他媽媽嗎？我把路克丟到旁邊，彷彿他做錯了什麼，然後再次挖掘玩具箱。

「你說話好怪。對，她在。」

「辛恩？」

「這是不是她的**男朋友**啊？」我弟弟放聲大笑。

我衝到廚房，搶過電話。「哈囉？聖克萊？」電話那端傳來笑聲，辛恩吐舌頭，我推他的頭，把他推走。「走！開！」

「抱歉？」電話裡的聲音說。

「我在跟辛恩說話。是你嗎？」

「對，是我。」

「你怎麼會有這支電話？」

「喔，妳知道的，有一本書，是黃色的，上面登記了所有的電話號碼，而且還有網路版。」

「那是妳的男男男朋友嗎？」辛恩直接在話筒上問。

我再次推開他。「他是男生，也是朋友，去看跨年倒數。」

「妳的手機怎麼了？」聖克萊問：「妳忘了充電？」

「我不敢相信！這太不像我了。」

「我知道。聽到轉成語音信箱時，我也很訝異，但我很高興現在知道妳眞正的號碼，只是以防萬一。」

他特地找出號碼打給我，讓我很開心。「你打算做什麼？不出去慶祝嗎？」

「呃，媽媽不太舒服，所以我留在家裡。她已經睡了，我想我得獨自看跨年倒數。」他媽媽幾天前從醫院回家了，病況起起伏伏。

「愛莉怎麼了？」我來不及阻止，已經脫口而出。

「我，呃……已經跟她聊過了，畢竟現在巴黎也是新年，她聖誕節第二天就回去了。」他補充說。

我想像他們用電話發出阿美達拉的親吻聲音，心往下沉。

「她出去狂歡了。」他悶悶不樂。

「抱歉你只能將就第二選擇。」

「別傻了，是第三。媽媽在睡覺，記得嗎？」他再次大笑。

「謝了。不過或許我應該掛斷電話，免得我的第一選擇睡著了。」我瞥向在另一個房間安靜下來的辛恩。

「別鬧了，我才剛打來。不過妳男人怎麼樣？他聽起來不錯，雖然我說什麼他都聽不懂。」

「你的腔調真的很有趣。」我微笑，我愛他的聲音。

「妳也沒比較好，亞特蘭大，我已經聽過不小心冒出來的南方口音——」

「沒有！」

「就是有！這星期已經好幾次了。」

我哼氣，但微笑變得更大。這次放假我也跟米瑞蒂聊過好幾次，但她不像聖克萊這麼好笑。

我拿著電話走進客廳，辛恩抱著我的沙人蜷成一團。我們一起看跨年倒數。我比聖克萊早三個小時，但那不重要。當我的午夜來臨，我們假裝吹號角，丟彩帶。

三小時後，當他的午夜一到，我們又慶祝了一次。

回家後的第一次，我真的感到開心。真奇怪。

家。我怎麼可能朝思暮想了這麼久，卻發現它不見了？回到這裡，技術上而言是我家的房子裡，卻發現家已經在另一個地方。

那麼說也不完全正確。

我想念巴黎，但那不是家。更正確地說……我想念這個，電話裡傳來的溫暖。家可能是一個人，而不是一個地方嗎？布麗姬曾經是我的家，說不定聖克萊成了我的新家。

我一邊思考這件事，隨著我們的聲音逐漸疲憊，停止了交談，只是陪伴著彼此。我的呼吸、他的呼吸、我的呼吸、他的呼吸。

我永遠不能告訴他這件事，但這千眞萬確。

這就是家，我們彼此的家。

30

我難過地瞭解到自己有多慶幸能回巴黎。飛機航程安靜而漫長，這是我第一次獨自搭飛機。當飛機還沒降落在戴高樂機場，我已經迫不及待想回美國學校，就算那表示我必須自行探索地鐵，彷彿我已經不再害怕搭它了。

這不正常，對吧？

但我平順輕鬆地搭了地鐵回到拉丁區，一恍神，人已經進了寢室，打開行李。其他學生回來的聲音讓藍博宿舍騷動起來。我透過窗簾偷看對街的餐廳，沒有歌劇女高音，但現在才下午，她晚上會回來，這個念頭讓我微笑。

我打電話給聖克萊。他昨天晚上回來的。不合時節的天氣很溫暖，他和喬許趁機到先賢祠的階梯去了。他說我應該加入他們，我當然要。

我無法解釋，但當我走在街上時，突然緊張了起來。

我爲什麼發抖？不過是兩個星期，卻是很特殊的兩星期。聖克萊從一個曖昧的存在，變成我最親近的朋友，他也有同感。我不必問他，就可以知道，就像我瞭解自己的倒影。

我慢下腳步，沿長路走向先賢祠。這座城市很美，雄偉的聖依提安迪蒙大教堂出現在眼前，我想到聖克萊的母親帶了野餐盒，畫那些鴿子，同時試著想像他穿學校制服在附近奔跑，個子小小、膝蓋髒兮兮的模樣，但想像不出來。我只看到我認識的那個人——自信穩重，雙手插在口袋，昂首闊步地走路，那種自然散發磁場，所有人都受他吸引、爲他著迷的類型。

一月的太陽高掛，溫暖我的臉頰。兩個拿著只能稱爲男用皮包的人停下腳步，仰望天空。穿細跟高跟鞋的苗條女子讚嘆地駐足。我微笑，經過他們身邊，轉過另一個街角，胸口驀然好緊、好痛苦，完全無法呼吸。

他在那裡。

他專心讀著一本厚重的書，低著頭，全神貫注。一陣微風搔亂他深色的頭髮，他咬指甲。喬許坐在不遠處，打開黑色素描本，筆刷塗畫。還有其他幾個人在享受難得的日光浴，但入了眼簾，馬上被遺忘。因爲他的關係。

我抓緊路邊咖啡桌的桌緣，免得跌倒。侍者警覺地瞪著我，但我不在乎。天旋地轉，我奮力吸氣。

我怎麼可能這麼笨？

我怎麼會以爲我沒有愛上他？

31

我仔細看他。他咬左手小指的指甲，所以那本書應該很精彩。小指代表興奮或開心，拇指代表思考或擔心。我很意外我瞭解這些動作的意義，我有多注意他的一舉一動？

兩名穿毛皮大衣和搭配帽子的年長婦人婀娜走過，其中一位停下，轉身，用法文問了我一個問題。我無法直接翻譯出來，但知道她擔心我是否還好。我點頭，向她道謝。她不甚信服地看了我，但還是離開了。

我走不動。我該說什麼？十四天密集的電話交談，但現在他本人就在眼前，我卻懷疑我連招呼都打不好。一名咖啡店的用餐者起身幫助我。我放開圓桌，踉蹌過街。我的膝蓋虛軟。走得越近，壓迫感越重，先賢祠高不可仰，階梯彷彿遙不可及。

他抬頭。

我們的視線交纏，他露出緩慢的微笑。我的心跳越來越快。就快到了。他放下書本起身，接著——當他呼喚我名字的那一刻起——一切改變了。

他不再是聖克萊，大家的哥兒們，每個人的朋友。

他是依提安。依提安，就像我們相遇的那一晚。他是依提安，我的朋友。

遠遠不只是朋友。

依提安。我踏著三個音節：依——提——安、依——提——安、依——提——安，他的名字宛如巧克力般包覆我的舌頭。他如此英俊、如此完美。

他展開手，抱住我，我的喉嚨收緊，心跳激烈怦動，知道他也感覺得到，讓我很尷尬。我們分開，我往後踉蹌。他抓住我，免得我跌下台階。

「哇。」他說。但我想他不是指我差點跌倒這件事。

我臉紅了，歸咎於我笨手笨腳。「對，跌下去會很嚴重。」吁，聲音很平穩。

他看來還沒回過神。「妳還好嗎？」

我察覺他的手還按在我的肩上，我全身因爲他的碰觸僵直。「嗯，很好，棒呆了！」

「嘿，安娜，寒假好不好玩？」

喬許。我忘了他也在場，依提安謹愼地放開我，我向喬許打招呼，我們聊天的整個過程裡，我一直希望他會回去畫圖，別打擾我們。過了半晌，他瞥向我背後——依提安站在那裡——露出滑稽的表情。他的話聲中斷，埋首進畫冊裡。我回頭看，依提安的表情一片空白。

我們並肩坐在台階上，自從開學第一個星期後，我在他身邊從來沒有這麼緊張過。我的思緒混亂、舌頭打結、胃糾成一團。「嗯，」尷尬的一分鐘後，他說：「我們放假的時候把所有的話都說完了嗎？」

心裡的壓力鬆開了點，我終於可以開口：「我想我該回宿舍了。」我假裝站起來，他大笑。

「我有東西送妳。」他拉住袖子，將我拉回去。「遲到的聖誕禮物。」

「送我？但我沒幫你準備！」

他手探進外套口袋，握拳拿出來，東西很小，可以藏在緊握的拳頭中。「這不貴重，所以別太興奮。」

「嗚，是什麼？」

「我和媽媽出去的時候看到的，它讓我想到妳──」

「依提安！快點！」

聽到他的名字，他眨眨眼，我臉紅了，強烈地察覺到他很清楚我在想什麼。他露出詫異的表情，一邊說：「閉上眼睛，把手伸出來。」

我紅著臉，伸出一隻手。他的指尖刷過我的掌心，我的手飛快抽回，彷彿他通了電。某個東西落空，落到我們當中的地面上，發出微弱的鏗鏘聲。我張開眼睛，他盯著我，同樣一臉震驚。

「糟糕。」我說。

他朝我歪頭。

「我想……我想它掉在那裡。」我匆忙蹲下，但根本不知道我在找什麼，根本沒感覺到他在我掌心放了什麼，只感覺到他。「我什麼都沒看到！只有鵝卵石和鴿子大便。」我補充說，試著粉飾太平。

在哪裡？是什麼東西？

「找到了。」他從上方的階梯撿起黃色的小東西，我笨拙地走回去，伸出手，準備好下一次接觸。依提安頓一下，在距離我的手幾吋的高度鬆開它，彷彿也不想碰到我。

那是顆玻璃珠，是香蕉。

他清清喉嚨。「我知道布麗姬是唯一可以叫妳『香蕉』的人，但媽媽上週末比較好轉，所以我帶她到她最愛的玻璃珠店。我看到那個，想到妳，希望妳不介意增加收藏，特別是現在妳和布麗姬……妳知道的。」

我握住玻璃珠。「謝謝。」

「媽媽不明白我為什麼想買那個。」

「那你怎麼說？」

「當然說是買給妳的。」他的說法好像是「傻瓜」。

我開心地笑。輕巧的珠子讓我幾乎感覺不到，除了掌心微微的冰冷外。說到冰冷……

我抖了一下。「是氣溫變低了，或是我想太多？」

「用這個。」依提安解開脖子上繫的黑圍巾，拿給我。我輕輕接過，圍到脖子上。那讓我暈眩，充滿清新乾淨的男孩氣息，就像他的香氣。

「妳的頭髮很好看，」他說：「又染過了。」

我不自覺地碰觸那綹頭髮。「媽媽幫我染的。」

「這風太冷了，我要去咖啡店，」喬許用力蓋上素描本，我再次忘記他也在場。「要來嗎？」

依提安看著我，等我的反應。

咖啡！我想喝一杯正統的咖啡。我對喬許微笑。「聽起來再好不過了。」

接著我走下先賢祠的階梯，冰冷雪白的先賢祠在世界最美的城市中閃耀，有兩位帥氣、聰明又風趣的男孩陪我，我笑得合不攏嘴，眞希望布麗姬能看到。

我的意思是，如果世界上有依提安．聖克萊存在，誰還需要克里斯拓夫？

但是一想到拓夫，我就開始反胃，一如我現在每次想到他的反應。我怎麼會笨到以為他願意等？又怎麼會浪費了這麼多時間在他身上？前方，依提安聽到喬許說了什麼，大笑，笑聲讓我的暈眩變成緊張，一次又一次，顯示同樣的訊息。

我該怎麼辦？我愛上了我最新的好朋友。

32

我確實病了。病名叫依提安，我多麼愛他。

我愛依提安。

我喜歡每次他覺得我的話很幽默或好笑時，挑眉的模樣。我喜歡他的靴子在我寢室天花板上喀喀作響的聲音。我喜歡用標準發音唸他的名字，喜歡他可愛的腔調。

我都喜歡。

我喜歡坐在他旁邊上物理課，靠在他身邊做實驗，看他在記錄簿上的潦草字跡。我喜歡下課時遞背包給他，這樣一來，接下來十分鐘，我的指尖都會充滿他的氣息。當亞曼達說了什麼蠢話，他會望向我，兩個人無奈翻白眼——我也喜歡這樣。我喜歡他孩子氣的笑聲、發縐的襯衫和可笑的編織帽。我喜歡他棕色的大眼，喜歡他咬指甲的方式，我喜歡他的頭髮，喜歡得要命。

只有一件事我不喜歡。*她*。

如果拿我以前對愛莉的反感和現在的感覺相比，簡直是小巫見大巫。那和我們屈指可數的見面次數無關，而是我無法忘記的第一個畫面：街燈下，她的手指插入他的髮中。每當我獨自一人，思緒就會回到那天晚上。我會繼續想像，她碰觸他的胸膛；繼續想像，在他的寢室，他褪去她的裙子，嘴唇相接，緊擁彼此的身軀，然後——喔，我的天——我的火氣升高，覺得反胃。

我幻想他們分手，他們如何互相傷害，還有我該如何對她施加報復。我想要抓住她巴黎風的頭髮，用力扯下來。我想要手指插進她的眼珠挖出來。

結果我根本不是好人。

依提安和我本來便很少提到她，現在她更成了禁忌。那讓我很痛苦，因爲自從寒假結束，他們似乎又有了新問題。我有如偏執的跟蹤狂，仔細計算他和我們兩個分別出去的晚上，我目前領先。

那麼他爲什麼不離開她？爲什麼爲什麼爲什麼？

這個問題折磨到我崩潰，再也無法忍受心裡的壓力，必須找人訴苦，否則就會爆發。我選擇找米瑞蒂。照我的想法，她或許和我遭遇同樣的情況。我們在她房裡，她教我寫一篇法文課要交的文章，描述我養的天竺鼠。她穿著足球短褲，搭配喀什米爾毛衣，雖然看起來很呆，卻相當符合米瑞蒂的親切風格。她同時在做仰臥起坐，打發時間。

「不錯，但那是現在式，」她說：「妳並不是**正在**餵傑克船長吃紅蘿蔔棒。」

「喔，對。」我草草寫下筆記，但我想的不是動詞，而是如何若無其事地提起依提安。

「再唸一次給我聽。喔，要用妳的怪腔調！就是那天和聖克萊在新店裡，妳點牛奶咖啡用的爛法文。」

我差勁的法文腔不是裝出來的，但我開門見山地說：「妳知道，我一直在猜，嗯，」我清楚意識到掛在我頭上的閃亮告示牌，大刺刺寫明了——我！愛！依提安！但不顧一切繼續說：「他爲什麼還和愛莉在一起？我是說，畢竟他們已經很少見面了，對嗎？」

米兒沒說話，停下仰臥起坐的動作……我被逮到了，她發現我也愛上他了。

不過我接著發現，她其實是在猶豫該如何回答，我瞭解到她和我陷入了同樣的情境。她甚至沒有注意到我奇怪的語調。「是啊，」她慢慢貼到地板上，「不過事情沒那麼簡單。他們已經在一起一輩子，根本就是老夫老妻，而且，他們眞的都非常……謹愼。」

「謹愼？」

「對，妳知道的。聖克萊從來不衝動做事，愛莉也是。她花了很久才選定大學，結果還是離這裡不遠的學校。我的意思是：帕森設計學院是名校，非常了不起，但她選擇讀那裡，是因爲那是她熟悉的地方。現在加上聖克萊母親的情況，我想他很害怕再失去任何人，另一方面，她也不會在他母親得癌症的情況下跟他分手，就算這段關係已經變質。」

我按自動鉛筆的開關，喀喀喀喀喀。「所以妳覺得他們不快樂？」

她嘆息。「不是不快樂，但……也不是快樂。算是還不錯，我猜，妳覺得對嗎？」

對，而我恨這樣。喀喀喀喀喀。

那表示我什麼也不能對他說，免得傷害我們的友情。我必須一直假裝若無其事，假裝我對他的感覺和對喬許一樣。隔天，喬許第一千億次在歷史課上摸魚，藏了一本奎格．湯普森的圖畫書《再見，胖米》在膝蓋上。喬許潦草地在下面的素描本上寫了東西，他在做筆記，但和巴士底獄之亂無關。

喬許和瑞絲蜜在午餐時又吵架了，現在沒有人擔心依提安再蹺課，但喬許蹺課的頻率高得嚇人，甚至連功課都不做了。而瑞絲蜜越是逼他，他越抗拒。

韓生教授在教室前方走動，他的個子矮小，眼鏡厚重，每次拍我們的桌子強調時，稀薄的頭髮就會飛起來。他教我們歷史的黑暗面，從來不要我們做筆記。在上過四年這種老師的課後，難怪依提安喜歡這門學問。

我希望我不要什麼事都想到依提安。

我看向周圍的十一年級生，發現我不是唯一受到荷爾蒙影響的人。艾米麗．汨德通彎腰撿掉落的橡皮擦，麥可．雷納偷看她的胸部。噁心。眞可惜，她喜歡的是他的死黨大衛。她是故意弄掉橡皮擦的，但大衛根本沒注意到，眼睛呆滯地看著走動的韓生教授。

大衛注意到我的視線，坐直身子。我迅速轉回身，艾米麗瞪我，我無辜地回她微笑。她放假回來時，片染了頭髮，有一綹是粉紅色的，剩下則是金色，所以跟我沒有那麼像。目前爲止。

韓生教授描述瑪麗．安東尼皇后的行刑場面，我卻沒辦法專心。依提安和我放學後要去看電影，好吧，喬許和瑞絲蜜也會一起來──米兒要練習足球，所以不能來──但這星期的比數還是拉開了：安娜對愛莉，四比一。老師拍了另一張書桌，我左邊的紅髮女生嚇了一跳，紙掉到地上。

我彎腰幫她撿起紙張，震驚地發現一張紙上畫滿了熟悉的骷髏刺青。我訝異地抬頭，她的臉紅得像頭髮一樣。我瞥向喬許，朝她抬高眉。她驚恐地瞪大眼睛，但我搖頭微笑。我不會說出去。

她叫什麼名字？伊詩拉。伊詩拉．馬汀，和我住同一層樓，但她不太說話，我常常忘記她的存在。如果她喜歡喬許，得要主動點。他們都很內向，這樣說不好，但他們在一起會很可愛，應該不會像他和瑞絲蜜那麼常吵架。爲什麼對的人永遠不會在一起？爲什麼人們這麼害怕結束一段關係，就算明知道那段關係不好？

稍晚，當依提安和我站在喬許一樓的房間外，準備去看電影時，我仍在思考這個問題。依提安耳朵貼在喬許的門上，接著彷彿著火似地閃開。

「怎麼了？」

他扮鬼臉。「他們又和好了。」

我隨他走出去。「瑞絲蜜在裡面？」

「他們正在處理，」他僵硬地說：「我寧可不要打擾。」

幸好他走在前面，沒看到我的臉。顯然我還是沒準備好和任何人上床——也的確如此——但這堵愚蠢的牆還是卡在我們之間，我一直很清楚。我又想到依提安和愛莉，他的指尖輕撫她的裸肩，她分開嘴唇，貼上他赤裸的喉嚨。*別再想這件事，安娜。*

*停下來，停下來，***停下來！**

我改變話題，說起他媽媽。她的療程結束了，但我們必須等到三月才能知道她是不是痊癒了。醫生必須等她體內沒有輻射反應，才能進行檢查。依提安一直在擔憂和希望之間來回擺盪，所以我盡量引導他往光明面想。

她今天狀況不錯，所以他心情也很好。他說了一些她治療的過程，但我心不在焉地看著他的輪廓。我突然想起感恩節，同樣的睫毛、鼻子，在黑暗寢室中浮現的輪廓。

天，他眞是英俊。

我們走到經常去的電影院，我們叫它「狗爸媽戲院」，距離只有幾個街區，就是彭斯飼主開的舒適單廳電影院，彭斯是那天在蛋糕店遇到的那條巴塞特獵犬。我不認爲彭斯有個媽媽——彭斯的飼主比較可能幫彭斯再找個爸爸——但這個暱稱仍然很貼切。我們走進門，櫃台後面那位友善體面的男人大喊，「喬基亞！喬基亞的亞特蘭大！」

我報以微笑。我正在找他練習法文，他則是找我練習英文。他記得我來自喬治亞州（喬基亞）的亞特蘭大，而我們聊了一下天氣，然後我問他彭斯乖不乖，他（那位紳士）喜不喜歡美食。至少我在努力。

今天下午放映的是《羅馬假期》，電影院剩下的座位都是空的，依提安伸長了腿，放鬆地靠在椅子上。「好，我想到了，做壞事……」

「從來沒有感覺這麼好。」

「正確！」他的眼神發亮。這是我們最喜歡的遊戲，其中一個說出俗語開頭，另一個人則接完它。

「有這樣的朋友……」

他模仿我陰暗的語氣。「誰還需要敵人？」

我們的笑聲在帷幕牆當中迴盪，依提安試著保持嚴肅，結果失敗，反而笑得更開。我的心跳因此漏了一拍，但我的表情一定有點怪，因爲他蓋住了嘴巴。「別看了。」

「咦？」

「我的牙齒。妳盯著我的下排牙齒看。」

我又大笑。「最好我有資格取笑任何人的牙齒。我可以從超遠的地方射水槍到這條縫裡。布麗姬老是嘲笑我——」我停下，感覺很難受，我還是沒跟布麗姬說話。

依提安的手離開嘴巴，一臉正經，甚至有點防衛。「我喜歡妳的微笑。」

我也喜歡你的微笑。

但我沒有勇氣大聲說出來。

33

櫃檯的女孩看到我，露出微笑。「妳有個包裹！」

藍博宿舍的門再次打開，我的朋友跟在我後面進來。女孩遞給我一個棕色的大盒子，我開心地簽收。「妳媽媽寄來的？」米兒問。寒冷讓她的臉頰泛成粉紅。

「對！」今天是我生日，我也知道裡面包了什麼。我心急地將盒子拿到大廳沙發，找工具打開它。喬許拿出寢室鑰匙，割開膠帶。

「啊！」他大叫。

瑞絲蜜、米兒和依提安湊上來看，我得意洋洋地看著。

「不會吧！」米兒說。

「正是。」我說。

依提安拿起一個綠色長條狀的盒子。「餅乾？」

喬許搶過來。「這可不是普通的餅乾，我親愛的英國佬。是薄荷薄餅。」他轉向我。「可以打開嗎？」

「當然！」我家每年都用一大堆女童軍餅乾，來取代蛋糕慶祝我的生日。時機總是再完美不過。

瑞絲蜜拿出一盒檸檬瑞士奶油餅。「妳媽媽太棒了。」

「追隨者餅乾……有什麼特別？」依提安研究另一個盒子，問道。

「追隨者餅乾？」米兒從他的手中搶走。

「那是整個地球最美味的限量餅乾，」我對依提安解釋：「只有在每年的這個時候販賣，你從來沒吃過女童軍餅乾嗎？」

「有人提到女童軍餅乾嗎？」

我意外地發現亞曼達．史賓通華湊到我的肩膀上，看到我的珍藏時眼睛都凸了出來。

「女童軍餅乾？」後面又出現一張面孔，帶著熟悉的困惑表情，是吉士堡。亞曼達厭惡地彎起嘴，轉向我。

「妳必須給我一片薄荷薄餅。」她說。

「喔，好，當然。」我說。喬許扮鬼臉，但我還是給了她一片。亞曼達咬一口巧克力威化餅，抓住依提安的手臂，發出愉悅的呻吟。他試著掙脫，但她緊抓不放。她舔嘴唇。我很意外她的嘴邊沒有餅乾屑。她怎麼辦到的？

「你以前吃過嗎？」她問他。

「當然。」他撒謊。

瑞絲蜜嗤之以鼻。

我背後傳來咳嗽，我發現吉士堡急切地看著我的盒子。我瞪向毛手毛腳的亞曼達，然後拉出一整包薄荷薄餅。「給你，吉士堡。」

他驚訝地看著我。話說回來，他一向都是這個表情。「哇，謝謝，安娜。」吉士堡接過餅乾，笨拙地走向樓梯間。

喬許一臉驚恐。「妳幹嘛把餅乾給他？」

「說眞的，」米兒生氣地看亞曼達，「我們到比較隱密的地方去。」她撈起我的包裏，帶上嚥。和往常一樣，她的冰箱隨時準備了新鮮牛奶。他們祝我生日快樂，我們乾杯，然後狼吞虎嚥到再也吃不下。

「唔嗯，」依提安躺在地板上呻吟，「追隨者餅乾。」

「就跟你說吧。」米兒舔掉戒指上的花生巧克力奶油。

「抱歉沒有幫妳準備禮物，」瑞絲蜜癱軟地說：「但謝謝妳分我們吃。」

我微笑。「樂意之至。」

「事實上，」依提安坐起身，「我本來打算晚餐時送這個給妳，但我想現在送也不錯。」他伸手探進背包。

「可是你痛恨生日！」我說。

「先別謝我，而且我不恨生日，只是不慶祝自己的生日。抱歉，我沒包裝。」他遞給我一本螺線筆記本。

我一頭霧水。「嗯……謝謝。」

「這是左撇子用的，看？」他從另一端翻頁。「妳舊的筆記本幾乎已經寫滿筆記和電影評論了，所以我想妳很快會需要新的。」

沒有人記得我是左撇子。我的喉嚨湧出硬塊。「很棒。」

「我知道這不值——」

「不，這很完美，謝謝。」

他咬粉紅色的指甲，我們相視而笑。

「喔，聖克萊，你眞貼心。」喬許說。

依提安拿起米兒的枕頭往他丟。

「妳從來沒解釋給我聽過，」瑞絲蜜說：「妳對那些有什麼打算？那些評論？」

「喔，」我將視線扯離聖克萊身上，「這只是我一直以來的願望，我喜歡談論電影，而這一行很難進入——那有點像是終身職——所以我必須盡量練習。」

「妳為什麼不當導演？或編劇或演員之類的？」她問：「沒有人立志當影評人，那很怪。」

「那不怪，」依提安說：「我覺得很酷。」

我聳肩。「我只是喜歡……表達自己的想法，可以說服其他人瞭解某些真正美好的東西。還有，我不知道，我曾經和亞特蘭大的大影評人聊過——他住在我工作的戲院附近，所以他常到那裡看電影——有一次他吹噓說，之所以沒有出名的女性影評人，是因為女人太過心軟，所以就算是爛電影，我們也會給它四星。我想證明那不是真的。」

米兒笑。「那當然不是真的。」

依提安撐起手肘。「我認為任何認識妳的人都知道要贏得妳的讚賞並不容易。」

我看著他，一頭霧水。「那是什麼意思？」

「呵呼，」喬許假裝打呵欠，說：「所以接下來的計畫是什麼？」

我在等依提安回答，但他沒反應。我心不在焉地轉向喬許。「嗯？」

「不要整晚都坐在這裡，我們出去走走。」

他指的不是去看電影，我不自在地扭動身體。「我喜歡留在宿舍。」

喬許的眼神閃亮。「安娜，妳喝醉過嗎？」

「當然。」我說謊，但臉紅毀了我的偽裝。全部的人大叫。

「妳怎麼可能讀了半年還沒喝過酒？」瑞絲蜜問。

我侷促地蠕動。「我只是……不想，那還是感覺像犯法。」

「妳在法國，」喬許說：「妳至少應該試試看。」

他們現在開始跳上跳下了，簡直就像原始人。

「就是這樣！我們來灌醉安娜！」他們說。

「我不知道——」

「不是灌醉，」依提安微笑，他是唯一還坐著的人，「只是……開心。」

「生日喝醉快樂！」喬許說。

「開心，」依提安重複說：「來吧，安娜，我知道有個慶祝的好地方。」

因爲他開口了，我的嘴巴在大腦運作前便回答：「好吧。」我說。

我們約好晚上晚一點見。我在想什麼？我寧可留在宿舍，看一堆米歇・龔德里[17]的電影。我緊張得要命，花了好久才選好衣服，我的衣櫥沒有什麼適合酒吧的衣服。等我終於走進樓下大廳每個人都到了，連依提安都是。我很意外他竟然準時了一次。他背向我。

「好吧，」我說：「開始準備慶祝吧。」

聽到我的聲音，他轉過身，頭幾乎猛抬了起來。

我穿了短裙，是到這裡後第一次穿，但生日似乎是個合適的機會。「哇，安娜！」瑞絲蜜假裝推鏡框。「妳幹嘛把這些藏起來？」

依提安盯著我的腿，我不自覺地拉緊外套，他嚇一跳，撞上瑞絲蜜。

或許她說得對，或許我應該更常穿裙子。

---

[17] 法國導演，以影像迷幻著稱，曾是冰島歌手碧玉的御用導演，代表作有《王牌冤家》。

34

俱樂部的樂團演奏十分亢奮，吉他高亢、鼓聲強烈、歌聲嘶吼，我幾乎聽不見自己的思緒，只知道我的心情很好，非常好，爲什麼我以前不喝酒？眞白癡——根本沒什麼了不起，我終於完全瞭解爲什麼人們會喝酒了。我不確定我喝的是什麼，但知道是某種水果酒。一開始有點難喝，但我喝越多，味道越好，或我越無所謂。大概吧。老天，我覺得很怪，充滿力量。

依提安在哪裡？

我掃視黑暗的房間，越過一個個舞動的身軀，幻滅的巴黎青年透過法式龐克搖滾樂，健康地發洩怒氣。我終於看到他靠在牆上和米兒說話。爲什麼他在跟她說話？她笑著甩動捲髮，然後碰觸他的手臂。

米瑞蒂也毛手毛腳起來。我不敢相信。

不自覺地，我的腳開始推動身體前進。音樂在我的血管中彈動，我絆到某個人的腳，他用法文對我詛咒，我嘟囔著道歉，繼續蹣跚前進。他是怎麼回事？依提安，我得和依提安說話。

「嘿。」我當著他的面大吼，他抖了一下。

「老天，安娜，妳還好嗎？妳喝了多少？」米兒問。

我搖手，伸出三根手指、四根、五根，大概這樣。

「陪我跳舞。」我對依提安說。他嚇了一跳，但他將啤酒遞給米兒。她怨恨地瞪我一眼，但我不在乎。他跟我的交情比跟她好。我抓住他的手，拖他進舞池。音樂變得更加狂野，我將自己交給它。依提安的目光跟隨我的身體，找到節奏，一齊舞動。房間在四周旋轉。他汗濕了頭髮，我的頭髮也被汗濡濕。我將他拉近，他沒有反抗。我順著節奏，貼著他的身體向下，等我上來，他閉起眼睛，嘴唇微分。

我們彼此推擠。樂團奏起新的歌曲，越來越大聲，人群開始暴動，依提安跟著其他人一起唱和。我不懂歌詞——即使我會說法文，我也懷疑自己在這麼吵鬧的聲音中能夠聽懂歌詞——我只知道這個樂團比恐怖便士厲害太多了。哈！

我們跳到跳不動，呼吸困難，衣服濕透，連站都站不穩。他帶我到吧台，我用殘存的力氣抓住它，他在我身邊倒下。我們笑了起來。我在哭，我笑得好大聲。

一名陌生的女孩用法文對我們大吼。

「對不起？」依提安轉身，看到她時，眼睛震驚地睜大。女孩有一頭柔順的頭髮，表情嚴厲，她繼續吼著，而我勉強聽懂幾個髒字。他用法文回答，而我可以從他的姿態和語調判斷，他在為自己辯護。那女孩再次大吼，最後冷笑一聲，旋身推開擁擠的人群離去。

「怎麼回事？」我問。

「該死，該死。」

「她是誰？怎麼回事？」我撩起頭髮，讓脖子接觸空氣。我好熱，這裡好熱。

依提安拍拍口袋，一臉慌張。「幹，我的手機呢？」

我摸索皮包，拿出我的手機。「**用我的！**」我壓過音樂大吼。

他搖頭。「我不能用妳的。她會知道，她天殺的會知道。」他抓頭髮，在我發現之前，他已經往門口走去。我跟在他後面，我們衝出俱樂部，走進冰冷的夜裡。

雪花飄落。我不敢相信。巴黎從不下雪！竟然在我的生日下雪了！我伸出舌頭，但沒感覺到雪花。我伸得更長。他仍然瘋狂地找著手機，終於，在外套口袋找到了。他打電話給某人，但那人一定沒接，因爲他大吼，將手機塞回外套。

我往後跳。「怎麼回事？」

「怎麼回事？怎麼回事？我告訴妳怎麼回事。剛剛那個女孩，那個想殺掉我的女孩？那是愛莉的室友，她看到我們跳舞，她會打電話給她，把整件事告訴她。」

「那又怎樣？我們只是在跳舞。有什麼關係？」

「有什麼關係？關係就是愛莉聽到妳的事就會抓狂！她痛恨我們在一起，現在她會覺得其中一定有鬼——」

「她恨我？」我不懂。我對她做了什麼？我甚至有好幾個月沒見到她了。

他又大叫，踹牆壁一腳，然後痛呼。「幹！」

「冷靜點！老天，依提安，你怎麼了？」

他搖頭，表情變得空白。「事情不應該這樣結束。」他一手抓過潮濕的頭髮。

什麼應該結束？她或我？

「問題已經惡化這麼久了——」

喔，我的天。他們要分手了？

「但我就是沒準備好。」他說完。

我的心冷硬成冰。他去死，我說眞的，他、去、死。

「爲什麼不，聖克萊？你爲什麼還沒準備好？」

聽到我叫他的名字，他抬頭看我。聖克萊，不是依提安。他很受傷，但我不在乎。他又是聖克萊了。八面玲瓏、每個人的好朋友聖克萊。我**恨**他。他還沒回答，我已經踉蹌走到人行道上，我無法再看著他。我好笨，我是白癡。

跟拓夫一樣，一切再次重演。

他在背後叫我，但我繼續往前走。一步接一步。我拚命專心在腳步上，結果一頭撞上路燈。我罵髒話，踢它，一次、一次又一次，突然聖克萊將我往後拉，拉離開路燈，我又踢又叫，疲憊不堪。我只想回家。

「安娜、安娜！」

「怎麼回事？」有人問。米瑞蒂、瑞絲蜜和喬許圍著我們。

他們什麼時候來的？他們看了多久？

「沒事，」聖克萊說：「她只是有點喝醉——」

「我**沒喝醉**。」

「安娜，妳醉了，我也醉了，這太荒謬了。我們回家吧。」

「我不想跟你回家！」

「妳到底怎麼回事？」

「我怎麼回事？你膽子不小，敢這樣問。」我跌向瑞絲蜜。她穩住我，驚駭地看喬許一眼。

「只要告訴我一件事，聖克萊。我只想知道一件事。」

他瞪著我，火冒三丈、一頭霧水。

我停頓，平穩聲音。「你爲什麼繼續跟她在一起？」

沉默。

「很好，不必回答我。再告訴你一件事：也別再叫我。我們完了。晚安。」我用法文說。

我大步走開，他終於回答。

「因爲我現在不想自己一個人。」他的聲音在夜裡迴盪。

我轉身，最後一次面對他。「你一直都不是一個人，混蛋。」

35

「哇，安娜，妳的酒品眞差。」

我將被單拉過頭頂。瑞絲蜜在電話上。我頭痛得快死了。

「妳和聖克萊昨晚喝了多少？」

依提安。昨晚發生了什麼事？我記得俱樂部、記得音樂和——我們跳了舞嗎？我想我們跳了舞——喔，還有，有個女孩對我們大吼，然後我們走出去，接著……喔，不。

喔不，喔不，喔不。

我飛快坐起身，喔天殺的可惡該死，我的頭在**抽搐**。我緊閉眼睛，擋住刺眼的光線，慢慢、慢慢躺回床上。

「因爲你們簡直像在舞池裡做愛。」

眞的？

我再次張開眼睛，立刻後悔。「我想我感冒了。」我嘶啞地說。我好渴，嘴巴好乾，好噁心，感覺像是呑了傑克船長籠子底部的木屑。

「應該是宿醉，妳應該喝點水，不過別喝太多，否則妳會再吐。」

「再？」

「看妳的洗手台。」

我呻吟。「我寧可不要。」

「是喬許和我扛妳回家的，妳應該謝謝我。」

「謝謝。」我現在沒有心情謝瑞絲蜜。「依提安還好嗎？」

「還沒看到他，他昨晚去找愛莉了。」

我還以爲我不可能感覺更慘了。我絞動枕頭角。「昨天晚上，我，呃，有對他說什麼奇怪的話嗎？」

「除了表現得像個吃醋的女朋友，還有妳再也不跟他講話以外？沒，妳沒說什麼奇怪的話。」我呻吟，她一一細數昨天晚上發生的事。「聽好，」她講完昨晚的事後說：「你們兩個怎麼回事？」

「什麼意思？」

「妳知道我的意思。你們根本形影不離。」

「除了和他女朋友在一起的時候。」

「對。所以怎麼回事？」

我再次呻吟。「我不知道。」

「你們有……妳知道……做過什麼嗎？」

「沒有！」

「但妳喜歡他，而且他也喜歡妳。」

我停止咬枕頭。「妳這樣想？」

「拜託，每次妳走進房間，那傢伙就會耍白癡。」

我的眼睛又睜開來。那是個比方，或是她眞的看過什麼？不，專心點，安娜。「那又爲什麼——」

「爲什麼他還是和愛莉在一起？他昨晚說過了，他很孤單，或至少他害怕孤單。喬許說除了他媽媽那件事以外，他怕死了生活裡有任何改變。」

所以米瑞蒂說得對。依提安害怕改變，爲什麼我不曾找瑞絲蜜談過這件事？現在看起來事情很明顯，她當然有內部消息，因爲依提安會告訴喬許，喬許會告訴瑞絲蜜。

「妳眞的覺得他喜歡我？」我情不自禁問。

她嘆氣。「安娜，他老是捉弄妳，那是典型的男孩扯女孩馬尾症狀，而每當有任何人想要輕舉妄動，他馬上幫妳出頭，叫他們滾遠一點。」

「唔。」

她頓了頓。「妳眞的喜歡他，對吧？」

我努力不哭出來。「不，不是這樣的。」

「騙子。所以妳今天要不要起床？妳得吃東西。」

我跟她約好半小時後在自助餐廳見，但我不知道爲什麼要這樣做，因爲當我一離開床，就想要爬回去。我覺得噁心，頭彷彿被人拿了威浮球棒[18]猛砸。說到味道，我這才聞到自己身上的味道。我全身散發酸臭的酒氣，頭髮充滿煙燻味，還有我的衣服，喔，好噁。我跑到洗手台，開始乾嘔。

然後我發現前晚的嘔吐物，這次眞的開始嘔吐。再一次。

⑱ Wiffle Bat：專打威浮球的特製球棒，塑膠製，質輕，通常爲鮮黃色。

淋浴時，我發現腿上和腳上不知從何而來的怪異瘀青，我倒進狹小的磁磚角落，打開熱水，不斷、不斷沖洗。我遲了二十分鐘才到餐廳吃早餐——午餐，管它是什麼。巴黎覆蓋了幾吋深的雪。那是什麼時候發生的？我怎麼可能睡過這場初雪？雪地的反光讓我閉上眼睛。

幸好，當我跌撞走進餐廳時，只有瑞絲蜜獨自坐在我們的座位上。我現在無法面對其他人。

「早安，陽光。」她嘲笑我潮濕的頭髮和浮腫的眼睛。

「我不懂爲什麼大家會覺得喝酒很開心。」

「妳昨天跳舞的時候可開心得很。」

「可惜我忘光了。」

瑞絲蜜將一盤白土司推到我面前。「吃這個，然後喝點水，不過別喝太多，妳可能會再吐。」

「我已經吐過了。」

「那麼，妳已經有了好的開始。」

「喬許呢？」我撕了一小口土司。嗯，我不餓。

「吃完會舒服一點。」她朝我的盤子點頭。「他還在睡。妳知道我們不是時時刻刻都黏在一起。」

「喔，是啊，所以我們老是混在一起。」

天哪。

瑞絲蜜棕色的皮膚泛紅。「我知道妳可能會很吃驚，安娜，不過妳不是唯一有問題的人。喬許和我最近處得並沒有很好。」

我在椅子上往下滑。「對不起。」

她把弄果汁的蓋子。「算了。」

「所以……發生了什麼事？」我花了點時間說服她，但一旦出口，就像水壩潰堤。結果他們吵架的次數比我以爲的更多，吵喬許蹺課、吵她逼迫他。她覺得他是因爲她明年畢業而不高興，但他會留下來。我們都會去上大學，但他還不行。

我從未想過這件事。

她也不喜歡她妹妹尙琪妲老是和亞曼達那夥人廝混，擔心她弟弟尼契被欺負，生氣父母老是拿她和姐姐比較，麗拉兩年前從美國學校畢業時擔任過畢業生致詞代表。米兒忙著練習足球，沒時間出去，依提安和我總是形影不離，而……她失去了她最好的朋友。

愛莉還是沒打電話給她。

當她在吐苦水的時候，我羞愧地發現我從未想過她沒人可以談心。我是說，我知道愛莉是她的死黨，而她已經不再回來，但我不知怎地忽略了那表示瑞絲蜜沒有其他人，或許我以爲她有喬許就夠了。

「但我們會把問題解決的，」她在說他，努力不哭出來，「我們一直都能解決問題，只是很困難。」我遞給她餐巾，她擤鼻涕。「謝謝。」

「別客氣。謝謝妳的土司。」

她對我露出不穩的微笑，當她看見我背後時，笑容消失了。我在椅子上轉身，隨她望過去。是他。

他的頭髮一團亂，穿著拿破崙上衣，我從沒見過它皺成這樣。他拖著腳步走向波汀先生點一盤白土司，彷彿一整個星期沒睡覺，但還是一樣帥氣。我的心碎了一地。「我該說什麼？我該對他說什麼？」

「深呼吸，」瑞絲蜜說：「先深呼吸。」

我根本無法呼吸。「要是他跟我說話怎麼辦？我叫他別再跟我說話了。」

她伸手，捏我的手。「妳沒問題的，他過來了，所以我得放開妳的手。自然一點，妳沒問題的。」

是啊，我沒問題，才怪。

他花了漫長的時間才走到我們桌邊，我閉上眼睛，擔心他不會跟我們坐，擔心他眞的不再跟我說話，然後他的餐盤砰地放在我的對面。我不記得他上次沒坐在我身邊是什麼時候，但沒關係。只要他在就好。

「嗨。」他說。

我張開眼睛。「嗨。」

「天哪！」瑞絲蜜說：「我得打電話給喬許。我答應會在吃飯前叫他，竟然忘記了。晚點見。」然後她飛快逃走，彷彿我們有傳染病。

我沿盤緣推著土司，試著再咬一口。噁。

依提安咳嗽。「你還好嗎？」

「不好，妳呢？」

「爛斃了。」

「你看起來也很可怕。」

「頭髮像淋濕的動物一樣滴水的傢伙有資格說這句話？」

我勉強笑了笑，他僵硬地聳聳肩。

「謝謝，依提安。」

他戳土司，但沒有拿起來。「所以我又是『依提安』了？」

「你有太多名字了。」

「我只有一個名字，只是大家硬要把它拆開來。」

「算了，對，你又是依提安了。」

「很好。」

我懷疑這種互動算不算道歉。「她好嗎？」我不想說她的名字。

「氣壞了。」

「抱歉。」我並不抱歉，但我強烈地希望證明我們可以繼續當朋友，我心中有一種需要他的痛苦渴望。「我不想搞砸事情，我不知道我是怎麼回事——」

他揉太陽穴。「拜託不要道歉，那不是妳的錯。」

「但如果不是我拖你去跳舞——」

「安娜，」依提安緩緩地說：「妳沒有逼我做任何我不想做的事。」

我的臉熱了起來，那個認知像炸彈一樣在我心裡爆發。

他喜歡我，依提安眞的喜歡我。

事實浮現的同時，立刻被疑惑取代，那個噁心的念頭將我的情緒推到光譜的另一端。「不過……你還是跟她在一起？」

他痛苦地閉上眼睛。

我無法控制聲音。「你整晚都和她在一起！」

「沒有！」依提安的眼睛迅速睜開。「不，我沒有。安娜，我很久沒有和愛莉……一起過夜了，」他懇求地看著我，「在聖誕節之前就沒有了。」

「我不懂你爲什麼不和她分手。」我哭了起來，我想要的結果近在眼前，卻又遠在天邊，讓人好痛苦。

他一臉慌張。「我和她在一起這麼久了，共同經歷很多事，這很複雜——」

「不會複雜。」我起身，將餐盤推過桌子，土司撞出餐盤，掉到地上。「我介入你們，你拒絕我，我不會犯下同樣的錯誤。」

我大步離開。

「安娜！安娜，等等！」

「歐立分，感覺好一點了嗎？」我差點一頭撞上大衛，連忙往後退。他露出微笑。他的朋友麥可和艾米麗・汨德通（就是那個粉紅色片染的女孩）端著午餐盤，站在他後面。

「嗯，什麼事？」我回頭看，依提安站起來，本來打算跟上我，但看到大衛後，便開始猶豫。

大衛大笑。「我昨晚在大廳看到妳。我猜妳不記得了。那時妳的朋友正努力要扶妳進電梯，我幫他們扶妳。」

瑞絲蜜沒提到這段。

「妳在洗手台吐得好慘。」

大衛在我房間？

「妳今天還好嗎？」大衛將一綹粗糙的頭髮塞回耳後。

我再看依提安一眼，他往前走，然後再次遲疑。我轉頭看向大衛，心中新湧起一股醜陋冷硬的惡意。「我很好。」

「眞酷，我們今天晚上要去蒙馬特街一間愛爾蘭酒吧，妳要來嗎？」

我暫時喝夠酒了。「謝謝，不過我寧願待在宿舍。」

「眞酷，或許改天？」他微笑，推推我。「等妳感覺好點以後？」

我想要懲罰依提安，像他傷害我一樣傷害他。「好，那也不錯。」

大衛抬起眉毛，似乎很驚訝。「眞酷，那下次見。」他再次微笑，帶了一點害羞，然後跟朋友走向房間另一端的位置。

「眞酷，」依提安在我背後說：「跟妳聊天還眞是夠冷。」

我轉身。「你有什麼毛病？你可以繼續跟愛莉交往，我卻不能跟大衛聊天？」

依提安露出羞愧的表情，盯著他的靴子。「對不起。」

我甚至不知道該怎麼看待他的道歉。

「我很抱歉，」他又說一次，這次他抬起頭看我，懇求我，「我知道這樣要求很不公平，但我需要多一點時間，釐清頭緒。」

「你已經花了整整一年的時間。」我的聲音冷漠。

「拜託，安娜，拜託當我的朋友。」

「你的朋友，」我發出苦澀的笑聲，「好啊，當然。」

依提安無助地看著我。我想要拒絕他，但我從來無法拒絕他。「拜託。」他再次說。

我雙臂抱胸，保護自己。「當然，聖克萊，我們是朋友。」

36

「我不敢相信妳和大偉一起吃午餐。」米兒看著他大搖大擺地走過走廊，搖頭。我們往反方向離開，去上物理課。

「大衛。」我糾正她。「爲什麼？他人不錯。」

「如果妳喜歡老鼠，」聖克萊說：「妳看那排暴牙，吃東西一定很辛苦。」

「我知道你不喜歡他，但你可以至少試著文明點，」我努力不去指出我們不甚完美的停火協議。過去幾個星期很難熬，聖克萊和我依舊是朋友——理論上——但狀況又回來了，甚至比感恩節後更糟、更難以忽視，明顯到幾乎可以看得見，一團沉重的物體逼我們拉開距離。

「怎麼說？」他懷疑地問：「你們開始約會了？」

「是啊，在他向我求婚後我們便訂好了第一次約會。拜託，我們只是朋友。」

米兒微笑。「大衛不想只當朋友。」

「嘿，你們知道英文課要交什麼作業？」我問。

「轉移話題是安娜的專長。」瑞絲蜜說，不過是開玩笑的口吻。自從我生日第二天的早餐後，我們之間的氣氛便改善多了。

「我沒有轉移話題，我眞的沒聽到作業是什麼。」

「怪了，」聖克萊說：「我明明看到妳抄下來了。」

「有嗎？」

「有。」他說，口氣挑釁。

「喔，好了，你們兩個，」米瑞蒂說。朋友受夠了我們老是吵架，不過他們還不知道我們目前的詳細狀況。我希望保持現狀。「安娜，作業是比較《廚房》中的兩篇故事，記得嗎？」

我當然記得。其實我很期待這項作業。我們剛讀完日本作家吉本香蕉[19]的作品，是我目前最喜歡的一部。她的兩篇故事都在敘述心痛和哀痛，但筆調卻……簡單而浪漫。我情不自禁地想到我爸爸的作品。

他的寫作主題也是愛情和死亡，但他的故事充滿無病呻吟的通俗戲，吉本則是著重於療癒的過程。她的角色同樣遭受過創傷，但卻努力共同重建生活，學會再次愛人。她的故事有更多困難，但結局也帶來更多收穫。主角們在故事開始和中間都飽受痛苦，結局卻不然，都會找到正面的解決方式。

我應該寄給爸爸一本，用紅筆把快樂的結局圈起來。

「呃，」聖克萊說：「我們要不要一起來寫作業？今晚？」

他在努力表示友善，聽起來很痛苦。他努力嘗試，我努力潑他冷水。「我不知道，」我說：「我得去量結婚禮服。」

聖克萊的臉上閃過挫敗，爲了某些理由，我並不如預期地因此感到快意。啊，算了。「當然，」我說：「那還……不錯。」

「對了，我要借你的微積分筆記，」米兒說：「我一定漏聽了什麼，聽不太懂今天的課。」

[19] 又譯爲吉本芭娜娜，代表作爲《廚房》。

「喔，」聖克萊說，彷彿這才注意到她在，「當然，我可以借妳，等妳來的時候。」

瑞絲蜜嗤笑，但沒說什麼。

他又轉向我。「所以妳喜歡這本書嗎？」

「是啊。」尷尬的氣氛卡在我們之間。「你呢？」

聖克萊思考了一會兒。「我最喜歡作者的名字，」他終於說：「香蕉。」他用法文腔唸。

「你的發音錯了。」我說。

他輕輕推我。「我還是最喜歡這個名字。」

□

「歐立分，第九題的答案是什麼？」大衛低聲說。

我們在做pop小考。我進行得不太順利，畢竟動詞變化不是我的強項。我還能應付名詞——船是陽性、鞋帶是陽性、彩虹是陰性。可是動詞？眞希望每個句子都能用現在式表示。

我昨天晚上到店裡買牛奶！

昨天晚上他開了兩小時公車！

上星期，我在沙灘上爲你的貓唱歌！

我確認居禮教授沒在注意，才回答大衛：「不知道。」我低聲說。事實上我知道答案，只是討厭作弊。他舉起六根手指，我搖頭，眞的不知道那個問題的答案。

「第六題？」他嘶聲問，確認我弄懂他的意思。

「希金邦先生！」

大衛僵直了身子，等斷頭台走過來。她從他手中抽走考卷，我不必懂得法文，也知道她說什麼。慘了。「還有妳，歐立分小姐。」她也抽走我的考卷。

那不公平！「可是——」

「我不容忍作弊。」她的臉色嚴厲到我只想躲到桌子底下。她大步走回教室前面。

「什麼鬼？」大衛低聲說。

我朝他噓了聲，但斷頭台飛快轉身，用法文腔斥道：「先生！小姐！我以爲我說得很清楚了——考試不准講話。」

「對不起，教授。」我說，但大衛辯說他沒說話，眞蠢，明明全班都聽到了。

接著……居禮教授把我們趕出教室。

我不敢相信，我從沒被趕出過教室。她罰我們站在大廳裡，一直到時間結束，但大衛另有計畫。他踮起腳尖開溜，示意我跟上。「來吧，我們只要走到樓梯間去講話。」

但我不想去，我們已經惹上夠多麻煩了。

「她不會發現的。我們在下課前就會回來。」他說：「我保證。」

大衛眨眼睛，我搖搖頭，還是跟上去。我爲什麼拒絕不了可愛的男生？我以爲走到樓梯間他就會停下來，但他一路走下樓。我們走出學校到街上。「好多了，對吧？」他問：「今天這種天氣，誰想整天窩在裡面？」

外面很冷，我寧可窩在學校，但我沒說話。我們坐在冷冰冰的長椅上，大衛滔滔不絕地說著雪橇、滑雪或類似的東西。我沒在聽，我在想居禮教授願不願意讓我補考，想她會不會檢查走廊，想我會不會惹上更多麻煩。

「妳知道，我有點高興我們被趕出來。」大衛說。

「嗯？」我將注意力轉回他身上。「為什麼？」

他微笑。「我才有機會跟妳單獨相處。」

然後——事情就這樣發生了——大衛靠過來，吻了我。

我、吻了、大衛．希金邦。

而且……還不錯。

一道人影籠罩我們，我離開他的嘴唇，那開始有點過分了。「可惡，我們錯過鐘響了？」他問。

「不，」聖克萊說：「你們還可以互相撞五分鐘的牙齒。」

我羞愧地往回縮。「你在這裡做什麼？」

米瑞蒂站在他後面，抱著一疊報紙。她露齒而笑。「應該是我們問妳這個問題才對。我們在幫韓生教授跑腿。」

「喔。」我說。

「嗨，大衛。」米兒說。

他朝她點頭，但眼神望著聖克萊，後者的表情冷硬。

「不過！我們不打擾你們……在做的事。」米兒的眼睛閃爍，拉聖克萊的手臂。「再見，安娜。拜拜，大衛！」

聖克萊將手插進口袋，避開我的眼睛，抬頭大步走開，我的胃翻了過來。「那傢伙有什麼問題？」大衛問。

「誰？依提安？」我很意外自己口中說出這個名字。

「依提安？」他抬起眉，「我以爲他的名字是聖克萊。」

我想反問「那你又爲什麼叫他那傢伙？」但那樣說很沒禮貌，所以我聳肩。

「話說回來，妳爲什麼老是跟他在一起？女生老是在聊他的事，但我看不出他有什麼了不起的。」

「因爲他很風趣，」我說：「他人眞的挺不錯的。」

不錯。上次我也是這樣向聖克萊描述大衛。我怎麼回事？最好大衛跟聖克萊有任何共通點。但他看起來很不高興，而我有點自責：當著大衛的面稱讚聖克萊並不公平，更不該在吻過他之後。

大衛將手插進口袋。「我們該回去了。」

我們跑上樓，我幻想居禮教授正等著我們，像頭憤怒的火龍一樣鼻孔冒煙。但等我們抵達，大廳裡空無一人。當她上完課時，我偷看教室窗戶。她看見我，點點頭。

我不敢相信。

大衛說對了，她根本沒發現我們不在。

37

好吧，大衛不像聖克萊那麼迷人。他有點過瘦，也有點暴牙，但是他長了雀斑的鼻子很可愛，我也喜歡他撥開眼前亂髮的方式，他輕佻的微笑仍然能讓我心跳加速。沒錯，他有一點幼稚，但和他的朋友麥可．雷納不同，麥可老是談論那個粉紅片染女孩的胸部，就連她會聽見也一樣。而雖然我不覺得大衛對歷史書有興趣，他也不戴媽媽織的可笑帽子，但重點是：大衛是單身，聖克萊不是。

我們接吻過後一星期，我們心照不宣地開始約會，應該算是。我們去散了幾次步，他請我吃了幾次東西，我們到學校附近的幾個地方去玩，但我不和他的朋友出去，他也從不和我的朋友出門。這樣很好，因爲他們一直拿大衛取笑我。

我和他們窩在大廳。星期五晚上，沒什麼人。奈德在櫃台後，因爲平常的值班人員罷工了。巴黎總是有罷工，這裡遲早也會發生。喬許幫瑞絲蜜畫素描，瑞絲蜜和遠在印度的父母講電話，聖克萊和米瑞蒂幫彼此測驗，準備行政學的考試。我在檢查電子郵件，震驚地發現其中一封是布麗姬寫來的，她已經將近兩個月沒寫信了。

我知道妳不想聽到我的消息，但我想我必須最後再努力一次。很抱歉沒有告訴妳拓夫的事，我很害怕，因爲我知道妳有多喜歡他。我希望有一天妳能瞭解我不是故意傷害妳的，希望妳在巴黎的第二個學期順利。我很高興只要再兩個月就畢業了，我等不及要參加畢業舞會了！美國學校有畢業舞會嗎？妳會跟男生一起去嗎？那個英國人怎麼樣？聽起來像是「友誼以上」的狀況。無論如何，我很抱歉，希望妳過得很好。我不會再吵妳了。我也沒再用很難的字，因爲我知道妳討厭那樣。

「妳還好嗎，安娜？」聖克萊問。

「什麼？」我關掉筆電。

「妳看起來好像聽見狗爸媽戲院要關門了。」他說。

布麗姬和拓夫要去畢業舞會。我爲什麼這麼激動？我以前從來不在乎畢業舞會，但他們會照皮夾大小的照片，他會穿他在歌裡諷刺的燕尾服和別針，她則會穿上華麗的禮服，他會挽著她的腰，擺出愚蠢的姿勢，然後他們會留下永恆的合影紀念。我卻永遠不能參加畢業舞會。

「沒事，我很好。」我背對他，抹掉眼淚。

聖克萊坐起身。「明明有事，妳在哭。」

前門打開，高分貝的吵雜聲響起，大衛、麥可和三名十一年級的女孩走進來。他們喝多了，笑得很大聲。那個粉紅片染的女孩，艾米麗．汨德通扣著大衛的手臂，他一手隨意地攬著她的腰。畢業舞會照片。尖銳的嫉妒讓我嚇了一跳。

艾米麗的臉頰殷紅，笑得比誰都大聲。米兒用腳尖踢我。其他人，甚至包括喬許和瑞絲蜜，都興味十足地旁觀這個場面。我重新打開筆電，決心不要將心中的怒氣表現出來。

「安娜！」大衛誇張地大揮著手。艾米麗的表情很難看。「妳錯過了！」他甩開她，雙手僵直，搖搖晃晃地朝我走過來，看起來像是剛孵化，翅膀使不上力的小雞。「妳知道那間有藍色窗戶的咖啡店嗎？我們偷走他們外面的桌椅，放到噴泉裡。妳應該瞧瞧侍者發現時的表情，太好笑了！」

我看向大衛的腳，眞的，濕透了。

「妳在做什麼？」他倒在我身邊。「檢查郵件？」

聖克萊冷哼。「我們來頒獎表揚這名男孩優秀的觀察能力。」

我的朋友嗤笑，我再次爲大衛和自己覺得尷尬，但大衛甚至沒看向聖克萊，只是繼續微笑。

「喔，我看見筆電，看見可愛的皺眉表情，表示她很專心，我把兩個加起來——」

「不要。」我制止聖克萊開口，他閉上嘴，一臉訝異。

「想要上樓嗎？」大衛問：「我們打算在我房間清醒一下。」

我或許該這麼做，畢竟他多少算我男朋友。此外，我對聖克萊很不滿。他不友善的眼神反而讓我下定決心。「當然。」

大衛歡呼，拉我站起來，然後踩過聖克萊的教科書，聖克萊看起來想要殺人。「只是本書。」我說。

他厭惡地皺眉。

大衛帶我到五樓，聖克萊住的樓層。我忘記他們是鄰居了。結果他的房間是我在巴黎見過最……美國風的地方。牆上貼滿低俗的海報——〈牆上的九十九瓶啤酒〉[20]、《大麻狂熱》[21]、一名穿白色比基尼的巨乳女郎，乳溝沾滿沙子，噘嘴的表情彷彿在說：「你相信嗎？沙灘上竟然有沙！」

女孩們躺到大衛凌亂的床上，麥可跳到她們身上，她們尖叫著打他。我在門口猶豫，大衛拉我進門，坐到他的膝蓋上。我們坐在他的書桌椅上，另外一個男生走進來，他叫保羅？彼得？大概是這個名字，他也是十一年級。一名穿著緊身牛仔褲的黑髮女孩伸展身軀，刻意向保羅／彼得展示她的肚臍環。喔，拜託。

派對分散，大家各自找伴，艾米麗落單，所以她離開了，最後不忘惡狠狠瞪我一眼。大衛的舌頭伸進我嘴裡，但我放鬆不下來，因爲他今晚猛流口水。他的手溜進我的上衣，停留在我的背脊底端。我看向他另一隻手，發現他的手沒比我大多少。他有雙小男孩的手。

「我要小便。」麥可．雷納起身，讓他今晚的女伴摔到地上。我以爲他會離開房間，結果相反地，他做了不可原諒的舉動。他拉開褲頭——當著全場人的面——在大衛的浴室裡尿尿。

沒有人說半句話。

「你不阻止他嗎？」

但大衛沒回答我的問題，他的頭往後仰，嘴巴張開。他睡著了？

「大家都在浴室尿尿。」麥可朝我彎起嘴。「怎麼？妳會在浴室外面排隊？」

□

我壓下厭惡，衝下樓梯，跑回我那一樓。我在想什麼？我可能染上任何致命的疾病。大衛絕

⑳ 北美通俗歌曲，通常是兒童在校外教學時唱的。

㉑ 三〇年代反大麻宣導片，後來成爲大麻愛好者圈中的另類喜劇片。

對不曾清理過房間，我回想起聖克萊整齊、舒適的小房間，從全新的角度嫉妒起愛莉。聖克萊絕對不會張貼啤酒海報、舉辦轟趴或把浴室當成廁所。

我怎麼會跟大衛扯在一起？我從來沒做過這個決定，只是讓它自然發生。我和他交往，只是因為我生聖克萊的氣？那個念頭讓我緊張起來，現在我覺得又羞愧又愚蠢。我伸手拿項鍊，新的恐慌升起。

鑰匙，我找不到鑰匙。

我丟在哪裡了？我詛咒，因爲我絕對不願意再回大衛的房間。或許我丟在樓下，又或許我一開始就沒帶出來，那表示我得到櫃台去？可是——我再次詛咒——他們罷工了，那表示我得去奈德的房間，表示我必須半夜吵醒他，表示他會大發脾氣。

米兒的房門砰的打開，是聖克萊。

「晚安。」他說，關上她的門。她回道晚安。他瞪著我，我顫抖一下。他知道我在外面。

「和希金邦玩得愉快嗎？」他諷刺。

我不想談大衛，只想找回該死的房間鑰匙，還有我要聖克萊離開。「嗯，棒呆了，謝謝。」

聖克萊眨眼睛。「妳在哭，今天晚上妳哭兩次了。」他的聲音重新繃緊。「他傷害妳了？」

我抹掉眼淚。「什麼？」

「我要殺掉那混帳——」

我還來不及拉他回來，他已經往樓梯走去。「不是！」聖克萊看著我拉住他的手，我匆忙放開。「我被鎖在外面，只是生氣我笨到把鑰匙弄丟了。」

「喔。」

我們站在原地半晌，不確定接下來該怎麼辦。「我要下樓，」我迴避他的視線，「或許丟在樓下。」

聖克萊跟著我，我累到沒力氣抗議。他的靴子在空曠的樓梯間迴響，喀、喀、喀。漆黑的大廳空無一人。三月的風搖晃前門的玻璃。他四處摸索，打開燈。那是一盞彩繪玻璃飾燈，上面是紅蜻蜓和發亮的藍綠格狀裝飾。我動手抬起沙發椅墊。

「可是妳一直都坐在上面。」他說。我回想，他說得對。他指向一張椅子。「幫我舉起這個，或許是被踢到下面。」

我們將椅子搬到旁邊，沒看見鑰匙。

「可不可能掉在樓上？」他很不自在，所以我知道他說的是大衛的房間。

「不知道，我太累了。」

「我們要去看看嗎？」他遲疑。「或者……我去看看？」

我搖頭否決，很高興他沒逼我。

他看起來也鬆了口氣。「那奈德？」

「我不想吵醒他。」

「妳可以——」聖克萊咬指甲，很緊張。「妳可以睡我房間。我睡地板，讓妳睡床上。我們不必，呃，再睡在一起。如果妳不想要。」

這是第二次我們提到那個週末，第一次是在聖誕節他寫來的電子郵件裡。我很震驚，全身因為受到誘惑而渴望疼痛，但那是爛到無以復加的爛主意。「不，我——我最好現在解決，因為我明天還是得要見奈德，向他解釋……為什麼在你房間。」

他很失望嗎？他停了半晌才回答：「那我陪妳去。」

「奈德會氣炸了，你應該去睡覺。」

但他走向奈德的房間敲門。一分鐘過後，奈德打開門，光著腳，穿舊T恤和平口短褲。我轉過頭，很尷尬。他揉揉光頭。「嗯啊？」

我盯著他鑽石格紋的地毯。「我被鎖在寢室外面。」

「嗯？」

「她忘了帶鑰匙，」聖克萊說：「可以借用你的備份鑰匙嗎？」

奈德嘆氣，讓我們進房間。他的房間比我們的大上許多，除了獨立的臥室，還有私人浴室、客廳和面積完整的廚房（不過以美國的標準來說算小）。他摸索客廳的木櫃，釘子上掛滿了銅鑰匙，每支鑰匙上方都用金漆寫了號碼。他拿起408號鑰匙，遞給我。「早餐前交回來。」

「當然，」我緊抓住鑰匙，它刺進我的掌心。「對不起。」

「出去。」他說，我們匆忙跑進走廊。我瞥見他那一盆保險套，回想起另一段尷尬的感恩節回憶。

「看吧？」聖克萊關掉蜻蜓檯燈。「沒那麼恐怖。」

大廳再次陷入一片漆黑，唯一的光線來自櫃檯的螢幕保護程式。我摸索往前，輕拍牆壁找路。聖克萊撞上我。「對不起。」他說，溫暖的呼吸撲上我的脖子，但他沒有退開來，繼續緊貼著我，沿著走廊前進。

我的手找到樓梯間的門打開，兩人遮住眼睛，擋住突然而來的亮光。聖克萊關上背後的門，但我們沒爬上樓梯。他仍然緊貼著我，我轉身，他的嘴唇僅有一息之遙，我的心跳如此激烈，幾乎就要爆炸，但他蹣跚後退。「所以妳和大衛……」

我盯著他貼在門板上的手，那不是小男孩的手。

「過去了，」我說：「再也沒有關係。」

他頓住，又往前一步。「我想妳不打算告訴我之前那封電子郵件是怎麼回事？」

「不。」

又一步。「但妳很激動，爲什麼不告訴我？」

我往後退。「因爲那很尷尬，而且與你無關。」

聖克萊挫折地皺起眉。「安娜，如果妳不能告訴最好的朋友妳有什麼困擾，還能告訴誰？」

就這樣，讓我第三次必須努力不哭出來。儘管有這些尷尬和爭吵，他依舊把我當成最好的朋友。這些話帶給我出乎意料的解脫。我想念他，我討厭生他的氣。在我發現之前，已經滔滔不絕地說起布麗姬、拓夫和畢業舞會的事，他專心地傾聽，眼睛一直停留在我身上。「我永遠沒辦法參加！爸爸幫我在這裡註冊的那一刻起，他也同時剝奪了我參加畢業舞會的機會。」

「可是……畢業舞會很無趣，」聖克萊很困惑，「我以爲妳很慶幸我們沒有。」

我們一起坐在樓梯最底階。「以前是，但現在不是。」

「可是……拓夫是個笨蛋，妳痛恨他，還有布麗姬！」他看我一眼。「我們還是討厭布麗姬，對吧？我錯過什麼了嗎？」

我搖頭。「我們還是討厭她。」

「很好，那這是很恰當的懲罰，想一想，她會穿上任何有理智的女孩都不想穿的可怕絲綢禮服，打扮得花枝招展，然後拍下那些可怕的照片——」

「照片。」我慘叫。

「不，那些照片很可怕，安娜。」他看起來真的很厭惡。「姿勢很不自然，標題又恐怖：難忘的一夜、魔幻時刻——」

「美夢成真。」

「沒錯。」他用手肘推我。「喔，別忘了還有紀念照片鑰匙圈，布麗姬一定會買一個，然後拓夫會很尷尬，因此跟她分手，事情就是這樣。畢業舞會將是一場徹底的慘劇。」

「他們還是有機會打扮得漂漂亮亮。」

「妳討厭打扮。」

「他們還是有機會跳舞。」

「這裡也可以跳舞！感恩節的時候妳還在大廳櫃檯上跳過舞，」他大笑。「布麗姬在畢業舞會上才沒有機會在桌上跳舞。」

我努力保持氣憤。「除非她喝醉了。」

「沒錯。」

「她很可能會。」

「不是『可能』，她會喝得爛醉。」

「然後很丟臉地吐出晚餐——」

他抬起頭。「噁心的舞會食物！我怎麼會忘記？跟橡膠一樣的雞肉、罐裝烤肉醬——」

「通通吐在拓夫鞋子上。」

「真悲慘，」他說：「而且我保證會剛好在拍照片的時候發生。」

我終於忍不住笑了出來，他微笑。「這樣好多了。」

我們凝視彼此。他的微笑變得溫柔，又推了我一下。我將頭靠在他肩上。自動時間控制的樓梯間燈光熄滅。

「謝謝，依提安。」

聽到他的名字，他僵硬一下。在黑暗中，我將他的一手拉到膝蓋上捏了捏。他回捏一下。他的指甲都被咬短了，但我喜歡他的手。

大小剛好。

38

我終於知道爲何人們一直歌頌巴黎的春天了。綠葉新萌，栗子樹結滿粉紅花苞，人行道旁植滿金綠色的鬱金香。舉目望去，巴黎人都帶著滿面笑容。他們換掉了羊毛圍巾，改成更薄、更輕、更柔和的圍巾。今天盧森堡公園很熱鬧，充滿了愉悅的人潮。在今年第一個暖日裡，每個人的心情都很好，我們已經好幾個月沒見到陽光了。

但我是爲了不同的理由心懷感激。

今天早上，依提安接到電話：蘇珊・聖克萊不會成爲詹姆士・艾許里小說中的主角。她的正子斷層沒有掃描到殘留的癌細胞，雖然接下來每三個月就要接受一次檢查，但到目前爲止，此時此刻，他母親正生氣勃勃地活著。

我們出門慶祝。

依提安和我懶洋洋地躺在大水池前，許多人在八角形的大水池裡玩模型船。米瑞蒂在對街的室內球場進行足球比賽，喬許和瑞絲蜜去參觀，我們也去看了一下。她踢得很精彩，但我們對運動比賽的興趣只能勉強維持那麼久。看了十五分鐘，依提安便開始跟我說悄悄話，對我擠眉弄眼。我一下子便被說動了。我們打算等一下就趕回去看結果。

奇怪的是，這個公園就在拉丁區附近，我卻一直錯過，直到今天才第一次造訪。依提安已經帶我看過養蜂班、果園、偶戲院、旋轉木馬，和一群專心玩法式滾球（一種草地保齡球）的紳士。他說我們正在參觀巴黎最美麗的公園，但我認爲這是全世界最美麗的公園。希望我能帶辛恩來這裡。

一艘小帆船在我們背後划過，我快樂地嘆息。「依提安？」我們並肩躺著，靠在巴辛湖畔的石頭上。他改變姿勢，腳找到舒適的角度靠著我。我們閉著眼睛。「嗯？」他問。

「這比足球賽好多了。」

「嗯，可不是嗎？」

「我們太墮落了。」我說。

他懶懶地拍我一下，我們輕聲笑著。過了半晌，我才發現他在叫我。

「怎麼了？」我一定是不小心睡著了。

「妳的頭髮上有艘帆船。」

「嗯？」

「我說：『妳的頭髮上有艘帆船。』」

我試著抬頭，又被扯回去，卡住了。他沒開玩笑。一名約莫跟辛恩同年的小孩氣呼呼地走過來，用飛快的法語說著話。依提安大笑，看著我努力將玩具帆船從我的頭上解開。小船翻了過去，我的頭髮落進湖裡，小男孩對我大叫。

「哈囉，勞煩一下？」我惱怒地看依提安一眼，他收斂了大笑，改成一陣竊笑，掙扎爬起身，同時小男孩抓住我糾纏的濕頭髮用力拉扯。

「噢！」

依提安斥責他，小男孩鬆開手。依提安的手指伸進我的頭髮，輕柔地鬆開船帆、帆線和木頭，然後將帆船交給男孩，又說了些話，這次的語調比較溫和，希望是教他以後讓船避開無辜的路人。男孩拿回玩具溜走。

我擰乾頭髮。「噢。」

「水很乾淨。」他露齒笑。

「可想而知。」但我很高興他馬上就知道我的想法。

「來。」他起身，伸出手。我拉住他的手，藉他的幫助站起來。我以爲他會放開，但他沒有，反而拉著我走到遠離池塘的安全位置。

牽他的手感覺很好，很舒服。

我希望朋友們可以更常牽手，就像我偶爾在街上看到的小孩那樣。我不明白爲什麼長大以後我們反而羞於這樣做。我們坐在大片粉紅花蔭底下的草地上，我環顧四周，尋找戴糾察小帽的草地警察，他們總是急著將市民趕離草地，但卻沒看見。碰到這種事，依提安總是出奇地好運。我的頭髮在上衣背後滴水，但感覺沒那麼糟了。

我們仍牽著彼此的手。

好吧，我們應該放手了。正常來說，現在是應該放手的時候。

爲什麼我們還不放手？

我努力盯著大水池，他也一樣。我們不是在看船。他的手很燙，但沒鬆開，然後——他靠近了點，那距離幾乎沒辦法察覺。我低頭，看見他的上衣後背拉高，暴露出一小塊背部，他的肌膚光滑而白皙。

這是我見過最性感的景象。

他再次換了姿勢，我的身體也跟著動。我們的手臂相貼，雙腿相抵。他的手壓住我，命令我看向他。

我照辦了。

依提安深色的眼睛探索著我。「我們在做什麼？」他的聲音繃緊。

他如此英俊、如此完美。我頭昏腦脹，心跳如雷，脈搏加速。我微傾頭，貼向他，他以同樣緩慢的速度靠近我。他閉上眼睛，我們的唇輕輕刷過彼此。

「如果妳叫我吻妳，我會照做。」他說。

他的手指輕撫我的手腕，我開始燃燒。

「吻我。」我說。

他吻了我。

□

我們瘋狂地擁吻，彷彿生命繫於一線。他的舌頭滑入我的口中，溫柔但堅定，我從未體驗過這種感覺。我突然瞭解人們爲什麼用融化來形容親吻，因爲我的每一吋都融進了他的身體。我的手指探進他的頭髮，拉近他。我的血管躍動，心臟爆炸，我從未如此渴望任何人，從來沒有。

他推倒我，我們躺下，當著拉著紅氣球的小孩、下棋的老人和拿著地圖的遊客面前。我不在乎，我不在乎任何人看到。

我只想要依提安。

他壓在我身上的重量非比尋常，我感覺到他——全部的他——緊貼著我，我聞著他的刮鬍膏，以及其他……他獨有的氣息，我從未想像過的美味香氣。

我渴望呼吸他的味道、舔舐他、品嚐他、啜飲他。他的嘴唇味道有如蜂蜜，臉上微帶鬍碴，刮過我的肌膚，但我不在乎，一點也不在乎。他感覺起來如此美妙，他的手無所不在，我不在乎他的唇已經壓在我上面。我想要他更近一點、更靠近一點。

然後他頓住。本能地，他的身軀僵硬起來。

「你們怎麼可以這樣？」一名女孩哭喊。

39

我第一個念頭是愛莉。

被愛莉撞見了，她會當場空手掐死我，在所有操偶師、旋轉木馬、養蜂人的見證下。我的喉嚨會變成紫色，然後無法呼吸，最後死掉。然後她會入獄，一輩子不停用乾人皮製成的信紙，寫變態的信給依提安。

但那不是愛莉，是米瑞蒂。

依提安從我身上跳起來。她別開頭，但我已經發現她在哭了。「米兒！」我來不及說別的，她已經跑掉了。我看著依提安，他不可置信地搔著頭。

「該死。」他說。

「確實該死。」瑞絲蜜說。我震驚地發現她和喬許也在場。

「米瑞蒂，」我呻吟，「愛莉。」我們怎麼會讓這種事發生？他有女朋友，我們還有個朋友愛著他——一個公開的、從來不是秘密的秘密。

依提安跳起來，上衣沾滿了草屑，然後跑掉了，他追在米瑞蒂背後，大喊她的名字，消失在灌木叢後方。喬許和瑞絲蜜在說話，我卻聽不懂他們說什麼。

依提安丟下我？為了米瑞蒂？

我無法吞嚥，喉嚨哽住。我不只被逮到親吻一個我無權親吻的人——而且那是我生命中最美好的一刻——他還拋下了我。

當著所有人面前。

我面前出現一隻手，我茫然地沿著他的手腕、手肘、骷髏刺青、肩膀、脖子，看到他的臉。是喬許。他拉住我的手，扶我起來。我的臉頰濕了，我連什麼時候開始哭的都不知道。

喬許和瑞絲蜜沒說話，帶我到長椅坐下，聽我抽噎著說我不知道事情怎麼發生的，說我不是故意傷害任何人，拜託他們不要告訴愛莉。我哭著說我不敢相信自己對米兒做出這種事，說她永遠不會再跟我說話，說都怪我這麼、這麼卑鄙，難怪依提安會跑走。我好爛。

「安娜、安娜，」喬許打斷我，「如果我每做一件蠢事，可以賺到一歐元，那我已經可以買下『蒙娜麗莎的微笑』。妳不會有事的，妳們兩個都不會有事的。」

瑞絲蜜雙手抱胸。「接吻又不是只有妳一個人的嘴巴在動。」

「米瑞蒂，她人這麼，」我哽住，「好。」又是這種說法，一點都不適當。「我怎麼可以對她做這種事？」

「的確，她人很好。」瑞絲蜜說。「你們兩個那樣做真糟糕，到底在想什麼？」

「我沒在想，事情就那樣發生了。我毀了一切，她會恨我，依提安也恨我！」

「聖克萊絕對不會恨妳。」喬許說。

「不過如果我是米兒，我會恨他，」瑞絲蜜皺眉，「他一直讓她有所期待。」

喬許很憤慨。「他從來沒有表現出對她有朋友以外的感情。」

「是啊，但他從來沒有阻止她！」

「他已經和愛莉交往一年半了，那應該是很明顯的拒絕——喔，抱歉，安娜。」

我啜泣得更大聲。

他們陪我坐在長椅上，直到陽光消失在樹林後，接著陪我從公園走回藍博宿舍。我們進門時，大廳空無一人，大家仍在戶外享受晴朗的天氣。

「我必須和米兒談談。」我說。

「喔，不，不行，」瑞絲蜜說：「給她點時間。」

我心虛地溜回房間，拿出鑰匙。昨天晚上沒找到的鑰匙是被留在房間裡。披頭四的音樂大聲的從米兒和我中間的牆壁後傳來，我想起來到這裡的第一天晚上。〈革命〉是不是蓋住了她的哭聲？我將鑰匙塞回上衣底，倒在床上，又跳起來，沿著房間踱步，接著再躺回去。

我不知道怎麼辦。

米瑞蒂恨我，依提安失蹤了，而我不知道他喜歡我或痛恨我或他犯了大錯或什麼的。我該打電話給他嗎？但要說什麼？「嗨，我是安娜，你在公園親了然後拋下的女孩。你想出來走走嗎？」但我必須知道他為什麼離開，我必須知道他對我的想法，我的手一邊顫抖，一邊按下號碼。

直接轉到語音信箱。我看著天花板。他在樓上嗎？我無法判斷。米兒的音樂太大聲，我聽不見腳步聲，所以我必須上樓。我檢視鏡子裡的臉。我的眼睛紅腫，頭髮看起來像貓頭鷹的反芻物。

吸氣，一件一件來。

洗臉、梳頭，另外再刷牙。

再吸氣，打開門，上樓。我敲他的門，胃開始翻攪。沒人應門，我將耳朵貼上他戴拿破崙帽的畫像，聽他寢室裡的聲音。沒聲音。他去了哪裡？他在哪裡？

我走回我那一樓，約翰．藍儂沙啞的嗓音依舊在走廊上大聲迴響。走過她的房間時，我慢下腳步。我必須道歉，我不在乎瑞絲蜜說什麼，但米瑞蒂打開門時，怒火中燒。「很好，是妳。」

「米兒……我好抱歉。」

她憤怒地大笑。「是嗎？當妳把舌頭放在他嘴裡時，看起來可眞的很抱歉。」

「對不起，」我不知道怎麼辦，「事情就是發生了。」

米瑞蒂握緊拳，不尋常的是她手上沒有任何戒指，她也沒有任何化妝。事實上，她看起來一團混亂。我看過的她總是非常整潔光鮮。「妳怎麼可以，安娜？妳怎麼可以對我做這種事？」

「我……我……」

「妳怎樣？妳知道我對他的感覺！我不敢相信妳竟然這樣！」

「對不起，」我又說：「我不知道我們在想什麼——」

「是啊，算了，那一點也不重要了。他沒有選擇我們任何一個。」

我的心跳停止。「什麼？妳是什麼意思？」

「他追上我，說他對我沒意思，」她的臉燒紅，「然後他去愛莉那邊，他現在就在那裡。」

我的眼前一片模糊。「他去愛莉那裡？」

「就像他每次碰到問題會做的那樣，」她轉爲諷刺的語氣說：「現在感覺如何？沒那麼開心了，嗯？」她當著我的面摔上門。

愛莉，他選了愛莉。又一次。

我跑到浴室，對著馬桶嘔吐。我等到吐完午餐，但胃還是在翻攪，所以我放下座墊，坐在馬桶上。我是怎麼回事？總是喜歡上錯誤的男生？我不希望依提安變成另一個拓夫，但他跟拓夫一樣。更糟的是，我只是喜歡拓夫。

而我愛依提安。

我無法再次面對他。我怎麼可能再面對他？我想回亞特蘭大，我想要媽媽。那個念頭讓我覺得慚愧。十八歲的人不應該需要媽媽，我不知道自己在浴室裡待了多久，但突然間我聽見走廊傳來生氣的聲音。有人用力敲門。

「老天，妳打算整晚都待在裡面嗎？」

亞曼達・史賓通華。彷彿事情還不夠糟。

我確認鏡子，眼睛紅得就像我把蔓越莓汁當成了眼藥水，嘴巴腫得像被黃蜂叮過。我將水龍頭轉向冷水，用冷水潑臉，再用粗糙的紙巾擦乾，然後用手遮住臉逃回房間。

我的背僵住，轉身，她淡色的眼睛在鷹勾鼻上無辜地睜大。

「哈囉，貪吃鬼，」亞曼達說：「妳知道，我聽見了。」

妮可也在，還有瑞絲蜜的妹妹尙琪姮，以及……伊詩拉・馬汀，那個可愛的十一年級紅髮女孩。伊詩拉落在後面，她不是那一夥的，只是在排隊等浴室。

「她把晚餐都吐出來了，看看她的臉，眞噁心。」

妮可竊笑。「安娜一直都很噁心。」

我的臉燒紅，但沒有反應，因爲那正是妮可想要的。然而，我卻無法忽視她的朋友。「妳什麼都沒聽見，亞曼達，我不是貪吃鬼。」

「妳聽見臭鼬女罵我說謊嗎？」

尙琪姮舉起修剪過指甲的手。「我聽到了。」

我想要揍瑞絲蜜的妹妹，但只是轉身不理她們。亞曼達清喉嚨。「妳和聖克萊怎麼了？」我僵住。

「妳在嘔吐的時候，我在門外聽見瑞絲蜜跟那個同性戀講話。」

我轉身。她剛剛**沒**那麼說。

她的聲音有如包了糖衣的毒藥，甜美卻致命。「說你們兩個搞上了，現在那個大塊頭怪胎同性戀哭得一塌糊塗。」

我目瞪口呆，說不出話來。

「不過反正她根本沒機會跟他在一起。」妮可說。

「我也不知道爲什麼安娜覺得她有機會。大衛說得對，妳是個蕩婦，根本配不上他，當然也配不上聖克萊。」亞曼達甩頭髮。「他是極品，妳是爛貨。」

我甚至沒辦法開始消化那些資訊。我的聲音顫抖。「不准妳再那樣叫米瑞蒂。」

「叫什麼？同性戀？米瑞蒂‧薛弗里爾是個大塊頭、怪胎、**同性戀**！」

我用力撞上她，兩個人同時跌進浴室。妮可大喊，尙琪妲大笑，而伊詩拉求我們住手。所有人跑出寢室，圍著我們，鼓譟叫我們繼續。接著有人將我從她身上拉開。

「這天殺的是怎麼回事？」奈德將我往後拉，問道。有東西流下我的下巴，我抹掉，發現那是血。

「安娜攻擊亞曼達！」尙琪妲說。

伊詩拉開口：「亞曼達挑釁她——」

「亞曼達只是自衛！」妮可說。

亞曼達碰鼻子，皺起臉。「我想她打斷了我的鼻子，安娜打斷我的鼻子。」

我打斷了她的鼻子？眼淚刺痛我的臉頰，剛剛的血一定是被亞曼達的指甲抓的。

「我們都在等妳，歐立分小姐。」奈德說。

我搖頭，亞曼達滔滔不絕地控訴我的罪狀。「夠了！」奈德說，她住了嘴。我們以前從沒聽過他抬高聲音。「安娜，老天在上，這是怎麼回事？」

「亞曼達罵米兒——」我低聲說。

他生氣了。「我聽不見。」

「亞曼達罵——」但我停下來，在人群中看見米瑞蒂金色的捲髮出現。我不能說。不能在今天我對她做了那些事後。我低頭盯著手，用力吞嚥。「對不起。」

奈德嘆氣。「好吧，大家，」他朝走廊上的人群揮手，「表演結束，回房間去。妳留在這裡。」奈德指向我、亞曼達和妮可。「不准動。」

沒有人離開。

「回房間去！」

尙琪妲匆忙跑出走廊，每個人都慌忙離開。只剩下奈德和我們三個，還有伊詩拉。「伊詩拉，回房間去。」他說。

「但我在場，」她輕柔的聲音變得勇敢，「我看見整件事的經過。」

「好吧，妳們四個，到校長辦公室。」

「醫生怎麼辦？」妮可抱怨。「她把亞曼達的鼻子完全打斷了。」

奈德往前傾，檢查亞曼達的傷勢。「鼻子沒斷。」他最後說。

我鬆了口氣。

「你確定?」妮可說:「她真的應該去看醫生——」

「小姐,麻煩有話到校長辦公室再說。」

妮可閉上嘴。

我不敢相信。我從未被送到校長辦公室過!克萊蒙高中的校長甚至不知道我的名字。亞曼達一跛一跛地走進電梯,我帶著漸升的恐懼慢慢跟在後面。奈德一轉過身,她立刻直起腰,瞇起眼睛,用嘴型無聲對我說:妳死定了,賤人。

40

校長罰我留校察看。

我、被罰、留校察看。

亞曼達只被罰一個週末，我接下來兩個星期放學後都要留校禁閉。「妳讓我很失望，安娜。」校長說，伸手按摩芭蕾舞伶般的脖子，鬆弛肌肉。「令尊會怎麼說？」

我爸？誰管我爸？媽媽會怎麼說？她會殺了我，會氣到把我丟在這裡，永遠關在法國，我最後會跟塞納河附近那些流浪漢一樣，身上都是汗臭和甘藍菜的味道，必須像《淘金熱》裡的卓別林，煮自己的鞋子當食物。這一生都毀了。

兩個人的留校察看這麼不公平，是因爲我拒絕告訴她亞曼達說了什麼。我痛恨那個字[22]，彷彿同志很可恥，彷彿米兒喜歡運動就一定是同性戀。那個侮辱根本自相矛盾，如果米瑞蒂是同性戀，依提安和我的事爲什麼會讓她這麼激動？

我痛恨亞曼達。

當校長詢問伊詩拉事情的經過，她爲我辯護，這是爲什麼我沒有被罰留校察看到畢業爲止。她也察覺我的暗示，沒有告訴校長亞曼達罵米兒的話。我無言地用眼神感激她。

我們回到藍博宿舍，每個人都在大廳徘徊。我們打架的流言已經蔓延開來，同學們好奇地尋

[22] 原文用的是dyke，指女同性戀，帶有貶義。

找瘀傷。他們大聲發問，彷彿這是失態的名人記者會，但我不理他們，推開人群往前走。亞曼達則聚集了人群，散播她的故事版本。

無所謂。我火大到無暇搭理那種小事。

我在樓梯間和大衛與麥可擦身而過。麥可故意撞我的肩膀，就像一般想要害你跌倒的混蛋做的事。

「你到底有什麼毛病？」我大吼。

大衛和麥可交換訝異的得意竊笑。

我怒氣沖沖地回房間。每個人都討厭我。依提安為了女朋友拋下我，**又一次**。米瑞蒂恨我。瑞絲蜜和喬許一定也不開心。大衛和麥可討厭我。亞曼達和她的朋友，以及現在樓下所有的人。要是我採納了瑞絲蜜的忠告，要是我乖乖留在房裡，米兒就不會對我吼叫，我不會知道依提安選擇了愛莉，我也不會攻擊亞曼達，更不會被罰兩星期的留校察看。

為什麼依提安選了愛莉？**為什麼**？

依提安，完美嘴唇、吻技一流的依提安，嚐起來有如蜂蜜的依提安，他絕對、永遠、永遠都不會放棄他愚蠢的女朋友！敲門聲嚇我一跳。我沉浸在不可收拾的怒火中，沒聽見腳步聲。

「安娜？安娜妳在裡面嗎？」

我的心臟被一把攫住。那是英國腔。

「妳還好嗎？亞曼達在樓下，一派胡言。她說妳揍她？」他又敲門，更大力了點。「拜託，安娜，我們必須談談。」

我用力打開門。「談談？喔，你現在想談了？」

依提安震驚地看著我。我的眼白還是紅的，臉頰有一條兩吋長的抓痕，姿勢充滿攻擊性。

「安娜？」

「什麼？你沒想到我會發現你去找愛莉？」

他很困惑。「什——什麼？」

「嗯？」我雙手抱胸。「有沒有？」

他沒料到我會知道。「有，可是……可是——」

「可是什麼？你一定以爲我是徹底的白癡，對吧？某個永遠會在旁邊等你臨幸的腳踏墊？每次只要碰到麻煩，你就跑回去找她，而我絕對不會有意見？」

「事情不是這樣！」

「一直都是這樣！」

依提安張開口，用力閉上，表情在受傷和憤怒間擺盪上千次，然後變得冷硬，然後他大步離開。

「**我還以為你想要談談！**」我說。

我摔上門。

41

來看看。昨天我（一）和我最好的朋友亂搞，雖然我對自己發誓我絕對不會；（二）用同一個胡搞的場面，背叛另一個朋友；（三）和一個刻意挑釁我的女孩打架；（四）獲得兩星期的留校察看；以及（五）口頭攻擊我最好的朋友，氣跑他。

更正：*再次氣跑他*。

如果要比賽在一天內做出最多蠢事，我有自信會贏。我媽媽得知我和亞曼達打架時氣炸了，結果我整個夏天都不能回家。我甚至不敢面對朋友，我很羞愧自己對米瑞蒂做的事，瑞絲蜜和喬許顯然會站在她那邊，還有聖克萊……他連看都不會看我一眼。

聖克萊。又回來了，他不再是依提安，*我的依提安*。

那比任何事都教我難過。

整個早上都很糟糕，我沒去吃早餐，在最後一秒才溜進英文課上。我的朋友沒發現我來了，但每個人都盯著我，竊竊私語。我猜他們選亞曼達那邊，我只希望他們不知道聖克萊的事，不過那不可能，畢竟昨天晚上我在走廊上朝他吼得那麼大聲。我整堂課都偷偷看他。他一臉疲憊，幾乎睜不開眼睛，我覺得他甚至沒盥洗。

但他依然俊美。我討厭這樣，我討厭自己還是希望他能看我，我更討厭被亞曼達逮到我盯著聖克萊看，她馬上露出嘲弄的笑容，彷彿在說：「*看吧？早就說他不會再理妳。*」

還有米兒，她不必像聖克萊一樣，在座位上轉身背對我——但她這麼做了，他們都是——她強烈的敵意壓向我，一波又一波，一直到下課爲止。微積分是悲慘的延續。巴本諾教授發回作業時，聖克萊看也不看我，直接將那疊紙往後傳。「謝謝。」我低喃。他僵住，只有一下子，然後繼續冷漠地無視我的存在。

我沒再嘗試和他說話。

法文課是可預期的悲慘。大衛坐到離我最遠的位置，但他忽視我的方式很奇怪又刻意。幾個十年級生追問我，但我不知道大衛是怎麼回事，而且想到他只會讓我噁心。我告訴那些煩人的同學別理他，而斷頭台夫人生氣了，不是因爲我說別理他，而是因爲我沒用法文說。這間學校怎麼了？

午餐時，我回到浴室的小隔間，就像我第一天上學那樣。

反正我沒胃口。

物理課時，我慶幸今天不必做實驗，因爲我無法忍受聖克萊可能會去找新的組員。衛飛教授平板地講解黑洞，他講到一半，亞曼達伸了個大懶腰，往後扔了一張折疊紙條，掉在我腳邊。我拿到桌下看。

嘿，臭鼬女，下次再惹我，就不只是一道抓痕而已。大衛說妳是平胸的蕩婦。

哇，我不記得有人這樣罵過我。但大衛爲什麼和亞曼達談到我？這是亞曼達第二次說這件事，我不敢相信我只是吻了某人，就要被叫成蕩婦！我揉掉紙條，丟到她的後腦。不知道算不算運氣好，我的瞄準能力太爛，只打中她的椅背，彈起來，卡在她的長髮上。她沒發現。我稍微感到安慰。紙條還是卡在她的頭髮上。

繼續卡著。

繼續卡——她改變姿勢，它掉到地板上，結果衛飛教授卻選在這個時候走到我們這一排中間。喔，不，萬一被他發現，他大聲唸出來怎麼辦？我真的、絕對不需要在這間學校再有另一個綽號了。坐在我旁邊的聖克萊同樣看著那張紙條，當衛飛教授就快走到我們桌子旁時，聖克萊隨意地伸出靴子，踩在紙條上，等到教授走開，才把紙條拉回來。我聽見他打開紙條，我的臉燒紅。一整天下來，這是他第一次瞥向我，但還是沒說半句話。

歷史課時，喬許很沉默，但至少他沒換位置。伊詩拉對我微笑，神奇地，那一瞬間的善意讓我好過了點，大概維持了三十秒。然後大衛、麥可和艾米麗交頭接耳，我聽到他們提到我的名字，同時轉過頭看我，發出大笑。情況，不管那是什麼情況，變得更糟了。

生活課是自由時間。瑞絲蜜和聖克萊畫美術課的素描，我假裝埋頭寫功課。後面傳來清脆的笑聲。「如果妳不是這麼放蕩，臭鼬女，說不定妳還會有朋友。」

亞曼達．史賓通華，全校最無聊的傢伙，惡劣的女生，完美的皮膚、完美的頭髮、冷酷的微笑、冷酷的心腸。

「妳有什麼毛病？」我問。

「妳。」

「太棒了，謝謝妳。」

她甩頭髮。「妳不想知道別人是怎麼說妳的嗎？」我沒答腔，知道她反正會告訴我。確實。

「大衛說妳跟他上床只是爲了讓聖克萊吃醋。」

「**什麼**？」

亞曼達再次大笑，神氣地走開。「大衛甩掉妳這醜八怪是對的。」

我嚇到了，最好我跟大衛上過床！他還告訴大家是他甩掉我？他怎麼敢？大家都這樣看我嗎？喔，老天，聖克萊是這樣看我的嗎？*聖克萊以爲我跟大衛上過床嗎？*

□

這星期接下來的時間，我在全然的絕望和爆發的怒火之間擺盪。每天下午我都要留校察看，每次我經過走廊，都會聽見有人小聲地在八卦我的名字。我期望週末來臨，結果更糟。我在留校察看的時候寫完了作業，所以沒事可做，整個週末都在電影院裡，卻心不在焉，根本不知道看了什麼。

學校連電影都毀了，這是極限了。我的生活已經沒有希望。

到了星期一早上，我的心情惡劣到敢在早餐排隊時面對瑞絲蜜。「妳爲什麼不和我說話？」

「對不起？」她問：「*是妳不和我說話。*」

「咦？」

「我可沒有叫妳別來和我同桌，是妳自己不來的。」她的聲音緊繃。

「但妳在生我的氣！因爲……因爲我對米兒做的事。」

「朋友難免會吵架。」她雙手抱胸，我發現她在引述*我的*話。去年秋天她和聖克萊爭執愛莉的事時，我這麼說過。

愛莉。我拋下了瑞絲蜜，就像愛莉。

「對不起，」我的心往下沉，「我做什麼都不對。」

瑞絲蜜鬆開手，拉著長辮子。她很不自在，她很少出現這種情緒。「答應我，下次妳揍亞曼達時，一定要眞的打斷些東西？」

「我不是故意的！」

「別緊張。」她尷尬地看我一眼。「我不知道妳這麼敏感。」

「妳知道，因爲那場架，我還有一個星期的留校察看。」

「處罰太嚴了。妳爲什麼不乾脆告訴校長亞曼達說的話？」

我差點失手掉了餐盤。「什麼？妳怎麼知道她說了什麼？」

「我不知道，」瑞絲蜜皺眉，「但她一定眞的說了什麼難聽的話，妳才會有那種反應。」

我別開視線，鬆了口氣。「亞曼達只是選錯時間惹我。」那不完全是謊話。我向波汀先生點完餐——一大碗優格配上燕麥和蜂蜜，我的最愛——轉身問她：「你們……不會相信亞曼達和大衛說的，對吧？」

「大衛是個混蛋。要是我以爲妳跟他上過床，現在就不會跟妳說話了。」

我緊抓著餐盤，連指節都泛了白。「那麼，嗯，聖克萊知道我沒跟他上過床？」

「安娜，我們都覺得大衛是豬頭。」

我沒說話。

「妳應該跟聖克萊談談。」她說。

「我覺得他不想跟我說話。」

她推開餐盤。「我覺得他想。」

我又一個人吃了早餐，仍然不敢面對米兒。英文課我遲到了五分鐘，柯爾教授坐在講桌上，啜飲咖啡。她瞇起眼睛，看我偷偷坐到位置上，但沒說話。她晃著腿，橘色的連身裙跟著搖曳。

「大家，專心點，」她說：「我們又談到了翻譯的技術問題。我一定要唱獨角戲嗎？誰可以告訴我譯者要面對的問題？」

瑞絲蜜舉手。「那個，大多數的字都有多重意義。」

「很好，」柯爾教授說：「再多說點，解釋清楚。」

聖克萊坐在瑞絲蜜旁邊，但他沒在聽。他用力在書本的空白處寫東西。「喔，」瑞絲蜜說：「譯者的任務在決定作者想表達的意義，不只如此，根據情境不同，可能還有其他含意。」

「所以妳的意思是，」柯爾教授說：「譯者必須做許多決定，任何單字、任何句子都有多重意涵，在各種的情境下。」

「正是如此。」瑞絲蜜說，然後她的眼神瞥向我。

柯爾教授大笑。「而我相信我們都不曾誤會其他人說的話或做的事，對嗎？我們說的還是同一種語言。你可以發現當……加入譬喻時，會變得多困難。不同文化間的某些東西根本是無法翻譯的。」

我的腦中塞滿了誤解。拓夫、瑞絲蜜、聖克萊？

「這麼說如何？」柯爾教授走到挑高的窗戶旁。「無論譯者有多相信他忠於原文，他仍然會將自己的生活經驗和想法帶入選擇之中，或許不是有意識的，但每當他在文字的不同意義中做出選擇，譯者都是基於他相信的正確、根據他個人對相關主題的紀錄，去做出決定。」

個人紀錄。就像因為聖克萊以前總是很快回到愛莉身邊，我便假設他又犯了。是這樣嗎？他眞的是嗎？我再也不確定了。這一整年，我都困在慾望與心痛、美夢與背叛之間，變得難以看清事實。我們可以把情緒綁在另一個人身上——不斷拉扯、扭曲——多久，才會斷裂？才會再也無法彌補？

下課了。我帶著滿心困惑，蹣跚走向微積分教室。就快到時，我聽到了。微弱的聲音彷彿有人在清喉嚨。「蕩婦。」

我僵住。

不，繼續走。我抱緊書本，繼續在走廊上往前走。

這次大聲了一點。「蕩婦。」

我轉過身，最糟的是我甚至不知道會是誰。現在有這麼多人討厭我。今天，是麥可。他冷笑，但我瞪向他背後的大衛。大衛搔頭，別開目光。

「你怎麼能？」我問他。

「妳怎麼能？」麥可說：「我一直告訴大衛妳不值得。」

「是嗎？」我依舊盯著大衛。「不過，至少我不是騙子。」

「妳是騙子。」但大衛壓低了聲音。

「什麼意思？你說什麼？」

「妳聽到了。」大衛的聲音抬高了點，但顯得侷促不安，對著朋友眨眼。

一陣厭惡席捲過我的全身。麥可的應聲蟲，當然了。我爲什麼沒早點看出來？我握緊拳頭。他只要再說一個字，再一個字……

「蕩婦。」他說。

大衛撞上門。

但不是我的拳頭。

42

「啊啊啊！」聖克萊摸他的手。

麥可衝向聖克萊，但我跳到中間。「不要！」

大衛在地板上呻吟，麥可推開我，聖克萊將他推到牆上，聲音狂怒。「不准碰她！」

麥可嚇了一跳，不過馬上跳回來。「你這變態！」他衝向聖克萊，這時韓生教授踏進兩人中間，擋住他的攻擊。「嘿、嘿、嘿！這是怎麼回事？」歷史老師瞪著他的得意學生。「聖克萊先生，到校長辦公室，**馬上**！」大衛和麥可同時辯稱他們是無辜的，但韓生教授打斷他們。「閉嘴，你們兩個，不然就跟依提安一起去。」他們閉上嘴。聖克萊迴避我的視線，照教授的指示大步離開。

「妳還好嗎？」韓生教授問我：「這些白癡有沒有害妳受傷？」

我嚇呆了。「聖克萊是爲了保護我，這——這不是他的錯。」

「學校裡不准用拳頭來保護人，妳知道的。」他幽默地看了看我，然後上樓離開，到校長辦公室找聖克萊。

剛剛怎麼回事？我是說，我知道發生什麼事，但……*那是怎麼回事？這是不是表示他並不恨我？*我感覺到第一股希望湧起，雖然他也可能只是更討厭大衛和麥可。接下來這一天，我沒再看見他，但等我走進反省室時，他已經坐在後排。

聖克萊看起來很累，他一定整個下午都在這裡。今天值班的教授還沒來，所以房間裡只有我們兩個。我走到習慣的座位上——真不幸我有習慣的座位——在房間另一端。他盯著手，手上沾滿了炭黑，所以我知道他剛剛在畫畫。

我清清喉嚨。「謝謝你，幫我出頭。」

沒回應。好吧，我轉向黑板。

「甭謝我。」一分鐘後他說：「我早就該揍大衛一頓了。」

他用靴子踢大理石地板。

我再次回頭。「你被罰留校察看多久？」

「兩星期，揍一個混蛋罰一星期。」

我嗤的一聲笑，他猛抬頭。我的希望閃現，同樣出現在他的臉上，但幾乎馬上消失。那很傷人。

「那不是眞的，你知道，」我苦澀地說：「大衛和亞曼達說的那些。」

聖克萊閉上眼睛，沉默了幾秒。當他再次張開時，我不由自主地注意到他彷彿鬆了一大口氣。「我知道。」

他遲疑的反應惹火了我。「你確定？」

「對，我確定。」一個多星期來，他第一次面對我。「但聽到妳親口說還是比較好，好嗎？」

「是啊，」我轉過頭，「我只能猜。」

「那、又、是什麼意思？」

「算了。」

「不，我不想算了。我厭倦了『算了』，安娜。」

「你厭倦了『算了』？」我的聲音顫抖。「我卻總是*只能告訴自己算了*。你覺得每天晚上坐在自己的寢室，想像你和愛莉在一起很容易嗎？你覺得*這一切*對我都很容易嗎？」

他垮下肩膀。「對不起。」他輕聲說。

但我已經哭了起來。「你說我很漂亮，說你喜歡我的頭髮、喜歡我的微笑。你在漆黑的電影院用腿貼著我的腿，等燈光一亮，又假裝若無其事。你*睡在我的床上整整*三個晚上，然後……接下來整個月都不理我。我該怎麼辦，聖克萊？你在我的生日時說，你害怕一個人，但我卻一直都是一個人，*一直都是*。」

「安娜，」他起身，慢慢走向我，「我很抱歉傷害了妳。我做了糟糕的決定，也知道我可能不配得到妳的原諒，因爲我花了這麼久才瞭解這些。但我不懂妳爲什麼不給我機會，上星期妳甚至不肯聽我解釋。妳只是劈頭罵我，將我往最壞的方向想！但我唯一知道的，是我們在一起的感覺。我以爲妳也相信這些感覺。我以爲妳相信我，我以爲妳瞭解我——」

「但問題就在這！」我從椅子上跳起來，突然間，他已經俯視著我。「我不瞭解你。我把每件事都告訴你，聖克萊，我告訴你我爸爸、布麗姬和拓夫，告訴你麥特和雀莉。我還告訴你我是處女。」我轉過頭，覺得說出這件事很丟臉。「但你告訴我什麼？什麼都沒有！我對你一無所知，我不知道你爸爸的事，不知道愛莉的事——」

「妳比任何人知道更多我的事，」他氣憤不已，「如果妳願意仔細想，就會知道我爸爸的事根本不重要。而且我不敢相信妳這麼瞧不起我，以爲我等了一整年才吻妳，一等它發生，我就……我就會甩了妳。那天晚上我**當然是**去找愛莉，*我天殺的去找她分手*！」

沉默震耳欲聾。

他們分手了？喔，老天，我無法呼吸、我無法呼吸、我無法——

他直視我的眼睛。「妳說我害怕孤單，確實，我怕，我也不以此為榮。但妳應該好好看看自己，安娜，因為這個房間裡，有同樣問題的人可不只有我。」

他站得這麼近，我可以感覺他的胸膛快速而憤怒地起伏。我的心跳應和他的。他吞口水，我也吞了口水。他遲疑地靠近，我的身體不由自主地仿效他。他閉上眼睛，我跟著閉上。

門砰的大開，我們嚇得連忙分開。

喬許走進反省室，聳肩。「我蹺了基礎微積分。」

43

接下來的留校察看時間裡，我都不敢看他。明明最近我都是一個人，怎麼可能害怕孤單？這一整年我又沒有男朋友，可不像他是有女朋友的。雖然我確實堅持自己喜歡拓夫，拿他當──這個念頭讓我皺起臉──擋箭牌。我也擔心過自己和大衛交往，只是因爲生聖克萊的氣，但或許……是因爲我厭倦了孤單。

但那不對嗎？

是不是表示聖克萊不想一個人也沒什麼不對？他害怕改變、害怕做重大決定，但我也一樣。麥特說如果我能先找拓夫說清楚，就可以省下幾個月的焦慮，但我太擔心會毀掉我們可能有的關係，而不敢去處理我們實際的狀況。而要是我當初肯好好傾聽麥特想告訴我的話，或許聖克萊和我就不會拖到現在才把話說清楚。

但聖克萊應該早點說的！我不是唯一犯錯的人。

等等，他剛剛不就是這樣說的嗎？說我們彼此都有錯？瑞絲蜜說我才是那個走開的人，她說得對。那天她和喬許在公園裡幫過我，我卻背棄他們。還有米兒。

喔，天，米瑞蒂。

我是怎麼回事？爲什麼沒有再試著道歉？我連一個朋友都保不住嗎？我必須找她談。今天、現在、馬上。韓生教授放我們離開反省室時，我立刻衝出門。剛踏上走廊，我又想到一件事，停下腳步。我站在山泉精靈和森林之神的壁畫下，轉身。

聖克萊站在門口，直視著我。

「我必須和米瑞蒂談談。」我咬嘴唇。

聖克萊緩緩點頭。

喬許出現在他背後，用不知從何而來的信心對我說：「她想念妳，妳沒問題的。」他瞥向聖克萊。「你們兩個不會有問題的。」

他先前也這樣說過。「眞的？」我問。

喬許揚高一道眉，微笑。「眞的。」

我離開後，才開始思考他說的「你們兩個」指的是我和米瑞蒂，或我和聖克萊，我希望兩者皆是。我回到藍博宿舍，迅速回房間一趟後，敲她的門。「米兒？我們可以談談嗎？」

她悄悄推開門。「嘿。」她的聲音小心翼翼。

我們盯著彼此，我舉高兩只馬克杯。「熱巧克力？」

看到我拿的東西，她差點就哭了。她放我進門，我將一只杯子放在她的書桌上。「對不起，我眞的很抱歉，米瑞蒂。」

「不，要道歉的是我。我太過分了，我根本沒有權利生妳的氣。」

「那不是眞的，我明知道妳對他的感覺，卻還是吻了他。是我不對，我早應該告訴妳我也喜歡他。」

我們坐在她的床上，她把玩手指上閃爍的星形戒指。「我知道你們對彼此的感覺，大家都知道你們對彼此的感覺。」

「可是——」

「我不想相信。過了這麼久，我還是抱著……愚蠢的期望。我知道他和愛莉有問題，所以我想或許——」米瑞蒂哽住，花了好一會兒才能繼續說。

我攪拌杯裡的熱巧克力，濃稠到幾乎變成糊狀，這是她教我的。

「聖克萊和我，我們以前總是在一起。但妳來之後，我幾乎見不到他。他總是坐在妳旁邊，不管是上課、吃午餐、看電影，到哪裡都一樣。雖然我一直不相信，但第一次聽到妳叫他依提安的時候，我就知道了——我知道妳愛上他了。而從他的反應——每次聽見妳叫他的名字，他的眼睛就會發亮——我也知道他愛妳。但我不想正視事實，因爲我不想相信。」

我心裡再次出現掙扎。「我不知道他愛不愛我，我不知道他現在對我有什麼感覺，是不是有過感覺，這一切如此混亂。」

「顯然他要的不只是朋友。」米兒接過我顫抖的馬克杯。「妳沒發現嗎？他每次看著妳都很痛苦，這輩子沒見過有人這麼悲慘。」

「不是這樣的，」我記得他說現在和他爸爸的關係很糟，「他還有其他的困擾，更重要的問題必須處理。」

「你們兩個爲什麼不在一起？」

單刀直入的問題讓我愣住了。「我不知道，有時候我覺得一個人只有幾次機會……可以和另一個人在一起，而我們搞砸了那麼多次，」我的聲音低落下來，「已經沒有機會了。」

「安娜，」米兒頓了一下，「那是我聽過最蠢的事。」

「可是——」

「可是什麼？妳愛他，他也愛妳，而且你們正在全世界最浪漫的城市裡。」

我搖頭。「事情沒那麼簡單。」

「那麼讓我換個方式來說：有個英俊的男孩愛著妳，妳難道不打算努力看看？」

□

我想念米瑞蒂。我既欣慰又難過地回到寢室。如果聖克萊和我今天沒有在反省室吵架，我會試著向他道歉嗎？可能不會，我們會很快畢業，接著分道揚鑣，我們的友誼將永遠沒有修復的機會。

喔，不，可怕的眞相讓我嚇呆了。

我怎麼沒想到？那是一樣的，一、模、一、樣。

布麗姬也無法自制。她和拓夫彼此吸引，我不在身邊，所以他們在一起，她情不自禁，而這麼久的時間裡，我卻一直怪她，要她爲不能控制的問題自責。我甚至從來不聽她說話，不接電話、不回信，她卻仍然鍥而不捨。我再次想起麥特和瑞絲蜜說的話，我眞的背棄了朋友。

我拉出行李箱，拉開前面口袋的拉鍊。還在。有點凹陷，但小包裹還用紅白條紋的包裝紙包得好好的。那座模型橋。接著我開始寫這輩子最困難的一封信，希望她願意原諒我。

44

這星期接下來幾天很平靜。我將布麗姬的包裹寄出去，重新和朋友同桌吃飯，結束了留校察看。聖克萊和我還是沒有談話。噢，我是說，我們說了些話，但都無關痛癢。大多數時間裡，我們坐在彼此身邊，各自忐忑。很荒謬的情況，這不就是自食其果？誰叫我們不說話？

但改變老習慣並不容易。

我們在反省室坐在不同排。那一整個小時、一整個星期，我都感覺到他在看我。我也在看他。但我們沒有一起回宿舍，他慢慢收拾東西，好讓我有時間先離開。我猜我們想的是同一件事。就算我們努力開始一段關係，也不會有結果。我們就快畢業了。明年我會到舊金山州立大學，主修電影理論與批評，但他仍不肯告訴我要讀哪裡。星期五留校察看結束後，我直接問他這個問題，他吞吞吐吐，說不想談這件事。

至少我不是唯一覺得改變現況很困難的人。

星期六，狗爸媽戲院播放我最喜歡的蘇菲亞．柯波拉電影《愛情，不用翻譯》。我向那位體面的紳士和彭斯打招呼，坐進我的老位子。這是搬到這裡以後，我第一次看這部電影。我沒有錯過故事情節和我目前生活的相似處。

故事描述兩名獨居在東京的美國人，一名中年男子和另一名年輕女人，努力在瞭解異國的環境，也同時想瞭解他們各自搖搖欲墜的感情關係。後來他們相遇，陷入了新的掙扎——他們逐漸受到彼此吸引，卻也明白這樣的關係沒有可能。

故事處理的是孤獨和寂寞，也是友誼，如何提供其他人的需要。在故事中，女孩問男人：「會變得比較容易嗎？」他一開始回答：「不會。」後來說：「會。」又說：「會比較容易。」他告訴她：「妳越瞭解自己、越清楚自己要什麼，就越不容易被人影響。」

我瞭解到……那沒有關係，就算聖克萊和我永遠都是朋友，也沒有關係。就算只有他的友誼，我也從中獲得比從其他人那裡更多的力量。他帶我離開寢室，教我學習獨立，換句話說，他擁有我需要的東西。我不會忘記這一點，更不想失去它。

當電影散場，我在戲院的洗手間中看到自己的倒影。我的片染自從媽媽在聖誕節幫我重染過後，現在又褪色了。這是另一件我該學會照顧自己的事，我想要學會照顧自己。我跳進隔壁的摩諾普超市（有點像小型的美國塔吉特超市）買染髮劑，走出門時，我注意到馬路對面有道熟悉的人影。

我不敢相信，是聖克萊。

他雙手插在口袋，東張西望，彷彿在等什麼人。我的心漲滿，他知道蘇菲亞是我最喜歡的導演，知道我一定會來，所以在這裡等我出現。終於該是時候溝通了，我穿過行人穿越道，飛奔到他所在的對街，已經很久不曾如此高興了。我正要叫他的名字，突然發現他身邊多了一個人。

他身邊站著一位年長的紳士，非常英俊，站姿有一種說不出的熟悉感。聖克萊在說法文。我聽不見他的聲音，但他說法文時嘴型不太一樣。他的手勢和肢體語言會改變，變得更順暢。一群商務人士經過，短暫擋住他的身影，因爲聖克萊比他們矮。

等等，那男人也很矮。

我震驚地發現眼前是聖克萊的父親。我仔細看，他打扮得很俐落，非常有巴黎風格。他們的髮色一樣，不過摻雜了些許銀絲，剪得更短、也更整齊。他們散發出同樣的沉穩氣息，不過聖克萊現在看起來有點暴躁。

我很羞愧自己又來了：世界並不是只繞著我打轉。我躲在地鐵招牌後面，但很不智地站在聽力範圍內。罪惡感悄悄爬了回來，我應該走開，可是……這是聖克萊最大的秘密。就在這裡。

「你爲什麼還沒註冊？」他父親說：「三週前就已經截止了，你害我很難說服他們讓你入學。」

「我不想留在這裡，」聖克萊說：「我想回加州。」

「你討厭加州。」

「我想念柏克萊大學！」

「你不知道你想要什麼！你跟她一樣，懶惰又自我中心，不知道怎麼做決定。你需要有人幫你做決定，而我叫你留在法國。」

「我才不想留在天殺的法國，好嗎？」聖克萊怒氣沖沖地用英文說：「我不要留在這裡，跟你在一起！讓你一天到晚監視我！」

我這才發現，我聽懂了他們剛剛的整段對話，法文的對話。

喔，老天，帥呆了。

「你怎麼敢這樣對我說話？」他的父親大怒。「而且在大庭廣衆下！我應該賞你一巴——」

聖克萊又換回法文。「你儘管試試，就在這裡，讓大家看看。」他指向他的臉。「來啊，父親大人？」

「你——」

「聖克萊先生！」一名穿著低胸裝的女人友善地從馬路對面大喊，聖克萊和他父親同時驚訝地轉身。

聖克萊先生，她叫的是他父親。感覺眞詭異。

她走過來，親吻他父親的雙頰，他父親做同樣的動作，露出殷勤的微笑，態度截然不同，向她介紹他的兒子。聽他提到兒子，她似乎很意外，而聖克萊——依提安——皺起眉頭。他父親和那女人開始聊天，完全忘了聖克萊的存在。他交抱雙臂，然後放下，用靴子踢地面，雙手插在口袋，然後抽出來。

我的喉嚨哽咽。

他父親繼續和那女人調情，她碰觸他的肩膀，傾向他。他露出燦爛的微笑，讓人目眩神迷——聖克萊的微笑——在另一個人臉上看到它，感覺很詭異。我這才瞭解米兒和喬許說得沒錯，他父親很迷人，他有那種天生的魅力，正如他兒子。那女人繼續調情，聖克萊低頭走開。他們沒留意。他在哭嗎？我往前傾，想看清楚點，卻發現他正盯著我。

喔糟了，糟了糟了**糟了**。

他停下來。「安娜？」

「嗯，嗨。」我的臉燒紅起來。我想要倒轉影片、關掉畫面，把整件事毀屍滅跡。

他的表情由困惑轉爲憤怒。「妳剛剛在偷聽？」

「對不起——」

「我不敢相信妳竟然偷聽！」

「這是意外！我剛好經過，看到……你們在這裡。我聽了很多關於你父親的事，我太好奇了。對不起。」

「很好，」他說：「希望妳看到的沒讓妳失望。」他從我身邊大步走過，但我抓住他的手臂。

「等等！我根本聽不懂法文，記得嗎？」

「妳敢保證，」他一字一字地說：「妳一個字都聽不懂我們在說什麼？」

我放開他。「不，我聽到了。我從頭到尾都聽得很清楚。」

聖克萊沒動，瞪著人行道看，但他沒生氣。他是尷尬。

「嘿，」我碰他的手，「沒事的。」

「安娜，那不可能『沒事』。」他朝他父親甩頭，後者仍在和那名女人調情，完全沒注意到兒子不見了。

「沒錯。」我說，迅速地思考著。「但你說過人無法選擇家人。你也一樣，你知道。」

他瞪著我的眼神嚴厲到我害怕得無法呼吸。我鼓起勇氣，勾起他的手臂，帶他走開。我們走過一個街區，到一間淺綠百葉窗咖啡店旁，讓他坐在長椅上。一名坐在室內的小男孩拉開窗簾，看著我們。「告訴我你父親的事。」

他僵住。

「告訴我你父親的事。」我又說一次。

「我恨他。」他低聲說：「我恨他恨到極點。我恨他對我媽媽、對我做的事。我恨他每一次見面，都帶著不一樣的女人，我恨她們都以為他是風度翩翩的傢伙，但他根本是卑鄙的混蛋，一心只想羞辱我，而不是理智地討論我的教育問題。」

「他幫你選了大學，所以你才不想談這件事。」

「他不希望我接近她，他想要拆散我們，因爲如果我們在一起，就會比他更堅強。」

我伸手捏捏他的手。「聖克萊，你已經比他堅強了。」

「妳不瞭解，」他抽開手，「我和媽媽必須依賴他，每件事情都要！錢都是他的，如果激怒他，媽媽就會流落街頭。」

我很困惑。「但她的畫呢？」

他嗤之以鼻。「那不值錢，而且只要是值錢的東西，就在我爸爸的控制之下。」

我沉默半晌。我把我們之間的許多問題都歸咎於他的不肯溝通，但那不公平，因爲眞相是如此醜惡，因爲他父親正在糟蹋他的人生。「你必須對抗他。」我說。

「妳說得倒輕鬆——」

「不，我一點都不輕鬆！我不喜歡看到你這樣，但你不能被他打敗。你必須比他更聰明，用他的遊戲規則打敗他。」

「他的遊戲規則？」他厭惡地大笑。「不，謝謝，我寧可不照他的規矩來。」

我的思緒超速轉動。「聽我說，那女人一出現，他的態度就完全改變——」

「喔，妳也注意到了，對吧？」

「閉嘴聽我說，聖克萊，你接下來要這樣做：馬上回去，如果她還在，你要告訴她你很高興他打算送你去念柏克萊大學。」

他想要插嘴，但我繼續說：「然後你要到他的藝廊，告訴那裡的每個工作人員，你很高興他要送你去唸柏克萊。接著再打電話給祖父母，說你很高興他要送你去念柏克萊。告訴他的鄰居、常去的雜貨店老闆、賣他香菸的人，告訴他生活裡的**每個人**，你很高興他要送你去念柏克萊。」

他咬著指甲。

「他會氣死，」我說：「我連一秒都不願意和你交換位置，但他顯然是個重視體面的人，所以他會怎麼做？他會送你去柏克萊，免得丟臉。」

聖克萊頓一下。「這太瘋狂了，可是……瘋狂到說不定能成功。」

「你知道，你不必總是靠自己解決問題，這是爲什麼人們要找朋友商量。」我微笑，睜大了眼睛強調。

他搖頭，想要說話。

「快去，」我說：「快點，趁她還在！」

聖克萊又遲疑了，我推他起來。「快去，快去快去快去！」

他抓抓頸背。「謝謝。」

「快去吧。」

他照做了。

45

我回到藍博宿舍。我很想知道結果如何，但聖克萊必須自己對付他爸爸，他必須靠自己獨立。衣櫃上的玻璃珠香蕉攫住我的注意，我將它握在手中。今年他送給我這麼多禮物——玻璃珠、左撇子筆記本、加拿大國旗。終於能夠回報他某些東西，讓我覺得很棒，希望我的計畫成功。

我決定拿出作業。我翻開本子，找到英文課的作業。最後一段，詩。聶魯達的書，從感恩節後，就被擺在桌上書架的某處。因爲這是課本，不是嗎？不過是另一個禮物？

我錯了，大錯特錯。

我是說，這是課本，但也是一本情詩集。非常性感的情詩。如果沒有其他意思，他爲什麼要送我這本書？他可以送我吉本香蕉的小說，或是任何其他翻譯課本。

但他買了本情詩集送我。

我翻回到封面，書店的戳印瞪著我：「莎士比亞書店，巴黎的原點」。我想起那顆星星，在第一天晚上。愛上他。我又想起那顆星星，在感恩節假期。愛上他。我的思緒回到房間，瞪著這本不識時務的書——他爲什麼不直接告訴我？爲什麼去年聖誕節他問起的時候，我不把書打開？——突然強烈地想要回去原點。

我在巴黎只剩下幾個星期，卻還沒進去過聖母院。這是星期六下午，我留在宿舍做什麼？我套上鞋子，跑出屋外，以音速跑過街道。我想要馬上趕到那裡，我必須去那裡，現在。我說不出原因。

我衝過塞納河，跑上城市之島，整個城市的人都在看我，但這一次我不在乎。大教堂讓人震撼依舊，一群觀光客圍著原點，我飛奔經過時，看了那顆星星一眼，但我沒有停下來排隊，只是一直推、一路擠，直到我擠進去。

巴黎又一次讓我驚嘆。

圓頂的高天花板，繁複的彩繪玻璃，黃金和大理石雕像，細膩的木雕……聖母院令人目眩神迷。管風琴樂曲和喧嚷的各種語言包圍我，空氣中充滿蠟燭燃燒的溫暖香氣，珠光寶氣的光線從彩繪玻璃窗流洩而下，我從未見過比這更迷人的景象。

情緒亢奮的導遊從我背後走過，舉手揮舞。「想想！在十九世紀早期，這棟教堂頹圮到市民們甚至考慮要拆掉它。幸運的是，維克多・雨果聽到這個拆除計畫，寫了《鐘樓怪人》，讓大衆回想起它的輝煌歷史，而老天，眞的有效！巴黎人連署保留它，將建築重新整建裝潢呈現出你們今天看到的原始樣貌。」

我微笑，離開人群，懷疑我爸爸會用他的作品挽救什麼建築，大概是座棒球場，或是漢堡王的餐廳。我仰望高大的祭壇和聖母瑪利亞的雕像，充滿寧靜的氣氛，但我卻焦躁不安。我翻閱旅遊手冊，突然發現幾個字：奇美拉藝廊[23]。

奇美拉。滴水嘴。當然要去看！

[23] 原文爲Galerie des Chimères，聖母院連接南北塔的狹長形走道，上面有許多著名的石雕怪獸滴水嘴，那些怪獸被稱爲奇美拉，故稱爲「奇美拉藝廊」。

我必須上去，我必須趁還有機會的時候，欣賞這座城市。高塔的入口——通往聖母院最高處——在大門左邊。付錢入場的時候，我發誓聽見有人在叫我。我掃視庭院，沒發現任何熟悉的面孔。

所以我爬上樓梯。

第一層樓是禮品店，所以我繼續上樓，往上、再往上。呼。這裡的階梯眞多，但沒問題，我在巴黎還有什麼沒碰過？我的精力旺盛。

老天，這些階梯有完沒完？

還有階梯？？

太荒謬了，我以後絕對不買有階梯的房子，連前門都不要有階梯，只要有斜坡就好。每走一步，我就更痛恨那些滴水嘴，終於來到出口——

這裡眞高。我沿著狹長的走道，從北塔往南塔前進。那是我住的地區！還有先賢祠！它巨大的圓頂眞是壯觀，連這裡都看得到，但我周圍的觀光客都在拍滴水嘴的照片。

不，不是滴水嘴，是奇美拉。

聖克萊曾經告訴我，大多數人印象中的滴水嘴，其實是奇美拉。滴水嘴是那些向外延伸，用來排水的細管。我不記得奇美拉的作用，是爲了保衛教堂嗎？爲了嚇阻惡魔？如果他在，他會把故事重新說一次。我考慮打電話給他，但他可能還忙著對付他爸爸，不需要我拿字彙問題去打擾他。

奇美拉藝廊非常特別，半人半獸的石雕，有鳥喙、翅膀和尾巴的奇特幻想生物。我最喜歡的一尊手上捧著自己的頭，伸出舌頭，凝視整座城市，或許他只是很沮喪，或很悲傷。我檢查鐘樓，裡面是……一座大鐘。

我在這裡做什麼？

另一座樓梯旁邊有一個警衛。我深呼吸。「晚安。」我說。他微笑，放我過去。我鑽進去，那是個狹長的螺旋形階梯，越往上爬，階梯越窄。石牆冰冷，到這裡的第一次，我開始擔心會跌下去。幸好這裡只有我一個，要是有另一個人要下樓，他只要比我再胖一點，我不知道我們要怎麼從彼此身邊通過。我的心跳加速，豎直耳朵聽腳步聲，擔心自己犯了大錯——

到了，我在巴黎之上。

這裡和奇美拉藝廊一樣架了防護網，避免人們墜落或跳樓。因爲實在太高，所以我其實很感激有網子。附近只有我一個人，所以我坐在素淨的石牆角落上，眺望這座城市。

我很快就要離開了。不知道爸爸看到會說什麼？我原本那麼堅決想留在亞特蘭大，現在卻對離別這麼感傷。他是爲了我好，我看著在塞納河穩定划行的船隻和矗立於戰神廣場上的艾菲爾鐵塔，終於明白了這一點。樓梯間傳來的聲響讓我嚇了一跳——尖叫聲，然後是腳步聲，有人正跑上樓，而這裡沒有其他人。

別緊張，安娜，那只是觀光客而已。

奔跑的觀光客？

我等那個人跑上來，不用多久，一個人衝進觀景台，他穿著慢跑小短褲和運動鞋。他只是因爲無聊，所以來爬這些樓梯嗎？他沒跟我打招呼，只是伸展身軀，原地跑步三十秒，然後又跑下樓梯。

眞詭異。

我正要坐回去，卻聽見另一聲叫喊。那個慢跑男爲什麼尖叫？那裡還有另一個人，被慢跑者嚇了一跳，怕跌下去。我豎直耳朵，聽更多腳步聲，卻沒聽見。不管那是誰，都停下來了。我想起聖克萊，想到他的懼高症。這個人可能被困住了，我的恐懼越來越甚，想到他可能眞的跌下去了。

我看向下方的樓梯。「哈囉？晚安？還好嗎？」我用法文問，沒人應聲。我往下走了幾階，納悶爲什麼是我來做這件事，而不是警衛。「有人在嗎？需要幫忙嗎？」

奇怪的聲響，我小心翼翼地繼續往下。「哈囉？」他們一定不會說英文，我聽見有人喘氣，就在我下面，繞過轉角——

我放聲尖叫。他跟著尖叫。

46

「你見鬼的在這裡做什麼?老天,聖克萊!你差點嚇死我。」

他蹲著,緊抓住階梯,比我之前看到的更害怕。「那妳又爲什麼跑下來?」他怒聲說。

「我想要幫忙。我聽到有人尖叫,以爲是有人受傷。」

他白皙的皮膚發紅。「不,我沒受傷。」

「你在這裡做什麼?」我又問,但他沒作聲。「至少讓我幫你。」

他起身,腿抖得像剛出生的小羊。「我很好。」

「你不好,一點都不好。手給我。」

聖克萊抗拒,但我抓住他,開始催他下樓。「等等,」他抬頭看,呑嚥,「我想看看上面。」

我朝他露出希望是輕蔑的眼神。「當然啦。」

「不,」他用新生的決心說:「我想看看上面。」

「那好,去吧。」我鬆開他的手。

他站在原地不動,我再次牽起他的手。「噢,來吧。」我們痛苦而緩慢地往上爬,幸好沒有人在後面。我們沒有說話,但他幾乎要捏碎我的手指。「快到了,你做得很好,眞的很棒。」

「閉。嘴。」

我應該把他推下去。

我們終於來到頂樓。我鬆開他的手，他癱倒在地上。我給他幾分鐘的時間。「還好嗎？」

「還好。」他悲慘地說。

我不知道該怎麼辦。我被困在巴黎中央的小屋頂上，旁邊是我最好的朋友，他（一）有懼高症，而且（二）顯然在生我的氣。我甚至不知道他一開始爲什麼要爬上來？我找了個位置坐下，眼睛看著河上的船，第三次問道：「你在這裡做什麼？」

他深呼吸。「來找妳。」

「那你又爲什麼會知道我在上面？」

「我看到妳，」他頓一下，「我來許另一個願，我站在原點上的時候，看見妳走進塔裡。我叫妳，妳轉頭張望，但沒看見我。」

「所以你就決定……爬上來？」我不敢相信，但事實擺在眼前。他一定是用了超人般的意志力，才能獨自爬完第一層的台階。

「我必須，我沒辦法等妳下來，我不想再等了。我必須立刻看到妳，我必須知道——」

他中斷，我的脈搏加速。什麼什麼什麼？

「妳爲什麼對我說謊？」

他的問題出乎我的意料，完全不是我預期的，或希望的。他還是坐在地上，只是抬頭盯著我，棕色的眼睛睜大，充滿心碎的神情。我不懂。「對不起，我不知道你說——」

「十一月，在可麗餅店。我問妳我喝醉那晚，我們有沒有說什麼奇怪的事，我有沒有提到我們的關係，或我和愛莉的關係，而妳說沒有。」

喔，天哪。「你怎麼知道？」

「喬許告訴我的。」

「什麼時候？」

「十一月。」

我很震驚。「我……我……」我的喉嚨好乾。「如果那天，在餐廳，你有看到自己的表情。我怎麼可能告訴你？當你媽媽——」

「但如果妳說了，我就不用浪費這幾個月。我以爲妳拒絕了我，我以爲妳沒興趣。」

「但你喝醉了！你有女朋友！你要我怎麼辦？老天，聖克萊，我甚至不知道你是不是認眞的。」

「我當然是認眞的。」他起身，雙腿發抖。

「小心！」

一步、一步、又一步，他蹣跚走向我，我握住他的手，拉他過來。我們距離邊緣僅有咫尺，他坐在我身邊，更用力握住我的手。「我是認眞的，安娜，我很認眞。」

「我不懂——」

他氣炸了。「我是說我愛妳！這天殺的一整年我都愛著妳！」

我的頭在旋轉。「但愛莉——」

「我每天都在欺騙她。我以一種不應該的方式在心裡想著妳，一直一直如此。她根本比不上妳，我從未對任何人有同樣的感覺——」

「可是——」

「開學第一天，」他靠得更近，「我們不是因爲巧合，才在物理課同組。我發現衛飛教授是以座位分配實驗室的同伴，所以我靠過去向妳借鉛筆，讓他誤會我們坐在一起。安娜，從第一天，我就想當妳的搭檔。」

「不過……」我無法清楚思考。

「我買了情詩送妳！我愛妳，一如人們偏愛黑暗，偷偷地，在陰影與靈魂之間。」

我愣愣對他眨眼睛。

「聶魯達。我還在那段做了記號。老天，」他哀嚎：「妳為什麼沒有打開？」

「因為你說那是上課用的。」

「我說妳很美麗，我睡在妳床上！」

「你沒有動作！你有女朋友！」

「無論我這個男朋友有多糟，我不能背叛她，但我以為妳會知道。我就在妳身邊，我以為妳知道。」

我們在鬼打牆。「如果你什麼都不說，我怎麼可能知道？」

「如果妳什麼都不說，我又怎麼可能知道？」

「你有愛莉了！」

「妳有拓夫！還有大衛！」

我說不出話來，對著巴黎的屋頂眨眼睛。

他碰觸我的臉頰，將我的視線拉回他身上。我屏住呼吸。

「安娜，我很遺憾在盧森堡公園發生的事，不是因為那個吻——我這輩子從來沒有過那樣的吻——而是因為沒告訴妳我為什麼跑開。我是因為妳，才去追米瑞蒂的。」

再碰我。拜託，再碰觸我。

「我只想到去年聖誕節，那個混蛋對妳做的事，拓夫從未對妳解釋或道歉過什麼，我怎麼可以對米兒做出這種事？而我應該在去找愛莉前，先打電話給妳，但我急著解決那件事，永絕後患，所以沒有想仔細。」

我朝他伸出手。「聖克萊——」

他往後退。「還有這個。妳爲什麼不再叫我依提安了？」

「可是……其他人都沒有這樣叫你，那樣很奇怪，不是嗎？」

「不，才不奇怪，」他的表情沮喪，「每次妳叫我『聖克萊』，就好像又拒絕了我一次。」

「我從來沒拒絕過你。」

「明明就有，而且是爲了大衛。」他的聲音充滿怨恨。

「而你在我生日那天爲了愛莉拒絕我。我不懂。如果你那麼喜歡我，爲什麼不肯跟她分手？」

他盯著河水。「我很困惑，我太蠢了。」

「對，你是很蠢。」

「我活該。」

「對，你是活該。」我頓了一下。「但我也很蠢。你說得對，關於……孤單的事。」

我們沉默地坐著。「我最近一直在思考，」過了半晌，他說：「我父母的事。她如何放任他、不肯離開他，而雖然我愛她，卻也恨她這一點。我不懂爲什麼她不保護自己，爲什麼不爭取她想要的，但我跟她做了一樣的事，我就像她。」

我搖頭。「你才不像你媽媽。」

「我是。但我不想那樣繼續下去，我想爭取自己想要的。」他再次轉向我，表情急切。「我告訴我爸爸的朋友，明年我要到柏克萊大學念書。那很有用。他眞的、眞的很火大，但那很有用。妳教我要利用他的自尊心，妳說得對。」

「那麼，」我小心翼翼，幾乎不敢相信，「你要搬去加州？」

「我必須搬去。」

「對，」我用力呑口水，「因爲你媽媽在那裡。」

「因爲妳在那裡。我距離妳的學校，只要搭二十分鐘火車，我會每天晚上通勤去看妳。就算要多花十倍的時間，我也要每天晚上和妳在一起。」

他的話太理想了，一定有哪裡弄錯，我一定是誤會了——

「妳是我見過最不可思議的女孩，美麗又聰明，妳帶給我比任何人都多的歡笑，我可以跟妳談話。我知道在經過這些事後，我根本配不上妳，但我要說的是，我愛妳，安娜，我非常愛妳。」

我屏住呼吸，說不出話來，但眼中充滿淚水。

他誤會了。「喔，老天，我又搞砸了，對嗎？我不是故意要這樣攻擊妳的，我是說，我是故意的，不過……好吧，」他的聲音破碎，「我會離開，不然妳先下樓，然後我再下去，我保證不會再打擾妳——」

他打算起身，但我抓住他的手臂。「不！」

他的身體僵住。「對不起，」他說：「我不是有意傷害妳的。」

我的手指滑過他的臉頰，他靜止不動。「請不要再道歉了，依提安。」

「再叫一次我的名字。」他輕聲說。

我閉上眼睛，往前傾。「依提安。」

他握住我的手，那雙完美的手，剛好適合我。「安娜？」

我們的前額相抵。「嗯？」

「麻煩可以告訴我妳愛我嗎？我等得快死了。」

然後我們笑了起來，然後他將我擁入懷中，親吻彼此，一開始是飛快地——爲了彌補失去的時間——接下來是緩慢地，因爲我們擁有全世界的時間。他的嘴唇柔軟，有如蜂蜜般甜美，他貼著我的嘴唇，溫柔又熱情的動作表明了他也喜歡我的味道。

在吻和吻之間，我告訴他我愛他。

一次、一次、又一次地說。

47

瑞絲蜜清清喉嚨，瞪著我們。

「說眞的，」喬許說：「我們可從來不像那樣，對吧？」

米兒呻吟，將筆丟到他身上。喬許和瑞絲蜜分手了。就某方面而言，他們竟然花了這麼久的時間。那似乎是不可避免的，但話說回來，其他的事也一樣。有些事也花了點時間。

他們盡可能友善地分手。他們沒道理在遠距離的情況下，保持這段關係。兩個人似乎都鬆了口氣。瑞絲蜜一心期待進入布朗大學，而喬許……嗯，他仍然必須面對我們即將畢業，而他要留下的事實。而且他會留下。他再次低空飛過，非常驚險地。他沉浸在繪畫裡，手上永遠沾滿墨漬。說實話，我很擔心。我知道孤單是什麼感受，但喬許是個迷人、風趣的男生，他會找到新朋友。

我們在我的寢室準備考試。現在是黃昏，溫暖的風吹動窗簾，夏天就要來臨。依提安和我並肩坐著，四腳交纏。他的手指在我的手臂上畫著圈，我偎向他，呼吸洗髮精、刮鬍膏和某種獨屬於他，而我永遠要不夠的香氣。他親吻我那綹片染。我偏過頭，他的嘴唇貼上我。我伸手梳過他完美的亂髮。

我**熱愛**他的頭髮，而現在我可以愛怎麼碰就怎麼碰。

他似乎不甚在意，大多數的情況下。

米瑞蒂一直很能接受我們的關係。當然，既然她即將到羅馬上大學，也就沒有關係了。「想想看，」她註冊後說：「一整個城市的英俊義大利男生，不管他們對我說什麼，聽起來都會很性感。」

「妳會如魚得水，」瑞絲蜜模仿義大利腔：「想要來道義大利麵嗎？喔，謝謝，馬可。」

「不知道馬可喜不喜歡足球？」米兒憧憬地說。

至於我們，依提安說得對。我們的學校距離只有二十分鐘的車程。他週末可以來跟我住，在平常日，我們則盡可能找時間拜訪彼此。我們會在一起。我們都實現了在原點許下的願望——對方。他說他每次都許願能和我在一起，當我走進塔時，他正在許同樣的願望。

「嗯。」我說，他在親吻我的脖子。

「夠了，」瑞絲蜜說：「我要離開，兩位自便。」

喬許和米兒跟著走出去，我們可以獨處了，正中我的下懷。

「哈！」依提安說：「正中我的下懷。」

他將我拉到膝上，我的腿繞著他的腰。他的臀部像天鵝絨一樣柔軟，我們親吻著，直到外面的街燈亮起，直到歌劇女高音開始每晚的例行公事。「我會很想念她。」我說。

「我可以唱給妳聽，」他將我的片染塞到耳後。「或是帶妳去聽歌劇，或是帶妳搭飛機回來，妳想怎樣都可以，想要什麼都沒關係。」

我的手指和他交纏。「我想要留在這裡，留住這一刻。」

「這不是詹姆士．艾許里最新的暢銷書名嗎？《留住這一刻》？」

「小心一點，以後你會遇到他，他本人可沒這麼有趣。」

依提安微笑。「喔，所以他只是稍微有趣？我想我可以應付稍微有趣。」

「我說真的！答應我，現在跟我保證，說等你認識他以後不會離開我。大多數人都會逃走。」

「我不是大多數人。」

我微笑。「我知道，但你還是要保證。」

他的視線鎖住我。「安娜，我保證永遠不會離開妳。」

我的心跳怦然回應。依提安感覺到了，拉起我的手，放在他的胸膛，讓我知道他心跳得有多快。「現在輪到妳了。」他說。

我還沒回過神。「我什麼？」

他大笑。「妳要保證等我介紹妳認識我爸爸時，妳不會逃跑，或更糟，因爲他而拋棄我。」

我頓一下。「你認爲他會討厭我嗎？」

「喔，我確定他會。」

好吧，不是我期望的答案。

依提安察覺到我的不悅。「安娜，妳知道我父親討厭任何讓我快樂的東西，而妳比任何人都讓我快樂。」他微笑。「喔，眞的，他會恨死妳。」

「所以這是……好事？」

「我不在乎他的看法，只在乎妳的想法。」他收緊握住我的手。「就像如果妳覺得我應該戒掉咬手指的習慣。」

「你已經把指甲都咬光了。」我輕快地說。

「或者我需要開始燙床單。」

「**我才沒有燙床單**。」

「妳有，而我喜歡。」我臉紅，依提安親吻我燒燙的臉頰。「妳知道，我媽媽喜歡妳。」

「眞的？」

「我這一年說的都是妳，她很高興我們在一起。」

我打從內心笑出來。「我等不及要認識她了。」

他報以微笑，但表情接著轉爲憂慮。「所以妳爸爸會討厭我嗎？因爲我不是美國人？我是說，不是純種的美國人？他不是那種瘋狂的愛國份子，對吧？」

「不，他會喜歡你，因爲你讓我快樂。他有時候還不錯。」

聖克萊挑起深色的眉毛。

「我知道！但我說的是有時候，大多數時候他還是很壞。只不過……他是出自好意。他覺得送我來這裡，對我是一件好事。」

「是嗎？好事？」

「看看你，想要釣人家讚美你。」

「我不反對讚美。」

我玩弄他一絡頭髮。「我喜歡你說香蕉的腔調，還有你發顫音的方式。我愛那個。」

「太棒了，」他在我耳邊低語：「因爲我花了一大堆時間練習。」

我的房間一片漆黑，依提安雙手抱著我。我們在平和的沉默中傾聽歌劇。我很意外我將多麼想念法國。亞特蘭大是我前十八年的家，雖然我直到最近九個月，才剛認識巴黎，但它改變了我。明年，我將認識另一個新的城市，但我不害怕。

因爲我是對的。對我們兩個而言，家不是一個地方，是一個人。

我們終於回家了。

Lámour Love More **07**

巴黎轉轉愛 Anna and the French Kiss

國家圖書館出版品預行編目資料
巴黎轉轉愛 / 史黛芬妮・柏金斯著；唐亞東譯.
— 初版. — 臺北市 ： 春天出版國際, 2013.06
面；公分. —（Lámour Love More ；07）
譯自：Anna and the French Kiss
ISBN 978-986-6000-64-5（平裝）
874.57 99009981

ISBN 978-986-6000-64-5
Printed in Taiwan

作　者　史黛芬妮・柏金斯
譯　者　唐亞東
總編輯　莊宜勳
主　編　鍾靈
特約編輯　Eleven

出版者　春天出版國際文化有限公司
地　址　台北市忠孝東路四段303號4樓之一
電　話　02-2721-9302
傳　眞　02-2721-9674
E－mail　frank.spring@msa.hinet.net
網　址　http://www.bookspring.com.tw
部落格　http://blog.pixnet.net/bookspring
郵政帳號　19705538
戶　名　春天出版國際文化有限公司
法律顧問　蕭顯忠律師事務所
出版日期　二〇一三年六月初版
定　價　270元

總經銷　楨德圖書事業有限公司
地　址　台北縣新店市復興路45號3樓
電　話　02-2219-2839
傳　眞　02-8667-2510
香港總代理　一代匯集
地　址　九龍旺角塘尾道64號 龍駒企業大廈10 B&D室
電　話　852-2783-8102
傳　眞　852-2396-0050

排　版　浩瀚電腦排版股份有限公司